路远小说精选集

色的季节·乡土

路远 著

远方出版社

图书在版编目 (CIP) 数据

色的季节：乡土/路远著. –– 呼和浩特： 远方出版社，2020.3

ISBN 978-7-5555-1438-1

Ⅰ.①色… Ⅱ.①路… Ⅲ.①中篇小说 – 小说集 – 中国 – 当代 ②短篇小说 – 小说集 – 中国 – 当代 Ⅳ.① I247.7

中国版本图书馆 CIP 数据核字 (2020) 第 029210 号

色的季节·乡土
SE DE JIJIE XIANGTU

作　者	路　远
策　划	苏那嘎
绘　画	王忠仁
责任编辑	董美鲜
责任校对	奥丽雅
封面设计	高月雅
版式设计	韩　芳
出版发行	远方出版社
社　址	呼和浩特市乌兰察布东路 666 号　邮编 010010
电　话	（0471）2236473 总编室　2236460 发行部
经　销	新华书店
印　刷	内蒙古爱信达教育印务有限责任公司
开　本	170mm×240mm　1/16
字　数	270 千
印　张	17.75
版　次	2020 年 3 月第 1 版
印　次	2020 年 3 月第 1 次印刷
印　数	1—3000 册
标准书号	ISBN 978-7-5555-1438-1
定　价	45.00 元

目 录

一方水土一方人

原载《山西文学》

一

从小，就听娘总爱念叨这句话：一方水土养一方人。

娘说我生在葫芦峪，其实我是葫芦峪的水土塑成的。惭愧的是，我竟全然不记得故乡的样子。我总以为我是城里的人，直到有一天，我惊奇地发现我那骨子里的血液依然如父辈们一样，渗透了泥土的腥气，我才悲哀地意识到：无论我走到哪个城市，我都无法改变血液里的泥土成分，我永远是两个纯朴而又愚讷的北方农民留下的种儿，是他们的情欲、他们的冲动、他们为人类繁衍后代的结果。如果再形象一些，便是在一个月黑风高的夜里，在昏暗中摇个不停的煤油灯下，爹和娘在冰凉的土炕上经过一番努力之后，便有了成功的杰作——我！

长大些，我就时常回葫芦峪看看。于是，我一下子认识了葫芦峪——那山、那水、那土，还有那些与我有着血缘关系的亲人……

蛮 子

葫芦峪的老少爷们儿爱把外来户称作"蛮子"，这自然是一种极轻蔑的称呼，意在强调外来人的不开化，同时显示自己是何等文明优越。他们管所有的南方人为"南蛮子"。实际上是以葫芦峪为中心，凡是峪口外面的人，分别冠以"西蛮子""东蛮子""北蛮子"的称号。

蛮子进了葫芦峪，自然是一副灰溜溜的样子。

我一直不知道四爹对蛮子的憎恶。在我们家族中，四爹是最有文化的，读完了初中。他真的很聪明，通晓古今，写一手好毛笔字，甚至在县城的小报上发表过一首七言律诗。爷爷活着的时候曾反复强调过：唯有四儿日后可有大出息。

果不其然，四爹一步步出息了，先当村干部，又当乡干部。四爹这几年觉得当干部不过瘾，又辞官经商，在外倒腾了几笔买卖，一下子成了腰缠万贯的富翁，是我们家族中最惹眼的一位。

随后，四爹便在葫芦镇上开了一处旅店，大小客房十几套，虽说远比不上城里那些高楼大饭店，可在这偏远的小镇上也是独一无二的。开张数月，生意还算不错。四爹跑到县城找名人求字，竟求得一块"信义之家"的涂金匾额，四个字是标准的隶书体，散发着一种雅致、一种富贵。四爹亲自将这匾挂在客店门外。红砖墙的门面上因添了这块金匾而陡然生辉，气势不凡。四爹呢，愈加神采奕奕，眼珠子里每天大放光彩。

我丝毫也不怀疑四爹是个精明能干的农民企业家。四爹长得个头不高，却很壮实，宽肩厚胸，体型有点儿像球星马拉多纳。四爹有一把子力气，扛个三四百斤不当回事儿。我知四爹的样子挺招女人喜欢，尤其是他开了旅店以后，镇上几个俊眉俊眼的姑娘、媳妇三天两头往店里跑，一半是奔女服务员那美差去的，一半是奔四爹去的。四爹的私生活一直讳莫如深，众说纷纭。尽管我曾巧舌如簧，在一个夜里与四爹推心置腹，却仍未能从他嘴里套出一星半点儿的隐情。四爹不对我说，是深知笔杆子的厉害。我早就发现四爹对文化人有种敬畏心理。另外，四爹是葫芦峪里唯一不将外来人叫"蛮子"的，他毕竟有些文化，当过干部，又在外面闯荡过，见多识广，懂得些大道理。四爹总是严肃地说："咱中国人无论住在哪儿，都是一个祖先哩，都是黄帝留下的子孙，一条血脉哩！把自个儿的兄弟姐妹唤作蛮子，那才是小家子气呢。"

尽管有人对四爹的这番言论持不同看法，但大家从此更加敬重四爹了。

去年夏天，我回到葫芦峪，就住在四爹的"信义之家"里，那时四爹也刚从北京回来。

四爹说他进京是学人家大旅店的经营经验去了。一连几天，四爹都闷闷不乐，一副心事重重的样子。有天晚上，正当我要问，四爹却主动开口了："小青。"在葫芦峪的亲戚里面，只有四爹唤我大名而从不叫我的小名"二狗子"。"小青，你算是正儿八经的知识分子，你来说说，这事儿公不公、恼人不恼人？"

"啥事儿？"我问。

"你说咱中国人贱不贱？"四爹早已义愤填膺了。

"不呀！当然不贱了！"我莫名其妙。

"不贱？我看京城里有人才贱呢！"

"咋的啦？"

"咋的啦？你说气人不气人……咱中国，一个个好端端的小伙儿，要身条有身条，要脸盘儿有脸盘儿，干点儿甚不行，偏偏去干那贱差事。唉！给咱中国人丢脸哇……"四爹受了奇耻大辱般地唏嘘不已。

什么事儿这么严重？

"哪些小伙儿？"我问。

"穿着红制服，站在大饭店门口，专门给那些洋蛮子开门儿，还一个劲儿地对人家点头哈腰……他娘的，都甚年代了，还兴这个？这不是犯贱还是个甚？！"

我这才明白四爹说的是什么了，忍不住"扑哧"一声笑出来。四爹狠狠地瞪我一眼。

"还笑，你们知识分子别的都好，就是骨头软，对洋蛮子比对你爹还亲……"

"四爹，啥洋蛮子洋蛮子的，要叫外国友人……"

"屁友人，那些洋蛮子一个个鬼一样精呢，没利，他们肯来咱这儿？一个个都瞅着咱中国是块肥肉，恨不得一口全吞下去呢。"

我实在无法说服四爹放弃对外国人的憎恶和偏见。原来，在四爹的头脑中，依然有"蛮子"这个概念，只不过是比葫芦峪其他人对蛮子的认识更宽泛一些罢了。

我不知道四爹是突发奇想呢，还是在北京街头上就有了这念头。在我看来是荒唐的举止，他却极严肃、极郑重。

"我要替咱中国人出口气——我也去找两个洋蛮子，让他们穿上咱的制服，站在咱的店门外，给咱中国的老少爷们儿开门，给咱葫芦峪的乡亲们赔笑脸、点头哈腰……"

我笑着摇摇头说："雇老外来当服务员？怕你找不到！"

"我就不信洋蛮子不贪钱？只要我把价钱开得高些，不愁没有鬼子来！"四爹这时已经完全沉浸在自己的念头中，倔强得像一头脾气很大的毛驴，什么样的劝阻也不能把他拉回来。

对四爹去年夏天的固执我只能一笑置之。我以为只要撞了南墙，他就会回头的。

今年夏天我再次回到葫芦峪时，不禁大吃一惊，因为我分明看见在四爹的"信义之家"门口处，站着两个穿红制服的侍者，一男一女，高鼻梁，深眼窝，卷头发。当我走到店门口时，他们立刻极谦恭地拉开门，向我深深地鞠躬致敬，并分明听得他们用英语道：

"维尔康敏，维尔康敏……"

我惊讶得几乎合不拢嘴。这时，四爹得意扬扬地从里面走出来，亲热地拉住我的手，说："小青，瞧见了吧，我雇来的洋蛮子。是不是替咱中国人扬眉吐气了？"

"你从哪儿找了这么两个宝贝？"我奇怪地望着四爹。

"洋蛮子比咱中国人还贪图钱财哩！我在报纸上登了一条招聘启事，刚开始时没有蛮子来应聘，我就不停地发广告，不停地加薪。嘿，没多久，这对宝贝蛋儿就主动找上门儿来了。可也是，啥活儿不是个干，只开开门，站一站，就能挣上千元钱，便宜死这两个王八蛋了！不过咱出了心里那口恶气，这钱花得也值！"四爹开心地说。

这时，我注意到那一对"洋蛮子"正望着我们一个劲儿地傻笑。

"咱们屋里说话吧！"

"没事儿，这两洋蛮子不懂汉语，你骂他，他还以为夸奖他呢。"四爹带着一种明显的优越感说。

在这一瞬间，我注意到四爹在这一年内苍老了许多，眼角的皱纹加深了许多。不知为什么，我断定他的日子不大好过，生意也不怎么红火。我有这种感觉。等进了屋，果然，四爹变了一个样子，愁容悄然爬上面颊。

"客人不多，支出太大，这店，难办呀……"四爹向我诉苦。

"何不把门外那两个人辞退呢？小店儿咋讲得起大排场……"我劝道。

"不行，那是门面！四爹这店，全靠门面撑着呢，哪儿能把门面拆了！"四爹坚决地摇着头说，"再说，葫芦峪的乡亲们都觉得扬眉吐气呢……"

竟是这样一种心态！既然关系到面子上的事，我也不好再说什么了。然而也就在这一刻，我感到了一种深切的、无可奈何的悲哀，为四爹和葫芦峪，也为自己。

闲着无事，我开始注意站在门外的那两个"洋蛮子"。我发现那小伙子的身体很强壮，眉毛很浓，两条眉在高而挺的鼻梁上连在一起，眉下深凹进去的眼窝里的眸子呈淡褐色，闪烁着精明狡黠的光泽。而那女的则是淡灰色的眼珠，丰腴的身子，线条分明的脸盘有种娇媚憨态。我再细致地观察他们，觉出了其中的蹊跷——

"Where are you from？"我问。

"America."他们答，发音不太准。

我又用英语询问了几句，有趣儿的是，无论我问什么，他们总是回答那一句"Yes"。

冒牌货！我一下子明白过来。

当我离开的时候，我听见他们急急忙忙用另一种语言嘀嘀咕咕。我告诉了四爹，四爹却认为他们是正牌的老外，对我的质疑不屑一顾。四爹说，那男的叫马歇尔，女的叫苏珊娜，马歇尔是苏珊娜的哥哥，苏珊娜是马歇尔的妹妹，两人都有美国护照，都是留学生，在中国勤工俭学。

后来，我忽然明白，我实在不该管这件事，拆穿这个西洋景对谁也没好处。四爹需要的不是真实而是虚荣，而这一对冒充美国洋人的青年也无过多的可指责之处，在这里赚钱和站在街头卖羊肉串都是为了生存。我们有什么理由指责一个人的生存权利呢？

可是在那天夜里，苏珊娜竟找上门来，眼泪汪汪地望着我，用流利的汉语说："你都知道了？"

"知道什么？我什么也不知道呀……"我装糊涂。

"不，你知道，我们不是老外，可你没向老板告发我们，你是好人……"

"是吗？"我微笑着支吾道。

"我来，是和你告别的。"苏珊娜说，"我们要走了……"

"去哪儿？回北京卖羊肉串儿吗？"我关心地问。

"在这儿靠骗人挣钱，心里不踏实。"

果然，第二天，两位"洋蛮子"不辞而别，消失得无影无踪。

四爹气愤得满面通红，说："洋蛮子就是和咱中国人不一样，他娘的，说来就来，说走就走，一点儿礼仪也不讲！蛮子毕竟是蛮子。"

过了一会儿，四爹渐渐心平气和了，呷口茶，自我安慰道："走就走嘛，不走，我还正打算辞他们呢。不管咋说，也算让洋蛮子给咱中国人把了一回大门，长了咱的威风，够本儿啦！"

"四爹，前天夜里，我瞅见苏珊娜进了你的屋里。后来，你屋里的灯就黑了……四爹真有本事呀……"我笑着说。

四爹"呵呵"笑道："你想我能便宜了那狗日的洋蛮子？白白让她挣那么多钱？我也开一回洋荤哩……嗨，那洋婆子除了身子白、奶子大，也没甚稀罕的地方……小青，你说四爹这是不是也算为国争光呢？"

"青儿，这两个货，你又细细问过没？莫不是冒牌货吧？"四爹忽然不自在地瞅着我，那目光里分明是可怜巴巴的哀求。

"问过了，不是冒牌儿货，是两个地地道道的美国人！"我不知道为什么要这么说，而且说得那样真诚。

四爹这回笑得十分开心，每一道褶皱都舒展开来。

每每离开葫芦峪时，我都要在峪口南那块大青石上驻足，回身远眺。

在我的视野里，葫芦峪的远山近峦勾勒出一个巨大的、狭长的葫芦状。有时候，我觉得它像一个裸女躯干的线条；有时候，又觉得它像女人的子宫……如果说它的确与女人的子宫有某些内在的相似之处的话，那么，我们葫芦峪的乡民们便是子宫里永远长不大的胎儿。那一层淡淡的雾，便是母亲的羊水。

当我把这个感受讲给爹听时，却结结实实地挨了一烟袋锅。爹说："你小子每天胡思乱想些什么？这样作贱你的故乡……"老天做证，我这比喻绝无一丝亵渎故乡之意，相反，我对故乡有一种难以言传的敬畏之情，才想起了这个譬喻。我们不是常说，故乡是我们的母亲吗？

可我，却是一个从母亲子宫里钻出来的怪物？

我一直被这个问题所苦恼着。

白 条

五舅比我大几岁，虽大不了多少，可从小他就比我懂得多，俨然是个小大人儿。每次去河套玩儿水，到山上捉鸟儿，都是他领我去的。他懂得在哪儿玩水没危险，在哪儿套得住兔子，在哪儿捡得到鸟蛋。

一次，五舅说："走，二狗，看白条去！"

模样儿极为神秘，顿时牵动了我的好奇心。

"啥是白条？"

"看了你就知道了！可不兴向别人说呀！赌个誓吧！"

我伸出手指，向天老爷赌了誓。五舅才领我向村外走去。

那时天快黑了，太阳最后的一缕暗红的亮色在河湾湾里漂浮着。我们走过一片莜麦地，又走过一块油菜地，穿过柳树墩子时，五舅放慢了脚步，轻捷得像一只大狸猫。他不时回过头来示意我要小心，千万别弄出什么动静。我的心怦怦乱跳。我跟随五舅钻过柳条墩子，拨开最后一层挡在眼前的柳枝，五舅趴下了，我也趴下了。

这里是一道僻静的河湾。

齐腰深的河水里，有五个女人在洗澡。她们脱得一丝不挂，白晃晃的身子在淡红色的河水中浸泡着。她们的身条都很好看，腰儿细细的，脖子长长的，尤其是胸前的奶子鼓鼓的、圆圆的，在水雾的飞溅中一阵阵地迷乱人眼。她们嘻嘻地笑着，互相撩水逗着，与黄昏的河湾十分和谐地融合在一起，形成了一幅美妙的图景，深深地印刻在我的脑海里，使我每每想起那场面就禁不住战栗发抖，浑身燥热。

那时，我的性意识大概刚刚苏醒吧。

"是白条吧？"五舅诡笑着悄声说。他的眼里释放出贼亮的光，那种贪婪的神色让我感到害怕。

"流氓！"我咬牙切齿地说，浑身依然抖个不停。

"甚话？"他惊讶地看着我。

"流氓！"我用哭似的腔调说，并不顾一切地跑掉了。那天，我真的吓坏了，以为洗澡的女人们已经看见了我，全村的人都知道了这件事，父母也知道了，可怕的惩罚在等着我，我不敢回家……

我从五舅那里领略了什么是"白条"。

去年我回到葫芦峪时，五舅正为"白条"发愁呢。

是另一种白条。

五舅已在乡里当上了助理员，凭着他的聪明和嘴头子的功夫，受到领导的器重。五舅在大年初一那天请了一个瞎子打了一卦。瞎子说他今年官运亨通。五舅大喜，工作愈发小心，愈发尽职了。

谁料到在五舅当了助理员的第三天，竟出了乱子。

那天，县长要来乡里视察。乡里闻知，上上下下，里里外外，做了一番准备。巧就巧在葫芦峪的乡长刚调走，副乡长生病，所以乡里的全盘工作都由五舅一个人来抓。五舅知道这正是施展才干的好机会，便把一切接待事项安排得有条不紊、细致周密，甚至连县长在宴席间要不要上厕所，如果上厕所由谁陪同等这样的细枝末节都考虑到了。

快到中午时分，五舅说他的感觉不对。

那时，他正坐在乡政府的办公室里细细审查由我给他起草的祝酒词，并一个字一个字地往下背诵。突然，他浑身打了个激灵，呆呆地望着我。

"咋啦？"我问。他的样子挺骇人。

他不说话，只是直愣愣地望着我。

这时，我才听见外面传来的嘈杂声。那是吵嚷声、脚步声和人们的喘息声混杂在一起的乱哄哄的轰鸣。我奔到窗前，看着黑压压的人群涌进了乡政府的院子里，举锄的、抢棒的，完全是一副农民起义的阵势。滚滚的尘土在人们的头顶上弥漫着，增加了剑拔弩张的紧张气氛。

"怎么回事？"我回身问五舅。

"白条……"五舅无力地呻吟了一句。

"你又去看……"我立刻想起了小时候五舅带我去看"白条"的情景，以为他恶习未改，惹起了民愤。

"是白条——乡里给农民打的白条！去年收粮时，公家没钱，就给农民打了白条，说好三个月之内兑现，可是……"五舅无奈地摇着头说，"这乡干部真不是人干的，正副乡长都知道要出事儿，一个溜了，一个当病号。我就知道倒霉的事儿等着我呢——白条不兑现，迟早要出事儿，可上面……瞧瞧这阵势，谁能收拾得住啊！"

外面早喊成一片：

"我们要见县长！"

"今天不兑现白条，我们就不走！"

"砸了狗日的乡政府……"

"喂，出来一个喘气的……"

听得人群向这边涌来。有几块窗玻璃砸碎了，满世界都是清脆的破碎声。

"要出事儿……要出事儿！"五舅用哭似的腔调说，"咋办，小青，咋办？一会儿县长就到了，这可叫我咋办？"

我同情地望着他，同样无计可施。我还是第一次遇到这种情况。

"你们拖欠白条不兑现，农民当然不干啦！"我说，"唯一的办法就是出去答应兑现白条。"

"可哪儿来的钱哟，你个小书呆子，那要几万几十万呢……"

五舅就像热锅上的蚂蚁团团转，汗也不停地往下淌。他这副狼狈相挺让我开心。

外面静一会儿乱一会儿。有人敲门，有人敲窗户，却无人冲进来。或许是政府工作单位对山沟里的农民有种威慑力？或许是农民们比较有理智、有克制力？

时间一分一秒地过去了。院子里的农民知道县长还未到，也不急了，耐心等待，反正他们有的是时间。

五舅再也沉不住气了。他坐在那里静静地想了足有五分钟，站起来，整整衣冠，从容不迫地走了出去。他的神情沉着平静，若无其事，真让我吃惊。我想知道他是怎样收拾这僵局的，就赶忙随他一同走到院子里。

不得不佩服五舅的大将风度。他自信地微笑着，站在较高的石头台阶上，挥挥手，让大家安静下来。

"乡亲们！"他亲切地呼唤着，"乡亲们，听我说……"

院子里的农民渐渐安静下来，望着五舅。五舅的神色无比真诚，使人能立刻产生一种信任感。

"大家想一想，这是一个多么简单的道理——乡大还是县大？县大还是省大？省大还是国大？你们手中的白条，不是乡里打的，也不是县里和省里打的，而是国家给打的！想想吧，这么大的国家能欠下你们这几个钱？你们以为几百几千是个大数儿？可在国家那儿太不值得一提了，简直是九牛一毛嘛……"

大家显然都觉得五舅说得合情合理，都用期望的目光望着他，等着下文。

"为啥快一年了，白条也没兑现？这是有原因的！"五舅顿了一下，语调更加肯定了，"什么原因呢？原本这是国家机密，可现在，告诉乡亲们也没啥大不了的，只要大家不往外传就是了……"

"说吧，我们不往外传！"人群中有人喊。

"那我就告诉你们——前一阵子，咱中央那台印票子的机器坏哩，一时没修好，所以新票子印不出来，就没办法给大家兑换白条……现如今呢，机器还在修着，说是有个零件需要从国外进口，所以就耽误了时间。只要那零件从国外运回来，就立马开印，那大票子就像流水一般印出来啦，还能少了你们那几个子儿？"

众人一片沉寂，都静静听着。

五舅继续说："我说你们可千万莫要鼠目寸光，只瞅自个儿眼前的小利益，忘了国家呀！国家对咱好，咱也得多体谅国家的难处嘛！大家想想，是不是这么个理儿？"

我无论如何没想到五舅竟敢当众撒这样的弥天大谎，开这样的"国际玩笑"！而我更没想到院子里的农民居然都相信了五舅的谎话，真以为是印刷钞票的机器出了毛病，而这正是白条不能兑现的主要原因。

五舅的话产生了魔术般的效力——院子里的人乱了一阵子之后，便一个个怒气全消，纷纷离去，一边走还一边惋惜印钞票的机器坏得不是时候，也不知啥时能修好等。当院子里的人完全走光了时，我看见五舅仍站立在台阶上，身子无力地靠着门，一副再也支持不住的模样。

我走到他面前说："流氓！"

"甚话？"他惊讶地看着我。

"流氓！"我抑制不住浑身战栗，一转身走出院子。这时，我看见县长的小汽车驶进了乡政府大院。倒来得正是时候。

不久，五舅被正式任命为葫芦峪的乡长，终究应验了那瞎子的预言：官运亨通。

我虽然知道五舅今后的日子并不好过，可我再也不同情他，有的只是对葫芦峪老少爷们儿的叹息。

我常常想：人这个由水和土塑成的怪物其实是千差万别的。一方水土塑造出一类人种。一切均取决于我们脚下的土地，我们命运的密码也许早就埋在了土壤里，限定着我们的生命走向。双脚是生命之根。如果把根从土壤里拔出来，不受大地的羁绊而自由地奔走，那么我们的命运和生活又将是什么样子呢？

二

葫芦峪的地理位置是蛮有意思的。每当离开葫芦峪时，我都要在峪口那块大青石上伫立远眺，细细品味我的故乡。冰冷的大青石牢牢地吸住了我的双脚，犹如一块磁石。一层淡淡的雾从山峪里漫过来，夹杂着炊烟味儿、羊粪味儿、青草味儿、莜麦味儿和父老乡亲们永远洗不掉的臭汗味儿。呼吸着这混合的空气，我觉得十分亲切，又觉得无比悲凉。

今天我走了，可是等过上几年、几十年，我再归来时，在这峪口的大青石上伫立，依然能闻得见这气味；依然是那田野、那房舍、那佝偻脊背的老人；依然是四面高山环抱着一块葫芦状的田野。人们若想走入或走出葫芦峪，依然得从唯一的通道口——仅能过得去一辆大车的峪口穿行而过。刚刚走出峪口，面前却又横拦着一条大河……

如果让视野更广阔一些，就会发现葫芦峪的封闭性简直是上天精心设计的而不是自然的原貌——它的北面和东面，那高山外，是辽阔的蒙古草原；它的西面，是一片无边无际的、寸草不生的戈壁滩；唯有它的南边，越过胡马河，才是一片片的田野、村落。城市在更远些的地方。

然而，葫芦峪绝不是世外桃源。每天，从峪口进进出出的汽车、马车、赶毛驴儿的、骑自行车的、挑担子的……络绎不绝。他们或者沿河绕到十里外的大青石桥，越过胡马河，与外面的世界汇合在一起，或者让渡船把他们运到河对岸。这样，他们带出来葫芦峪的各种土特产，带回去外面世界的各种消息……

时光流逝，白衣苍狗。伫立在大青石上的我，又嗅到了故乡那股浓浓酽酽的气味儿……

喇　叭

我自小就没见过三爹，总听娘唠叨说他本事很大，是柳条子村的名人。爹也说，他们兄弟七个当中，唯有老三日后能当大官儿。

对于三爹，我仅知道他是柳条子村的支书，别的就一无所知了。然而，越是不了解的人，你就越觉得他神秘，还有种敬重。在我的想象中，三爹是个非同一般的形象。

终于有一回，我有机会去柳条子村了，一半是慕名前往，一半是出于好奇。那时我还是个半大小子，精力多得没处使。走进柳条子村，四下打听三爹的住处。有人笑呵呵地告诉我："甭急，你三爹有顺风耳呢，立马就会知道你这小侄儿来了，等着他唤你吧……

话音未落，猛听得脑袋顶上炸响了一个粗哑的嗓门儿，震得我耳朵"嗡嗡"乱响。那声音委实太大了，我敢说十里八乡都能听得见。

"二狗子，二狗子，我是你三爹，刚进村儿吧？我这儿正忙着呢，过会儿忙完了才回家。二狗子，咱家好找，就在你立脚的电线杆的东边，瞭见了吧，那间青砖瓦房就是咱家，就几步步路，你先自个儿回家吧，你三妈知道你要来，做好了饭正等你呢……"

我抬起头，毫不费力就找到了那巨大声音的发源处——破庙前，一根高高的旗杆子上，架着四个高音大喇叭，分别对着四个不同的方向。三爹粗哑雄壮的声音，正是从那儿如洪流般扩散出来，在村子和田野上回荡不绝。

三爹可真是威风凛凛，尽管他当着全村人唤我的小名"二狗子"使我很难堪（后来果然全村人都叫我"二狗子"）。但我感到了三爹的力量。他果然是个能耐挺大的人。

在我的想象中，三爹像个英雄，五大三粗，虎背熊腰，像大将军般地发号施令。我依照三爹在喇叭中的指点，顺利地找到了三爹家。其实根本不用我找，早有一伙孩子听了大喇叭里的呼喊后便围住了我，在一片"二狗子、二狗子"的乱叫声中将我簇拥到三爹的院子里。

三妈果然炒好了鸡蛋在等我。我刚与三妈寒暄了几句，又听大喇叭响起来了，震得房檩子和顶棚纸一同颤抖。

还是三爹粗哑的嗓门：

"我说二黑女她妈，二狗子到家了吧，那可是咱没见过面儿的戚儿，稀罕着呢，可别价慢待了！光炒鸡蛋不行，你让二黑女到供销社去买两瓶罐头，要一个鱼的，一个水果的……我说你们先吃吧，别价等我，我正开队委会呢，忙得屁眼子都快出屎啦……给我把饭放在锅里，再烫上一壶酒，行啦，这些鸡毛蒜皮的小事都得我说？我忙着呢……"

三妈对着窗外的声音骂了一句，脸上挂着笑，仿佛抱怨中又有几分喜气自豪："挨千刀的灰货，显你嗓门儿高是咋的，那是公家的大喇叭，你当是自个儿家的电话哩？我叫你说哩？我叫你说哩？等你回来咱再好好理论理论！"三妈边说，边用指头点点画画，好像三爹能听得见。骂完，她转过身对我说：

"也怪不得你三爹，他呀，每天就是这么瞎忙乎，还不是为了村上那些破烂事儿。"

正说着，二黑女跑进屋，吸着两股清鼻涕，伸出手，说："拿钱来！"

"做甚？"三妈瞪她。

"买罐头去呀，爹刚刚不是说……"我这才品味出大喇叭传话的好处，不仅能给三妈发号施令，还能叫正在村外贪玩的女儿回来执行任务，我甚至相信供销社里的人也已准备好了两瓶罐头，一瓶鱼的，一瓶水果的。

这喇叭对提高工作效率太有利了。

直到天已很黑了，三爹还没有回家。而他的声音却不时地一阵一阵地灌进屋子里来，使你觉得他就在你的头顶上——无论你走到哪儿，他也还在你的头顶上。

"全体社员注意啦，再过两天就割地啦，刚刚咱们队委会讨论通过了一个决议，要大伙儿这几天磨好镰，备好车马，打扫好场院，准备秋收。今年可是丰收在望啦，大伙儿再添一把子劲儿……"

"我说李老财家里的，快来队部领你家的大黄狗！咋不好好拴牢？你家黄狗把队部食堂的馒头偷吃了两个，队委会决定罚你家三天的工分，还要三天内送上检查来。你们总是放狗占公家的便宜，再不拴牢，我们可往死打啦……"

"注意啦，注意啦，重要消息，特大喜讯，刚才公社来电话，又有最新指示下来啦，说是今儿个晚上不来，明天一大早准来！全体社员谁也不能睡觉，等着迎接……"

"哎，老来旺听着没？听见了就赶紧到队部来一趟！咋个儿给你狗日的评了四个工分你不服？四处骂人？你狗日的来，当着干部的面儿好好说道说道……"

"刘麻子媳妇，昨夜儿里开会你把红宝书落在哪儿啦？说过你几遍啦？总是丢、丢！丢红宝书，这可是政治上的事儿呢！今儿个算咧，不追究你，下回再丢可不行！来，把红宝书请回个，全家都来……"

"二黑女她妈，让小戚人吃好喝好，听着没？我一会儿就回。"

"听着，队委会刚刚开罢，做了五条重要决定！大家伙儿全听仔细了，别价听漏了，听漏了可别价埋怨咱没传达到！这五条可全都和大家伙有关。第一……"

一直到半夜，三爹的声音才消失。

突然间，我觉得村子的夜静得有些骇人，甚至连狗叫的声音都没有。就在这时，门一响，早闻其声未见其人的三爹终于姗姗露面了。

却不是我想象的样儿，既不高大也不魁梧，瘦小干巴，还有点驼背，黑脸上挂着一层晦气似的疲惫，只有双目还有些许神采，显示出当干部的精明。一开口说话，更让我失望——喇叭里的威风全然不见了，却是极普通的公鸭嗓子，不高亢，也不洪亮，更不会把顶棚纸震得嗡嗡响，微弱的声音里有种可怜巴巴的味道：

"给我留饭了没，二黑女她妈，可把我饿坏啦……"

"咋，喊喇叭喊不饱肚子？你个挨千刀的显货，村子里就跳达个你啦，咦呀呀……"三妈一阵好骂。

三爹软软地坐在那儿，只是笑。

可是第二天一大早，三爹的洪亮高亢的声音又在大喇叭里震响起来，唤醒了村里所有的人。

那时天还蒙蒙亮，鸡刚叫二遍。

三爹的声音充满了活力和朝气，雄壮威武，盖住了满村公鸡的打鸣儿、毛驴的嘶叫和老牛的吼声。

"下地啦——动弹啦——社员们，没起的赶紧起，搂媳妇的咬咬牙，抱汉子的松松手，被窝窝里睡不出共产主义，炕头头上等不来幸福生活，下地的走啦……"

许多年后，只要我一想到柳条子村，耳边立刻响起三爹那抑扬顿挫的声音。自然，我一点儿也不喜欢三爹，但三爹的声音总跟着我，有时半夜忽地来一嗓子，使我从梦中惊醒。

去年，我又回到葫芦峪。我抽空到柳条子村去看三爹三妈。那天，我走进村子，等待着头顶上乍然轰鸣，三爹的声音再度迎接我的到来。可是，我白等了。我在村口站立了许久，始终没听见大喇叭里发出三爹的声音。

我想了想，也难怪，至少也有十多年的光景了吧，时过境迁，那大喇叭兴许早烂掉了或许拆掉了。

我不甘心，拦住一村民细细询问，果不其然，村民说土地承包那年，大喇叭就没大用了，拆下来扔在队部仓房里。我问到了三爹。那村民盯我一眼，说："你是二狗子吧？你三爹现如今可惨了，每天喝酒，说是老两口要闹离婚呢。"

十几年的风蚀雨浇，三爹的青砖瓦房已显出了衰老残破的样子，像个气数已尽的老人蜷卧在那儿。我推门走进去。屋子里静悄悄的，没人。

我扫了一眼，依然是那几件家具，几乎没有任何变化。

等了一会儿，仍不见有人回来。我信步走出院子，在村子里慢慢地溜达。下午的太阳很毒，烘烤起一阵热腾腾的马尿、羊粪和烂草的气味。躲过这难闻的气味，偶尔有阵风吹来，可嗅到田野上刮过来的油菜花和燕麦的甜丝丝的气息。只有田野还不曾被污染，空气尚纯净。

不知不觉，我踱到了破庙前，抬头一望，果然见那高高的旗杆上已光秃秃的，三爹再也不会从那顶端发出震耳欲聋的声音了。一时，我竟莫名其妙地惆怅起来。我似乎看见了三爹瘦小干巴的身子无奈地驼着，呷着酒，用酒精麻醉那曾叱咤风云的喉咙……

正怅然怀旧，忽听得村东头乍然一声响，架子鼓敲出雨点儿似的节奏，小号奏出疯狂的爵士乐，一个美国乡村歌手在号叫般地唱着……

我一怔——高音喇叭？久违了的高音大喇叭又响起来了，却播放着异国情调的摇滚乐。我加快步子，向村东走去。

原来是一家个体小卖铺刚刚开张，在屋顶上架了个锈迹斑驳的大喇叭在做广告宣传，招徕生意。

我挤进看热闹的人群里，才看清小卖铺的主人竟是二黑女。二黑女长大了，出嫁了，正与丈夫忙里忙外。丈夫是个俊眉俊眼的小后生，挺能干的样子。三妈也在这儿帮忙，喜盈盈地与众乡亲打着招呼。我注意到货架子上有一些挺时髦的货物——水洗萝卜裤、抗皱美容霜、电动剃须刀、尼龙裤衩、绣花乳罩、夫妻快乐器……

二黑女穿了身紧包屁股的红色健美裤，上身是件领口开得挺大的黑色T恤衫，过于丰满的乳房直挺挺地顶起来，领口处露在外面的胸脯子闪着油亮的黑光。二黑女竟黑出一种味道来。围观的后生们都伸长脖颈盯住二黑女傻看。

二黑女风骚地扭着屁股，把烟、茶、肥皂等货物扔给他们。后生们不好意思不要，交了钱还不走，有一搭没一搭地和二黑女闲唠着。

音乐停了，喇叭里传来二黑女软软的颇有点模仿港味儿语调的话音，普通话极不标准，带着股洗不尽的土味儿，却柔柔的让人觉得她说这话时正躺在你怀里撒娇呢。

"父老乡亲们，大伯大姨们，阿哥阿妹们，本店今天正式开业，敬请光临……我们商店名叫五洲大世界商店，与省城大世界商场合资开办，货物齐全，任您挑选。本店以一流的服务恭候您的到来，谢谢……"

后生们愈发被撩逗得不肯走了，七嘴八舌：

"我说黑女儿，咋变成香港小姐啦？"

"味道挺不错，让咱尝尝，行不？"

"二黑女，从哪儿弄了这么个大喇叭，是你爹传下来的吧？"

"让你爹来吼一嗓子吧，听说他吼得可来劲儿哩！"

"俺爹说他夜里听不见你爹在喇叭里吼，就睡不着觉，天天失眠……"

二黑女扭扭屁股，撇撇嘴，耳垂子下的两个大耳环闪闪发光，说："听他吼？你还不如听狼嗥呢！俺爹那老顽固早该进……"

话未说毕，猛听得一声愤怒的低吼："早该咋啦？咒你爹进棺材是不是……"

众人早闪出一条路来。

我倒吸一口冷气。

我看见三爹大步流星地闯了进来，手持一把铁锹，横眉立目，像是要与人拼命的样子。三爹还是老样子，没有太大的变化，只是背比从前更驼了一些。

二黑女尖叫一声，躲进柜台里。

三妈勇敢地迎上来，说："咋，要吃人？你个挨千刀的老灰鬼！今儿个又厉害上了，忘了前个儿夜里咋跪下求俺，叫俺姑奶奶的吗？"

"叫了又咋？"三爹的脸红一阵白一阵，平端铁锹，像位斗士。

"叫了又咋？让众人听听！怕俺不和他过了，一口一个姑奶奶地叫，就差磕头哩！"

众人哄堂大笑。

三爹面子上挂不住，一跺脚，扔了锹，转身走出门外。都以为三爹战败了，谁知他出了门外，非常机灵地爬上院墙，转眼间竟上了房顶，三把两把扯断电线，将那个高音大喇叭搂在怀里。

原来他是奔喇叭来的！

三爹便在房顶上极郑重地向众人宣布："这喇叭，是公家财产，谁也无权侵占；这喇叭，是用来宣传社会主义的，不能用它搞个人发财；这喇叭，是四只大喇叭当中唯一一只还能响的，今后还能派上用场，队委会早决定由我保存，还有扩音器、麦克风、电线……今后，谁敢擅自动这喇叭一个指头，我就和他豁命……"最后，三爹像猴子一样从屋顶上一跃而下，稳稳落在地上，抱着大喇叭，带着凛然正气离开了那刚开张的"五洲大世界商店"。

那天黄昏时分，我与许多村民在破庙前瞻仰了三爹攀杆挂喇叭的绝技。在众人的一片惊叹声中，五十多岁的三爹脱光了膀子，赤着脚，将大喇叭挎在肩上，往手心吐口唾沫，往上一蹿，黑黑的肌肉一块块地蠕动，惊人的力气从每一块肌肉中透出来。三爹动作灵巧，犹如一个小伙子一般，沿着高高的旗杆攀缘而上。

岁月已久的旗杆似乎承受不住三爹和喇叭的重量而摇晃起来。村舍和田野在三爹身下迷乱地旋转。三爹紧抱旗杆闭住了眼睛。旗杆发出"咔吧咔吧"的响声。胆小的人急忙用双手捂住眼不敢再看。过了一会儿，众人再抬头看时，三爹已经攀到顶端，正把大喇叭往杆子上固定，一挥手，甩下一团电线。然后，三爹仿佛粘在了旗杆顶上，久久一动也不动。夕阳惨淡的红光涂在三爹身上，使三爹像一尊与喇叭铸在一起的雕像……

在那天后半夜，当全村人都在熟睡之时，寂静的夜空中蓦然乐声大作，万众高歌，气势雄壮，如洪流破闸势不可当，惊天动地，一时，整个大地上充斥着"就是好、就是好……"的吼声。音乐声中，三爹粗哑而坚定有力的嗓音又响起来了，那声音里有一种令人不可违抗的震慑力：

"社员们听着，贫下中农听着，无产阶级革命派的战友们听着，凡是拥护毛主席革命路线的广大群众，立即到大队部门前集合，立即到大队部门前集合！有紧急任务！有紧急任务！党中央又有了新号令……"

昏暗的村路上响起一阵纷乱的脚步声。我披件衣服摸到门外，见许多村民急速地迈着步子从我身边跑过去。他们似乎都很肃穆，没有人说话，只是急匆匆地走着，夜色中看上去像一个个被惊扰了的幽灵。

我随着众人奔向了大队部。说真的，起初我也不明白发生了什么事，心怦怦跳得慌。最近一段时间，我越来越相信时光可以倒流、旧梦可以重现这个理论。有时我从梦中醒来，一时总也搞不清我是处于时间长河的哪一阶段，是十年前还是十年后？

当我随人流跑到大队部办公室门前时，那旗杆顶上的大喇叭已经不唱了，只发出一阵尖厉刺耳的怪叫声，大概是唱片转到了头。队部院子里站满了人，默然肃立，像是给谁开追悼会。我看见办公室里亮着灯。

我小心地挤到屋子里，立刻看见三爹痛苦地趴在桌子上，醉得不省人事。桌上歪斜着一个空酒瓶，还立着老式麦克风。三爹的脑袋旁铺着呕吐物。在三爹身后，扩音器亮着红灯，破旧不堪的电唱机仍在旋转。

我轻轻走过去，将电唱机关掉。我注意到众村民都用一种极其敬畏的神色注视着三爹，依然没人说话。三爹的形象渐渐高大，终于大到令人仰视的程度，并将屋子里的村民挤到门外。

大家用一种恭敬的步子退了出去。又有新的村民进来瞻仰，也被屋内浓浓的敬畏氛围所感染，也默默退出去。三爹又成了喇叭里的三爹！我用同样的肃穆之情目视昏睡着的三爹，慢慢走到院子外。从破庙前经过时，我忍不住抬头望着旗杆顶——那只高音大喇叭高高地蹲在杆子顶端，虎视眈眈地俯视着田野农舍，竟像一个有生命的活物。

其实，葫芦峪的人都把走出山峪看成一件大事，哪怕出门仅一两日，也像是一次了不得的远行，细致地准备，家人叮嘱，带干粮带水……早些年，葫芦峪的人是不大爱出门走动的，即便走动，活动范围也仅仅限于山峪之内的几个村落。

后来我才知道，我的乡亲们不愿到峪外去还有另一个原因——畏水。在乡亲们的心目中，那条奔腾不息的胡马河简直就是一条不可逾越的大江，甚至有人把它当成海——因为他们大都一辈子没见过江和海。一片较宽阔的水域是一个陌生而未知的世界，它可吞噬一切生命。每年，山峪里总能听到胡马河又淹死多少人或多少牛羊、翻了几条船的传说。所以，尽管有渡船，葫芦峪的人却宁肯绕道几十里去过桥也不坐渡船。我始终无法理解他们那种对水的敬畏心理。有一次，我望着胡马河宽阔的河面，望着那片灰蒙蒙的波浪，忽然产生了一种征服它的欲望，尽管这一带的河面的确很宽，有点儿像江，水流也很湍急，但我想试试它的深度。我脱了衣服，一步步朝河里走去。浑浊的河水凉飕飕的，河底的泥沙很柔软。

我勇敢地往前走去，水淹住了腿；再往前走，淹没了肚子；再往前走，淹住了胸；而在河心中间，河水仅仅淹到脖子那儿——那便是最深的地方。我没游一下，用双脚蹚过了河。

过了河之后，我想笑，又想哭——河啊，就是这样的一条河，却让葫芦峪的乡亲们畏惧不已！

事后，爹骂我说："没淹死你个小兔崽子是你小子命大，是河神娘娘那时正打盹儿哩；没淹死你个小狗日的，是那几天河里水浅——水都因抗旱被抽光了……真该淹死你这小逆种儿！"

冰　雹

住在城市里，我是非常喜欢下冰雹的。当一阵冰雹从空中飞泻而下，将屋瓦砸得"叮叮当当"乱响，无数蚕豆般大小的小银珠儿在地上跳跃滚动，一时满世界都充满了生气。

那时，我会不顾被冰雹砸痛脑袋的危险冲到院子里去，拣几粒大个儿的雹子回来，放在手心上让它们慢慢融化，或者把那晶莹透明的小球放在嘴里，一股凉飕飕的、带有雨腥味的感觉便留在了舌尖上。

葫芦峪的冰雹却无那种诗意。

有一年，我在葫芦峪老榆树村的四舅家住了两月，正赶上一场罕见的特大冰雹。

四舅与五舅不同，是个少见的老实人，见人只会憨笑，连句完整的话也说不全。五舅讥讽地说他"三棍子打不出一个屁来"。

四舅只会在地里苦受，干活儿有一把子牛劲儿，把几亩庄稼地侍弄得绿格茵茵、整整齐齐，无论是小麦莜麦还是油菜胡麻，都比别人家的长势好，让临近田地里的庄户人见了眼馋得不得了，都夸四舅天生就是种地的料儿。

四舅管冰雹叫"蛋子"。

天阴得厉害，黑得吓人。四舅抬头望着那片黑云忧心忡忡地嘟哝着："可别价下蛋子，麦子正扬花儿呢……"

麦子的确长得喜人，绿得流油，风一阵阵地吹，麦浪便一阵阵地翻腾，一层浅绿，一层深绿，浅绿深绿相互推着往前涌，真像是海潮。只有塞外的田野才有这么强劲的风，才能看到如此壮观奇特的麦浪景象。

只是那块云黑得让人担心。

"可别下蛋子……"四舅又嘟哝。

我牵着毛驴车等四舅从麦地走出来。我看见四舅佝偻着脊背在麦浪中畅游。黑云越来越低，仿佛要把四舅压到麦子里去。原本老实的毛驴也沉不住气了，耳朵耸动，蹄子乱刨，似乎想逃掉。

田野骤然变暗，看不见一个人影，只有一匹白马在迎风嘶叫。远处是起伏而广阔的麦地和油菜地，油菜花的金黄色现在成了一团混浊的土黄。

四舅终于从麦地里钻了出来，说："快走，雨说来就来，猛着呢……"

我们把小毛驴车赶到不远处的那棵老榆树下。毛驴跑得很快，乡里人都叫它"驴吉普"。

我们刚赶到树下时，便听到一阵猛烈的"噼噼啪啪"的响声，望去，眼前一片迷乱的白光。

"日他个娘的，真下蛋子咧……"四舅痛苦地蹲下去呻吟着。

我们身边滚着一片冰雹。真是一种罕见的既壮观又野蛮的奇景。起初在地上欢乐跳跃的小冰雹只有豆粒大小，它们像许多有生命的小精灵般互相碰撞着、滚动着。我们头顶上的榆树叶子还算茂密，挡住了第一阵冰雹的袭击。可是，骤然间，一阵更猛烈的冰雹落下来，仿佛要把大地抽碎。我们头顶上的树叶在转眼的工夫就被抽得七零八落、纷纷飘飞。足有拳头那样大的冰雹毫不留情地砸在我们头上和身上。四舅来不及说话，一下子把我推到毛驴车底下，然后他以飞快的动作将一个粪篓子扣在毛驴头上，自己也滚到了"驴吉普"下面。冰雹恶狠狠地砸在车板上，声音有力而沉闷。

我贴着地皮望过去，到处都是乱滚的、耀眼的白光。四舅闭着眼，牙齿咬得"咯咯"响。

四舅狠狠地咒着："老天爷，我日你娘，日你娘哩……"

大约十多分钟后，冰雹的战线转移了，到更远些的地方"空投"去了。我和四舅从"驴吉普"下钻出来，四舅跟跟跄跄地向他的麦田跑去。

我紧跟着。

麦田早已一塌糊涂，惨极了。所有的庄稼都被打得东倒西歪，不成样子。那冰雹下得也怪，按一条线的走向，大约有一里来宽。四舅的田地恰好在这条冰雹线上。四舅傻了一般站着，我看见一滴滴的泪顺着他粗厚的鼻梁流淌下来。四舅后来说，他当时真不想活了——一年辛辛苦苦的血汗在转眼间全白费了，丰收的希望打了个皂泡就消失了。"地老大"活着真不易呀！

还是我提醒了四舅："找政府！遇到这类天灾，政府是不会不管的！"

四舅便往村子里跑去。

由于下了冰雹，天变冷了，脚下的雹子一时没化，光溜溜的，滑脚。四舅摔了很多跟头。在路过那棵我们避雹子的老榆树下，四舅没忘了赶他的"驴吉普"。

四舅跑到"驴吉普"那儿呆愣住了。

我跟过去一看也吃了一惊——足有一米多高的、用芨芨草编织的、圈在驴车上的囤帷子里，满满当当地装着大大小小的冰雹。本来，四舅今天打算用驴车去装萝卜，谁料竟装回满满一车冰雹。

老天爷跟四舅开了一个残酷的玩笑。

沉默无语良久，四舅突然一跺脚，说了声"走"，赶了"驴吉普"便风风火火上了汽路。我三步并两步追上去问：

"四舅，去哪儿？"

"乡里！"

"去干啥？"

"找乡政府，报灾！"四舅头也不回地说。

我恍然大悟，拍手称绝——拉去一车冰雹到乡政府报灾，灾情多重，一看便知，看你乡干部管不管！

四舅走得很快，生怕冰雹在路上化掉。我看见"驴吉普"的底板下不停地"嘀嘀嗒嗒"往下淌水。小毛驴格外卖力，跑起来一阵风似的，仿佛它也懂了主人的心意。我小跑着追赶四舅。四舅断断续续地告诉我，有一年，也遭了蛋子，四舅找村干部，村干部不信，说我家的地离你家不远，好好的，哪有啥灾呀！四舅就找到乡里反映，乡干部也不信，说天气预报可没说有冰雹呀，要相信科学嘛……

四舅说这回有一车冰雹做证，看你乡干部信不信！

葫芦镇离老榆树村仅有八里路。赶进乡镇时，天已擦黑。四舅径直将"驴吉普"开进了乡政府大院。

院内却有许多辆真正的吉普车停着——"北京2020""大罗马""三菱巡洋舰""小丰田"……排了一长溜儿。一问，说是县里下来的检查团，专门检查防洪救灾来的，此刻正由乡长——我的五舅陪着在乡政府食堂吃饭。

五舅由于不久前成功地解决了一起"白条风波"而被上面赏识提拔为乡长，热情高涨，干劲儿十足。

四舅说："二狗子，你在这儿守着车，我进去把老五喊出来。"

四舅走了一会儿，仍不见回来。我瞅瞅驴车上，还好，冰雹还没有化掉，仍有一多半积在囤帷子里。

这时候，一个乡干部模样的人端着一盘热菜从厨房里走出来。菜的味儿很香，直扑我的鼻子。我扫了一眼，像是一盘海参或蹄筋之类的东西。那人见"驴吉普"挡了他的路，大为不满，不客气地训斥我："后生，咋把车赶到这儿啦？赶开赶开！"

"我们是来报灾的！"我没动。

那人只得从车旁绕过来，说："灾？啥灾？乡里咋没听说？"

"冰雹！这不，刚来报嘛！你瞧瞧，一会儿工夫就下满了一车……"我指着驴车对他说。

那人探头朝囤帷子里瞅了一眼，惊得吐出舌头，说："俺的天神神，这么大的蛋子？头一回见，头一回见哩！"

那人瞅着满车冰雹愣了一会儿，突然有所发现似的一跺脚，兴奋地说："太好了！太好了！后生，你这可是雪中送炭呀！在这儿等着，甭价把车赶走，就在这儿等着……"

说着，那人匆匆将菜送了进去。我听见饭厅里浩浩荡荡地滚出一阵阵劝酒的闹哄声。

须臾，刚才端菜那人又走出来，怀中抱了一大堆啤酒，足有十几瓶。他走到"驴吉普"前，将那啤酒放到车上，一瓶一瓶地埋到冰雹里，边埋边和我说："后生，你可帮了大忙啦！刚才检查团的几位领导要喝冰镇啤酒，说是啤酒不冰到五度以下不好喝。可咱这穷山乡哪儿有电冰箱呢！本来，乡长去年冬天就想到了这个问题，我们在后院的菜窖里贮藏了不少冰块，可今年夏天天太热，每天都有上面的人下来，每天都得冰镇啤酒，那些冰料早连化带用全没了。这不，遇到今天这阵势，你是连一点儿法子也没有啊！给县长喝热啤酒，县长的脸子就不高兴！人家虽不说，咱还看不出？县扶贫办的牛主任说，赶明个儿给你们乡一笔扶贫款，首先买台电冰箱……听听，这不是拐着弯儿损咱吗！乡长急得抓耳挠腮，让我想办法！我能有啥法子？还不是打井水泡啤酒，那不顶事儿……后生，你这车冰可来得太及时哩！你甭急，这车冰算乡里买下的，一会儿给你钱，二十元一车，行吧？不信？我不哄你，我好歹也是个乡助理员嘛……"

又一个乡助理员！又一块当乡长的好料子。我想：当年五舅的业绩肯定影响了一大批人，使他们决心按照五舅所开创的道路走下去。

四舅无力地挪着步子走了回来。

"咋说？"我以目光询问。

四舅摇摇头，说："人家不让进！门口有两个乡派出所的把门儿，说是为了首长的安全！咱好话都说尽了，就是不让进，我说有急事儿，人家说，你个穷庄户人有个甚急事儿……"一股火冲上我的脑门儿，我说："我去找他！"四舅死活不依地拉住了我，不让我去。

"二狗儿，可甭给我惹祸！那年，你骂老五流氓，这事儿在乡亲们中传遍了，老五一直记恨你哩！你去，事情就更不好办哩！再说呢，咱也是知情达理的人，咋也得让人家领导安安心心地把这顿饭吃完才是！你给人家送进一车蛋子，叫人家的饭还咋往下吃？"

我想想，四舅说得也在理儿，就没再硬往里冲。

"不急不急，反正这车蛋子一时半会儿化不尽，等人家吃完饭再说。"四舅圪蹴在地上，掏出烟锅子开始一袋接一袋地抽烟。四舅那种沉着冷静的耐心令我惊叹折服。

我们开始等。

天早已全黑下来。明亮的灯火从饭厅窗子里透出来，夹杂着热热闹闹的碰杯声、说笑声、酒令声。好漫长的一顿饭，两个小时还没吃完。那位乡助理员已经几进几出地把冰镇好的啤酒拿进去，又把未冰镇过的放在冰雹里埋上。

乡助理员兴奋地告诉我们说："检查团的领导对冰镇啤酒满意极了，扶贫办牛主任一口咬定我们有电冰箱，故意藏而不露，为的是向县里要个'贫困乡'指标，还说我们手段高明，好心给他喝冰啤酒，反而让他逮住理儿了……"这时，饭厅里蓦然歌声大作。先是五舅高亢的领唱，紧接着是庄严的合唱，竟是那首在葫芦峪流传颇广的民谣谱了曲儿：

> 上有天堂，
>
> 下有苏杭，
>
> 除了北京城，
>
> 就数葫芦乡……

乡干部们齐声高唱，女服务员也加入进来，高音低音，二部和声，抑扬顿挫，透出葫芦峪人的自豪、自信和满足，当然也可以说成是豁达。歌词反复到第五遍时，检查团也加入进来，把气氛挑向了高潮。

之后是一片杯盏碰撞声，宴会结束。

也就在这时，那一车冰雹全部溶化了，只在车底下流了一摊水。那位乡助理员果然讲信用，当真送来二十元钱。

四舅只是痛苦地圪蹴在地上，不接那钱，乡助理员死活要往他怀里塞。恰好五舅送走客人返回来，看见了四舅，说："四哥？是你送来的冰？哎呀，四哥，没想到你也学会这一手，具备经济头脑啦——夏天卖冰块儿，可是一笔好收入呀……亏你想得出！"四舅把头埋在裤裆里，像被刑法折磨得无法再忍受的样子呻吟着："卖冰块儿？我卖你娘个……日你八辈子先人……"五舅呆怔了。那位乡助理员在五舅耳边低低说了一阵子，五舅一拍手笑起来，说："我还当是咋回事呢，不就是几亩地遭蛋子打了？那算甚！和你说，刚才在酒桌上，牛主任一高兴，已经把贫困乡的指标给了咱们葫芦峪，这就是说二十万元的救济款到手了，还给你们免去了农业税，到哪儿找这好事去？咱县的口号是，'奋斗四十年，打闹个贫困县'；咱乡是'白搭进去七八只羊，闹他娘个贫困乡'，好事一桩嘛！你想想，就算你是灾区，救济款不过一两万，每户分不到三五十，顶甚用？还得让你自救！可贫困乡起码可以吃五年，是好事不？"

四舅迟迟疑疑地站起来，望着五舅。

五舅拍着四舅的肩安慰说："你的事好办，明天款子拨下去，按重灾户、贫困户照顾你，愁啥！放心，共产党不会饿死人，总有你一口吃的！再说，今儿个你也为咱乡争取贫困乡立了一大功，你是有功之臣嘛……对了，四哥还没吃饭吧，我让食堂给你……"

四舅没有在乡里吃饭，赶着"驴吉普"连夜回到老榆树村。路上，我与四舅默默行走，久久没说一句话。天庄严地黑着，只在厚厚的云絮边沿处泛着一缕灰白色的光。黑黢黢的山肃然而立，望着我们。风也停了，我清晰地听见我们的脚步声伴着驴蹄儿"嘚哒嘚哒"的节奏在乡村的石子路上"沙沙"作响。

快进村时，四舅长长地呼出一口气来，不是对我，而是自言自语地说：

"那车蛋子，总算没白费，派上用场啦，要是今夜儿里没它，怕是老五那贫困乡还打闹不下来呢……"

四舅开始高兴起来，哼了句小曲，竟和乡里饭厅里所唱的那首差不多。四舅是新学会的，还是他原本也会唱？

　　上有那个天堂，

　　下有那个苏杭，

　　除了北京城，

　　就数葫芦乡……

我一直喜爱那句诗：为什么我的眼里常含泪水，因为我对这土地爱得深沉。可是直到今天，我才发现原来我对这句诗的理解多么肤浅！

爱是一种极为深刻的内涵，竟是那样的复杂，不被我们所理解！爱里有多少崇高的成分，又有多少狭隘的成分呢？泪水象征着苦难吗？那么，这片土地的苦难有多厚重呢？到了今天，我才发现可怕的并不是苦难本身，而是我们面对苦难，眼眶里却没有泪水！

如果一个民族的眼眶里没了泪水是否也是一种灾难呢？所以有一天，当我听厌了《步步高》《喜洋洋》这类欢快轻松的民乐，而骤然听到拉赫玛尼诺夫的钢琴协奏曲时，我一下子被震颤了！

我分明听见那位伟大的音乐家一边哭泣一边叹息：

我那灾难深重的俄罗斯呀！

三

我那葫芦峪的乡亲们一直固执地相信这种说法：我们其实都有着高贵的血统，我们的始祖就是那明朝的开国之皇……

相传，朱重八在未成大业之前穷困潦倒，靠讨饭度日。一天，他来到野外，饥饿难挨，忽见田野里有一妙龄女子挖野菜。重八上前去，不由分说地抓起篮中野菜就吃。挖菜女子一笑，却从坛中取出白馍馍和鸡蛋相赠。重八大喜，风卷残云般吃完，才发现那女子含情脉脉地注视着自己。由于肚饱之后，有了情欲，便与那女子在麦地野合，好一阵巫山云雨……

后来，那天命在身的真龙天子登极称帝，那女子却远走他乡，来到人烟稀少的葫芦峪，生下有着皇族血统的孩子，过起了默默隐居的生活。故而，重八皇帝并不知女子怀孕之事，所以史书上也没有只言片语的记载，这段佳话便成了一段鲜为人知的野史。而这一支朱氏后裔也从未享受过皇家之福，他们在这片黄土地上靠自己的辛勤劳作，无祸无福、无灾无难地生活下去，香火不断，人丁兴旺……

我是朱氏家族中唯一不相信这段浪漫野史的一个子孙。虽然这传说表达了葫芦峪乡亲们的一种远离富贵、重返自然、无为而治的朴素思想，但它经不起考证。据我所知，朱元璋的原籍在安徽凤阳，那挖野菜女子怎会千里迢迢来这葫芦峪？当时葫芦峪还是蒙古人的地盘，只是在清朝末年，山西、河北的灾民涌入蒙古高原，葫芦峪才有了汉人。若严格考证，我们朱氏家族应该是从山西大槐树下来的移民……

我们与明太祖只有一点相同之处——都姓朱。我可不想当那个朱皇帝的后裔！

因为我的叛逆，朱氏家族中对我耿耿于怀的大有人在。每当我从城里回到葫芦峪时，总要招来许多谴责和非议。虽然每次回去都挨骂，可我还是想回去。尤其是离开故乡久了，心里总有股子空空落落、脚下无根的感觉。而一回到那四面环山的山坳里，心里便踏实，便亲切。

我不知道那是一种什么"情结"？

也许，我们真是朱重八的后代呢……

气　功

我一直不知道六爹有一个挺辉煌的名字——朱国栋。

这名字意味着六爹从小就有远大志向，决心要成为国家的栋梁之材。

乍一看外貌，六爹也和大多数朱氏家族成员差不多，干巴巴的，黑瘦，用当地土话说叫作"不打斗"或"灰眉土眼儿"。但六爹也有他与众不同的地方，比如那嘴唇就薄，而朱氏成员全是比城墙还厚的肥唇；前后额头突出，是那种典型的"冬瓜头"，也叫"崩儿了头"，而朱氏成员大都是从小睡出的极规则的"扁头"。于是，六爹也就有了两个与众不同的特点：能说会道和脑瓜子灵活。

为了给国家效力，或许也为了不再一辈子死守那片贫瘠的土地，朱国栋去"光荣"了。在葫芦峪，"光荣"之意是参军，而不是牺牲。能有幸"光荣"的青年在葫芦峪里寥若晨星，所以六爹"光荣"时朱氏成员都很激动，尤其是那块"光荣之家"的牌匾由乡武装部的干部亲手给爷爷挂在屋门前时，大家都跑来观看，指指点点，敬慕不已，颇有点瞻仰御赐之匾的味道。

尤其是爷爷，早已老眼昏花，却在院子里伫立了一整天，盯住那匾不放，笑得满脸开花，不住地捋须而叹："看不出这六兔崽子还能有这么大的出息！

这小子，这小子，十五六时还耍鸡鸡耍尿泥呢，咋说出息就出息了呢？唉，不愧是皇族之后哇……"

六爹果然不负众望，参军第二年寄信回来，说由于在部队干得好，已被选送去特务连当了侦察兵，整日擒拿格斗、飞檐走壁，不是给中央首长开心解闷儿，就是给外国友人表演观摩……这下可轰动了，尤其是年轻后生，眼红得抓耳挠腮，而那些到了年龄的大闺女则琢磨着怎样才能嫁给六爹。一时，上门提亲的人络绎不绝。爷爷可开心坏了，也不答复人家，只对我下命令："二狗子，把你六爹的信给他们念念。"那时我正上高中，学习很好，老师已预言我迟早能考上大学。我也是爷爷的骄傲，假期时总把我留在身边，像"小皇帝"一样待着。我于是拿出信朗朗念道：

"爹爹，您老人家切莫因一时高兴而应承了人家的提亲——乡亲们知道我的情况，去说媳妇的肯定不少，你可别乱应承！眼下，我们营长有个妹子想给我介绍哩！那妹子长得水灵灵的，像电影里的慈禧娘娘年轻那会儿……"

爷爷把旱烟锅响亮地敲在炕沿上，烟灰火星四溅，说："听听，听听，营长的妹子！像慈禧娘娘！日他个小兔崽子的，自己搞上哩……他得先给咱领回来，让咱过眼，咱同意才行呢……哼，营长的妹子，像电影里的……谁知道会不会过日子哩。"

介绍人只得讪讪而退。

又过了一年，更大的喜讯传回家里——六爹立功啦，是个三等功！这年夏天，雨水太勤，河水猛涨，一天夜里，河水冲破河堤，淹了部队的养猪场，有五十多头肥猪泡在河水里，有生命危险。六爹不顾个人安危，跳入激流中救了三十三头猪，受到全团嘉奖，荣立三等功……

全家人照例又高兴了几天。那些天每天都吃油炸糕。有一天，爷爷高兴了一阵子后忽地叹口气，说："看样子这小六子是回不来哩，不是留部队提干，就是转业到城里去啦！咱这葫芦峪是装不下他啦……唉，你说这小六子不在特务连待着，去人家养猪场干啥？真够险的呢，这小兔崽子不会水啊，没淹死他算他命大……"

爹说："兴许是去养猪场执行任务，正赶上发水了吧。"

爷爷的话提醒了我，又反复把六爹的来信看了几遍，发现了名堂——每个信封上，倒都署着发信人地址：某团某营特务连，而每一封信上的下角都注明：来信请寄特务连张大顺代转……我的心"咯噔"一下，顿然悟出这怕是六爹要的把戏！不过此事太重大了，我没敢声张。我若说出我的疑虑，爷爷、爹爹，还有朱氏大多数成员一定会把我撕成碎片片的！

没多久，六爹突然回来了。

六爹军服上的领章五星全没了，显然是复员回乡。这件事太出乎人们的意料了，大家全都傻了眼，直勾勾地盯着六爹，等他讲原委。六爹呢，满脸晦气，情绪低落，一言不发，只是把头耷拉到裤裆里，狠命地吃纸烟——是那种两三毛一盒的"官厅"烟。

一时大家觉着无趣，散了。

当晚，爷爷发火了。爷爷的暴怒谁也劝不住，后来也不敢劝了，因为他手里那根旱烟杆敢往任何地方乱敲，六爹的脑门就被它敲起了三个大红包。六爹咬着牙坚持到后半夜终于挺不住，哭着如实交代了事情的真相——

正如我所料，六爹并没有在特务连当侦察兵，而是在养猪场养了三年猪。若老老实实地安心养猪倒也罢了，六爹一则受不住那寂寞，二则看人家立功的、入党的、提干的、上学的、安排到城里好单位工作的……十分眼热，每日只琢磨怎样才能立功，然后转志愿兵或提干入党。想得久了，竟真让他想出个妙法，于是便同一块儿养猪的农村兵李二龙商量。李二龙也巴不得有机会立功，满口答应。

那天晚上，二人摸到河堤，干了半夜，掘开个口子，让河水淹了紧靠河堤的养猪场。之后，两人一方面向上面紧急报险，一方面下水救猪……事情本来做得天衣无缝，偏偏六爹救了三十三头猪，比李二龙多救了十六头，上级评功时就给六爹多评了一等。那李二龙只得个表彰，心中不服，又见六爹成了主角，倒把他冷落了——无论是记者采访还是经验汇报，都让六爹给占了。李二龙一气之下便去连里检举揭发了六爹主谋掘河堤之事。事情全部败露，李二龙将功补过，留部队以观后效。六爹却不仅被处分，还险些进了军事法庭，最后，落得个遣送回乡的结局……

六爹的辉煌结束了！

六爹像一颗明星一样骤然陨落了，从此黯淡无光，充满了晦气。在很长一段日子里，六爹缩在屋子里哪儿也不去，像一条蛰伏起来的蛇。我知道六爹是没脸再见人了，无颜愧对江东父老！农忙时，非下地不可，六爹就在天还没亮时去了地里，直到夜幕降临才回家。偶尔被人撞见，大闺女还好，只掩嘴一笑便走了，年轻后生们可就麻烦了，一口一个"营长妹子"或"慈禧娘娘"地追着他，使可怜的六爹不得不像丧家狗一样落荒而去。

夜里，我常听见从六爹的屋里传出一阵阵胡琴声。六爹自小喜欢拉胡琴，却一直拉不好。弦未调准，丝弦上又少松香，那发出的声音就"咿呀"难听。可是我却从那胡琴声里听出了忧伤，听出了灵魂的骚动不安，听出了从泥土地里泛上来的渴望。

六爹渴望东山再起！

六爹不甘心呵！不甘心就此陨落，不甘心默默无闻，不甘心一辈子面朝黄土背朝天……六爹渴望丰功伟业，渴望出人头地，渴望自身价值的实现……我想：六爹的渴望不正和当年朱元璋贫困潦倒时的心境一样吗？难道六爹身上真的流淌着皇族血液？我暗暗为六爹生不逢时而叹息。

谁也没想到六爹要去县城。

那几日正农闲，六爹说进城去散散心，看看战友。爷爷没说话，由他去了。爷爷真怕他憋出毛病。其实爷爷在众多的儿女当中，最疼六爹，我看得出。

大约二十多天之后，六爹精神抖擞地回来了。

那是一个黄昏时分，我正和一伙年轻后生聚集在破关帝庙前"穷谝"，有的端着大瓷碗边吸溜饭边谝，有的吃纸烟，有的抢"小人书"看，有的抱着个光屁股的娃儿……大家正天南地北谝得来劲儿，忽听人喊：

"二狗子，看，你六爹回来哩——"

我看见六爹的精神状态十分好，坦然大方地迎着我们走来，笑着和众人打招呼。这么一下，大家倒不好意思提"营长妹子"了。

"进城啦？有甚新闻，讲讲！"有人说。

"说是美国又侵略人家小国家啦，抢人家的石油呗！结果打进去一眍可干瞪眼儿哩，咋？人家把油井全给狗日的点着啦，让他再抢……"六爹神采奕奕，侃侃而谈，边说边给大家散纸烟，却不是"官厅"，而是"大前门"了。众人顿时肃然起敬。

"咱中国出不出兵？打他个美国佬儿？"有个后生激动地问。

"听说部队想去，都请战哩，可中央不应。"六爹以一种战略家的远见卓识的神态说，"也是嘛，中央考虑得对，咱一出兵，就引发第三次世界大战，那还了得！咱中国人最讲仁义，倒是去了灭火队帮人家灭火哩！"

"甚？帮美国佬灭火？"

"不是帮美国，是帮科……科啥来着？"

"那你咋不报名？去外国看看也够兴的。"

"咱不行，嘿嘿，不是谁想去就能去的，那得懂技术。你当是你家房子着火往上浇水就能救？人家那是油井，越浇水火越旺呢。我呢，进城是学气功去了。"

"呵，气功？"

众人齐声惊叹，不再说话，目光齐刷刷地对准了六爹。

六爹却是一副藏而不露的神态，说："也巧，刚进城就碰见个气功大师，正招收弟子，我就投奔了他。人家教的是气功速成法，三天能入境，五天会运气，十天就能发功治病，十五天呢，能遥感百里之外的任何事情！"

"学成了能干甚？"有人战战兢兢地问。

"能干甚？那用处可大啦！强身健体、益寿延年且不说，还可为人治病，什么癌症，什么艾滋病，都能看好，还能帮国家找矿、帮警察破案；练好了还能呼风唤雨，来无踪去无影……想干甚就干甚呵！"六爹极认真地说。

"你学成了？"

"还行！师傅说，我是他的得意门生……"

"啧啧……"

于是，四周一片惊叹声。人们众星捧月般将六爹围在中间，纷纷要求他立马表演一下，让大家开开眼。

六爹却只是谦虚地摆手，说："不行不行，师傅说啦，学气功不为名不为利，要做到心静如水，无思无欲……这样出风头的事是不可做的。大家如果对气功有兴趣，我就办班教你们，保证二十天内都学会。"

"真的？"

"那还有假。要是教不会你们，我分文不收，学费全部退回。"六爹十分自信地说。

当下有五六个后生表示愿随六爹学气功。六爹愈发得意，一副踌躇满志的样子。我想给他泼点凉水降降温，就说："六爹，你说人家美国的科学先进不先进？"

"咋？当然先进……"六爹不知我要说啥，朝我翻个白眼儿。

"报上说，前些时候美国来了个气功调查研究团，在中国整整研究了一年，最后的结论是气功根本不存在，那完全是意念……"

"甚……甚？"六爹脸色顿变，"说咱中国没气功？"

"嗯哪！"

"是美国人说的？"

"人家有科学依据，使用了世界上最先进的仪器进行测验……"

不等我把话说完，六爹大吼一声："我操他美国佬八辈儿祖宗！中国没气功？那是成心寒碜咱们呐！那是污辱咱们中华民族呵，那是否定咱几千年的古老文明哦……"六爹慷慨激昂，浑身辐射出一股凛然正气。"我早说过，美帝国主义亡我之心不死！他们念念不忘让咱当他们的亡国奴呀！洋人，哪一个不想亡咱国？咱中国这么大，人这么多，好东西有的是，哪个洋人看了不眼馋不动心？所以就用那些狗屁仪器来哄人，说中国没气功！众人闪开，我现在立马就让你们看看，这是不是真功夫！"

说着，六爹拨开众人，往前跨了几步，盯住破庙门前的一块石碑，双目炯炯放光。

那石碑高约两米，宽两尺，厚五寸，大约是清末民初盖庙时竖起的石碑，花岗岩质地。六爹站在离那石碑五步远的地方，两手举起，又缓缓向胸口压下，双腿做骑马蹲裆状，二目微闭，徐徐吐气。

一时，众人皆屏气敛声，睁圆双目而视，嘴巴半合半张。四周一片寂静。

我知道六爹要干什么了！我那一番话挑起了他的火，把他逼到一个下不了台的死角。我知道自己惹了祸，十分害怕，喊了一声："六爹，你不能……"

六爹却纹丝不动，仍以那姿势稳如磐石般伫立不动。骤然间，六爹大喝一声，石破天惊，风雷滚滚，却见六爹一头撞过去，那头与石碑相碰，闷闷地响了一声，使人惊异的场面出现了——

石碑轰然断裂，倒在地上……

观众爆发出经久不息的欢呼声。

六爹成了英雄——怀着一腔对美国佬的义愤，怀着一腔爱国激情，凭着不可思议的气功的威力，一头撞断了那块老石碑。

六爹再度辉煌！

此后的数日内，我们家门庭若市，前来求师学艺的气功爱好者络绎不绝，还有为数不少求六爹用气功治病的，也有丢失了马或骡子求六爹发功寻找并指出具体方向的。

六爹不摆架子，来者不拒，为病人医病，为失主指点迷津，竟看好了四个乡民的疑难病症，还为失主找回五六匹马子和驴子。一时间，六爹成了葫芦峪里知名度颇高的传奇人物。

六爹办起了气功速成班，竟收了不少弟子，学费高达七百元。

每天夜里，我都看见在我家的大场院里，站立着一根根木桩子似的黑影，个个如幽灵般肃然，无知无欲，在六爹那双魔术师般的双手的指挥下，那些僵硬的身体微微摇晃，如中魔怔，令人悚然。

然而好景不长。一天，忽从县里下来一辆小车，跳下了三男一女，直奔六爹的屋子。三人是县文物站的，还有一个是公安局的。他们神情严肃，开门见山：

"朱国栋，关帝庙门前的石碑，是你撞断的吗？"

"是呀！"六爹不摸深浅，略有得意之色。

"你知道那石碑是县里的重点保护文物吗？"

"不……不知道呀……"六爹这才慌了。

"罚款六千元！"来人二话不说，撕下一张发票掷给六爹。

六爹傻了眼——万没想到本是一件为国争光的好事却被罚款。六爹据理力争，但一看那穿警服的公安人员亮出了铐子，就不敢再争了，老老实实地把刚刚收来的几千元学费交了出来。可还缺三百元，六爹只得到我爹屋里来借。爹闷声不响地把钱拿出来，却未递给他，说："老六，这钱，一下子让人家敲去六千元，太冤了……可以不给他们！"

"那咋行呵，老天爷！"六爹急头白脸地说，"不交钱，就得去蹲大狱……"

"你去告诉他们——那石碑本不是你撞断的！"

"甚？不是我？甭耍我啦，二哥，那么多人都在现场，看得分明！二狗子也在场……"

"我去细细看过那石碑了。"爹慢悠悠地说，"我不信你能撞烂它，就去看了。原来那石碑早就有了裂纹，只连着一点儿点儿，迟早是要倒的！你那一撞，不过是让它早倒了个一两天！这事儿本和你关系不大，你去说明，人家再来验证，不会冤你的。"

"说甚？那石碑早裂了？"

"可不，九成多的旧茬儿，我一眼就看出来了。"爹说，"我当了这么多年的石匠，不会看错的。别人看不出，我一看就知道是旧茬儿还是新茬儿……"

六爹呆怔了半晌，忽喜忽悲，表情复杂。忽地，他冷笑一声说："笑话，怕我掏不起这几个钱是咋着？是我撞断的就是我撞断的，我老六敢作敢当！咋的？我老六就有这本事。赶明儿个老六出了国，一不高兴把他美国人的白宫也撞烂它，该赔多少钱咱赔……咱人穷志不短！"

说罢，取了钱扭身而去。爹无可奈何地摇摇头叹道："宁可舍钱，也要保面子，这老六！"

罚款风波之后，六爹的情绪低落，每日闷闷不乐，气功班也不再办了。有一天，我见他在破庙前的那倒下的石碑前发愣，就走过去。他忽然指着石碑问我：

"你说，这是新茬儿口还是旧茬儿口？"

"当然是新茬儿口。"我故意安慰他。

"大家当时都在场，我发功的情景你们可都看见啦……"六爹委屈地嘟哝着。

"是呀！别听我爹胡咧咧……"我知道若再有一人对六爹的气功表示怀疑，他会自杀给他看的。

"二狗子，帮我把这石碑抬回家去！反正我已赔了钱，这文物归咱了！"六爹抚着石碑伤感地说。我弄不清他是为那次辉煌的举动保存物证呢，还是为了给自己遮丑而销毁物证？

我找来一辆手推车，先把上半截石碑推回家，下半截还埋在土里，六爹让我天快黑时帮他挖出。

不知出于一种什么心理动机——也许是想戏弄一下六爹，也许是想安慰一下他，我忽地想出个荒唐念头。我那时还是个高中未毕业的男孩子，经常调皮，管束不住自己，何况我又有朱氏家族中最高的文化水平，于是我搞了一出恶作剧。

不过我没想到，我的恶作剧再次帮了六爹，成了他人生路上的一个重大转折点。

傍晚，我和六爹去破庙前挖石碑。石碑下部入土约二尺多深。当石碑就要被挖出时，六爹惊呼了一声——他挖出一个油纸包。

我忙凑过去问："瞧瞧，是甚宝贝？"

"又是一件文物哩！"六爹喜滋滋地展开那一层层油纸，里面竟是一本保存完好的线装书。书很薄，是用黄表纸装订的，只见书的扉页上有工工整整的毛笔字：

手抄真本

五运六气秘诀

清庚子年贾大师著

六爹大喜，如获珍宝，再三叮嘱我严守秘密，不可外传，然后撇了铁锹，直奔回家，挑灯夜读。

我要回县城上学了，起得很早。出门时见六爹屋里的灯光依然亮着，六爹干瘦倔强的身影刻印在窗户上，令人感动。我很想走进去和他说点儿什么，但我知道此刻他已完全沉浸在自己的意念之中，正在幸福的玄界遨游，还是不打扰他为好。我悄悄走了。

那年我考上了大学，带着一个农村孩子对外面世界新奇的向往，欣欣然扑向了北京。

半年后放寒假，我先回到县里，准备第二天搭车回葫芦峪过年。

这天下午，正待着无事在街头散步，突然，一辆漂亮的"桑塔纳"小车在我身边戛然停下。我吃了一惊。我知道这轿车不错，怕是只有县里领导才有资格坐它。

从车上跳下一个人来，西装革履，大背头油亮，派头十足，一把抓住我，亲亲热热地说：

"哈哈，咱家的大学生，甚时候回来的？"

我再一细看，乐了——竟是六爹！他浑身上下都散发出一股春风得意的气息。见我愕然，六爹笑道：

"三十年河东，四十年河西！六爹如今是县里的大名人哩，咱的名字比县长还叫得响哩！"

我依然迷惑不解——难道六爹经商发了洋财？六爹见状，挥手一指道：

"你随便望一眼，哪儿没六爹的大号！六爹如今是一代气功大师喽！"

我四面一瞅，果然见街道两侧贴着的花花绿绿的海报广告，上面真有六爹的名字：

海报——本月23日，我们特聘气功名师朱国栋讲授六气秘诀，地点：县委小礼堂……

海报——25日晚，在幸福公园内，由气功大师朱国栋主持万人发功大会……

广告——神功大力丸系根据我县一代气功名师朱国栋的《五运六气秘诀》特制而成，主治：阳痿、遗精、精血不调、寒热不适等症，具有滋阴壮阳之神效……

广告……

我真的目瞪口呆了。

"二狗子，说起来，也有你的一份功劳呢。正是你帮着挖出的那本手抄真本，使六爹名声大振。开始还想保密，悄悄按书上真言修炼，可不久人们就知道我得了贾大师的真本，一下子就传开了。人们都说贾大师是个活神仙，在咱们国家的气功史上很有名哩！他的真本早已失传，如今被我发现，成了轰动一时的新闻。嗨，反正连我自个儿也不知咋回事儿，一夜之间就成了气功大师了，每天忙得连屁股都顾不上擦！这不，马县长请我去给他发功治病，亲自派车来接。对了二狗子，明天和我一起回吧，还是小车送，方便得很呀……"

这时，我难过得想哭，说："六爹，我不该戏逗你，实话对你说吧，那本手抄真本是假的，那是我埋到石碑下的……"

"甚？假的？"轮到六爹目瞪口呆了。

"嗯，那都是我用毛笔胡乱抄写的……"

"胡说，你个小兔崽子哪儿有那本事！"六爹的声音颤抖了。

"你不信？开始那四字真言，是我从《黄帝内经》上抄下的：和子阴阳，谢子四时……提挈天地，把握阴阳……对吧？那地五行是木火土金水，依次相生，隔字相克；那天五行是风热湿燥寒，那六气是阴阳风雨晦明……"

"那贾大师呢？"六爹面如死灰。

"更是子虚乌有，历史上根本没这个人，要不咋叫'假大师'呢……"

"既然这一切都是假的，那我咋按书上的秘诀修炼成了呢？人们咋会信呢？"六爹提出一个关键性问题。

"这……"我无言以对！

是呵，短短的时间，六爹能让成百上千的人迷信他，尊崇他，甚至连县领导都请他看病，这的确是个让人解不开的谜！

也许，盲目迷信已深入我们的骨髓，永远无法消除？

也许，自欺欺人已成为我们性格当中的一部分而我们却浑然不觉？

还有许多"也许"。

六爹终于丢下我上了"桑塔纳"给马县长看病去了。我不知道他以后该怎么办，是迷途知返，老老实实地回葫芦峪去种地，还是依然把这个气功大师冒充下去，骗别人，也骗自己！

突然，我想：也许六爹真的练成了气功，所以才如此自信。

唉，这气功真是神秘莫测呀，但愿它真的存在，并不断显示奇迹为人类造福……

这样一想，我的心恢复了平静，不再为那恶作剧带来的后果而感到良心不安。

我也学会自欺欺人了吗？

鬼 窟

小时候我最怕鬼，尤其是在夜里，听见屋外飒飒风声，或于黑暗中乍然看见个黑影儿一闪，便吓得要死，简直魂不附体。

葫芦峪流传着数不清的鬼怪故事。恰恰是这些被长辈津津乐道的鬼怪狐仙，在我幼小的心灵里种下了恐惧的种子。那时候我常常从噩梦中惊醒……

有两个地方最令我们悚然。

一是老磨坊，它在村东头，离最偏远的二寡妇家还有二百多米远。那是一座阴森森的石头房子，穹隆形的拱顶，里面有一架巨大而沉重的石磨。这地方平素极少有人，除了大人赶着骡子来碾谷子和磨面之外，总是静悄悄的，沉寂得如一座古坟，就连最胆大的孩子也不敢独自一人到老磨坊来。据说，在许多个阴风哀号的夜里，老磨坊里那架巨大的石磨盘会突然自己转动起来，那沉闷的、轰隆隆的石滚子的碾轧声会一直响到天明。人说那是一些饿死鬼在给自己碾米，但那米轧碎后却无法捧起来，饿死鬼们只要一停了推碾子，那米面便如一阵青烟似的消散了。所以，那些鬼只得不停地推呀推呀推到天亮。据说，天亮后大人们都急忙赶到老磨坊里收面。若去得早或运气好，总能从那碾盘上收起一层麦屑或米渣，能装小半口袋……

另一个地方是后山。

后山离我们村十多里远，山里地势险峻，荒草杂生，狭窄的山谷里长满了野杏树或山丁子树，使那山坳里郁郁葱葱，阴阴森森。后山里有狼、蛇、兔子、野猪，还有各种飞禽。翻过后山，便是辽阔的蒙古草地。

后山又是野鬼的聚集之地，据说那些屈死鬼、冤死鬼和进不了鬼门关的恶鬼就栖息在后山，夜夜哀号，期待用哀号打动阎王爷，好早些转世投胎。谁知那阎王爷却生就一副铁石心肠，毫不为之所动，这样，那些孤魂野鬼也就日夜游荡，不知所从……

在我的记忆中，三舅的胆子很大，也爱打猎，经常背着一杆旧火枪进后山，一去就是一天，有时甚至半夜才回来。三舅的狩猎水平一般，除了偶尔打回一两只野兔子或几只沙鸡之外，更多的时候是空手而归。但三舅每次出征前都要带许多干粮。三舅妈知道他肚子大，每次都烙十多张大饼给他带上。三舅妈是个性情豁达的人，常对人笑着说："神鬼怕恶人，俺那口子兴许是恶人，专爱往后山里钻，不怕野鬼，那野鬼倒怕他，你说怪不？"接着三舅妈就有鼻子有眼地给人们讲起三舅几次在后山撞见鬼的故事，说得人们毛骨悚然。

　　后来，三舅妈不知怎的中风瘫痪了，吃喝拉撒都在炕上。三舅伺候得殷勤周到，博得四邻乡亲们的交口称誉。即使这样，三舅仍误不了往后山跑，只是干粮就得自己准备了，却比从前带得更多。三舅妈躺在炕上，半死不活的样子，对三舅的细致服侍早已感激涕零，所以对他的打猎爱好从不横加干涉。只是有一次，三舅进后山竟三天三夜没回来，把三舅妈急得要死，正央求人去寻找，这时，三舅却平安回来了，两手空空，什么话也不说，倒下便睡，整整睡了一天一夜。三舅妈守在他身边，默默发呆，扑簌簌地掉泪蛋。后来，三舅妈才说：她是从三舅身上嗅见了另一个女人的气味儿！

　　三舅妈宽容地对亲戚们说："他爹在外要是有了相好，俺一点儿也不怪他，真格儿的！这些年拖累他不说，这残身子也不争气，不能让他爹干那事儿——一个女人不能让汉子快活，还算甚女人？猪狗不如咧！他爹憋不住了，在外寻个女人放一放，于情于理都说得通。俺不说他半句。可是，他身上那股味儿不正哩，真真的一股野狐子味儿……俺是怕，他爹被那后山的鬼狐迷住，被那东西把精血掏空，可就没命哩……那后山里哪儿有女人？他一个劲儿地往后山钻，俺早疑心哩！怕是十有八九真被那骚狐子迷住咧……"

　　三舅妈哭诉不止。

　　三舅自然不是个恶人，他老实厚道，为人忠义，对父母十分孝顺。十三年前，三舅上中学时谈恋爱，与三十里外老树庄里的一个叫巧枝的女同学爱得要死要活，两人偷着来往，私订终身。然而，姥姥却早为三舅说下一门亲事——本村的一个叫板儿的闺女。姥姥和姥爷得知三舅与巧枝的恋情后大动肝火，威胁三舅说：若不断绝与巧枝的关系，若不遵父母之命娶板儿做媳妇，就不认这个儿子，而且姥姥有可能要服毒自尽……三舅终于扛不住了，怕母亲真的喝了那一瓶子"敌敌畏"，就依了他们，娶了板儿——我那后来瘫痪的三舅妈。谁知，那巧枝却是烈性女子，竟在三舅成亲的当天夜里投了胡马河。她家的人在河里打捞了三天，也未捞到巧枝的尸体，仅仅在岸边发现了巧枝的一只鞋和一条内衣上的布片……

三舅与板儿完婚后，自然谈不上有多深的感情，不咸不淡过日子而已。后来有了孩子，三舅也没有多高兴，三舅妈病瘫了，三舅也没有怎的忧愁，对一切都是淡淡的。三舅有副好心肠，对谁都和善。所以，三舅几年如一日地服侍炕上的板儿，端茶倒水，不吭不响，任劳任怨。从锅台到地里，里里外外全由他一人操持，同时还要服侍上了年纪的姥姥和姥爷。三舅的孝顺仁义博得乡亲们的普遍尊敬。有一年，有个下来体验生活的作家听说此事，还特意为三舅写了篇报告文学发在省报上，那作家因此而得奖，三舅也因此而闻名全县。我那当乡长的五舅还代表乡政府给三舅送来了大奖状以示表彰。而每当一到"五讲四美学雷锋"的日子时，三舅就被人家抬出来，有时去巡回做报告，有时去电视台录节目，有时去县里被一些领导或首长接见。后来，三舅入了党，有了全县劳模、人大代表、政协委员等头衔。

有一次，屋子里只有三舅和我，我单刀直入地问："三舅，你待舅妈那样好，你们之间有没有真正的爱情？"

三舅看着我，苦笑了一下，没做回答。许久，他叹了气，说："人死后也不知是不是有来世。若有来世，再活一回，三舅一定不会是这么个活法儿。"

我从三舅的神态中看出一种深切的悲哀无奈，这才知道他心中隐藏了许多谁也不知道的苦衷，他内心所承受的巨大的痛苦不是一般人所能承受住的。三舅是一个把所有的事情都深藏在心底默默承受的男人。

三舅依然往后山里钻。三舅妈不敢阻拦，只是忧心忡忡地注视着他，觉得他身上的妖气越来越重。三舅也的确憔悴下去了，而且日益神情恍惚，经常独自发呆。

有一天，我进了三舅的院子，他未发现我，只顾磨一把刀子，边磨边自言自语道："非得杀了她……杀了她，杀了她……"

我的心猛一沉：难道三舅想杀了三舅妈，寻求解脱？

我惊出一身冷汗。

后来才看清，原来三舅是要杀一只老母鸡，为三舅妈熬鸡汤补身子。

我的那种感觉却不肯消失：三舅对大家隐藏着一件十分秘密的事情，而这秘密又和后山有着密切联系。我决心弄清楚它。

那天，我准备了一些必要的东西：干粮、水、短刀和一架我从城里带回来的二十倍的望远镜。当三舅又往后山去"狩猎"时，我就悄悄地跟在他的后面。他虽然时常回头张望，可却没有发现我。

天阴着，似乎要下雨，天边不时划过闪电微弱的光芒。山谷里阴风习习，草木乱晃。偶尔什么地方来一声野兽的嚎叫，让人一阵阵头皮发麻。我用望远镜追寻着目标，远远尾随在三舅后面。我看见三舅轻车熟路地在山谷里绕来绕去，哪儿有沟哪儿有坎儿他都一清二楚。有时忽然出现一道厚厚的灌木丛，看似不可逾越，三舅却能灵巧地从那些乱纷纷的枝杈中间一钻而过。有几次我以为把三舅跟丢了，可后来望远镜帮了我的忙，我又捕捉到他的影子。

三舅根本无心打猎，只匆忙赶路。

天快黑时，我看见三舅停住了脚步，站立在陡峭的石崖下，四顾一番，忽然仰起脖子，像野兽那样尖叫了一声。

闪电忽将天地映得白晃晃一片。

我浑身一抖，几乎丢了望远镜。在一瞬间的闪电中，我看得分明——一个长发"女鬼"不知从什么地方倏忽而至，落在三舅面前，紧紧抱住他的脖子。三舅没有反抗，顺从地被那"女鬼"拖进山崖下的黑森森的洞穴里……

我大骇，想拔腿而逃，然而好奇心占了上风。我压抑住心中的恐惧，小心翼翼地向那山洞接近。随着年龄的增大，也随着我在学校学了大量的科学知识，我已不太相信鬼怪之类的荒诞之说。我愈觉得这件事大有名堂，应追究到底。

此时山雨欲来，雷声隆隆。

我向那"鬼窟"靠近，忽听得里面传出了一个女人的嘤嘤啜泣声。

"……啥时是个头哟？你说，该咋办？"

三舅没声儿，只是叹气。

"你到底和她离不离？"

"她……若是好好的，定和她离！可她……唉，一个残人，怪可怜的……"三舅说。

"噢，她可怜？那我呢？十三年了呀，整整十三年了，我人不人鬼不鬼地藏在这山洞里，跟你过这种见不得人的夫妻生活，给你养下这孩子，我不可怜？"

"我……我下不了那狠心呐！"三舅带着哭腔。

"那我去死，带着孩子！"

"别，巧枝，听我说……"

巧枝？

天啊，是巧枝？她还活着！而且，十多年来她一直藏在这山洞里，熬过了数不尽的漫漫长夜，过着野人般茹毛饮血的日子？这一切简直令人不可想象！她怎么抵御野兽的伤害？她怎么度过酷暑严寒？她怎么打发那漫长的寂寞？是一种什么力量支配着她创造了这奇迹？是爱情吗？是她对三舅的那种矢志不渝、铭心刻骨的爱吗？如果说当年白毛女在深山老林里活下去的信念是恨——恨地主黄世仁的话，那么眼前的巧枝却是为了爱——爱我的三舅，而心甘情愿做了一回当代的白毛女？

我无法相信这一切都是真的，以为那仅仅是我的一个梦而已！

如果是真的，那该是一种多么伟大而又坚韧的爱呀！

我看见了山洞里熊熊燃烧的火光，看见了那"女鬼"的模样儿，还看见一个约有五六岁的熟睡的小女孩儿——那是她在山洞里生下的孩子吗？他们爱情的见证……

我被震撼了！心灵的震撼使我目瞪口呆。

我在路上等着三舅。月亮照亮山谷时，三舅从山洞里钻出，向这边走来。那女人送他，送出很远，两情依依。我听到两个人的交谈。从他们的交谈中，我得知原来那巧枝并不是总住在这深山里，附近有几家猎户，三舅和他们很熟，他把巧枝安排在其中一个猎户家了。只有他们幽会时，巧枝才会带着孩子到这山洞里来……

原来如此！

待那女人也走后，我追上了三舅。

三舅着实吓了一跳，把猎枪对准了我，低声喝问："谁？"

"三舅，是我。"

"哦，二狗子，你……"三舅盯了我好一会儿，显得无比悲哀，"你都知道了？"

我点点头说："她真是巧枝？"

"是她……那年听到我结婚的消息后，就真的去投河自杀，可没死了，被一个老猎人给救了。后来，她一个人躲进这后山，生下了一个孩子……"

我默默听着。

"我是在一年以后才在猎户家找到她的。我们抱头痛哭了一场，本打算一块儿去死，可巧枝说，她愿意在山里等我，不管多长时间也要等……我对不住她！我对她许过愿，说我要离婚……"三舅边走边慢慢地说。山谷里异常安静。三舅低沉的声音很平淡，听不出伤感和悲愤。

"那你……为啥不离婚？为啥不履行你的诺言？"我愤愤地责问。

"你还小，有些事儿不懂……我咋不想离呢？和你舅妈谈不上啥感情，凑合着过日子！可是我知道我离不了！你姥姥、姥爷会和我拼命的，乡亲们会骂断我的脊梁骨的。尤其是你舅妈现今残废了，人家会指责我不仁不义！再说，咱又是上过党报的人，乡里县里都那么看重咱，把咱村树立成样板儿，咱也不能给政府抹黑呀！"

"那巧枝咋办？你要是真爱她，就不该这么狠心地把她一个人藏在大荒山里，让人家把她当成女鬼……"我一口气说。

"我劝过她，让她回到老树庄去，过一个正常人的生活，可是她不依，死活还要等我……她说熬年头也能把你舅妈熬死……"

"你是不是想杀了她？"我突然问。

三舅浑身一颤，说："谁？巧枝？"

"不，我舅妈。她死了，你就可以和巧枝……"我觉着我击中了三舅的要害。

三舅果然沉默不语了，我发现他的手抖得厉害。

"你要去告诉别人？"三舅忽然问，可怜巴巴的目光里有种哀求的意味。

"不！我不会告诉任何人！"我说，"三舅，我会为你严守秘密，这点你尽可放心！"

"唉，只怕是纸里包不住火！我觉着，这事儿快藏不住了，早晚会被人家发现……"

"所以这样下去不是长久之计，你得赶快想办法处理这事儿……"我好心地说。

三舅晚了一步！

那段日子，尽管三舅小心谨慎，还是露出了破绽。三舅妈表面大大咧咧，实际上心很细，她暗中让她的两个兄弟悄悄跟踪丈夫，很快发现了"鬼窟"的秘密。那两个兄弟在紧张慌乱中看得不甚真切，但见那女鬼来无踪去无影，抱了三舅就钻进山洞，不一刻便听到三舅高亢的呼叫，不知是痛苦还是欢愉……两兄弟大惊失色，火速跑回村里，向三舅妈报告了所见的怪事。三舅妈愈发认定三舅是被骚狐子迷住了，忙让人把姥姥、姥爷请来，同时又把我们母系家族的人——大舅、二舅、四舅、五舅、二姨、四姨、六姨……全部召集而来。家族人迅速开了个紧急会议，会议的主题便是如何拯救三舅，把他从"女鬼"手中夺回来。

我在门外偷听了他们的谈话，急忙跑到村口去拦截三舅。

三舅回来时天快黑了，他听了我的通风报信之后低头思索了一会儿，什么话也没说，往村子里走去。我在后面紧跟着他，问："三舅，你不能回去，先躲一躲吧！

"不会把我咋的！"他头也不回地说。

"他们说巧枝是个专迷男人的野鬼！"

"随他们说去！"

"告诉他们巧枝的事儿吗？"

"不能！我就怕巧枝受到伤害……"

三舅把严峻的形势估计错了。姥姥、姥爷都把这件事看得十分严重，所采用的对策也果断而严厉——三舅一进屋，就被几个壮实的后生给摁住了，用一根麻绳捆了个结结实实，然后劈头就浇了一盆子猪血。这一下三舅懵了，浑身血淋淋不知所措。随后，几个后生就用柳条子抽打他，说是要抽尽他身上的鬼气。过了一会儿，请来了柳八爷。

那柳八爷是葫芦峪里颇有名气的神汉，画符念咒、捉神拿鬼是他的拿手好戏，有时一"来仙儿"浑身乱颤，时而口吐白沫，时而颠狂乱舞。柳八爷当下围着三舅转了一圈，大惊失色，声称三舅满身妖气难以驱除，阳寿将尽。姥姥、姥爷慌了手脚，急忙扯住欲走的柳八爷，苦苦央求，直到三舅妈悄悄给那柳八爷塞了一卷儿钱，柳八爷才答应作法驱鬼。柳八爷说三舅被鬼缠身并非一日两日，已天长日久，需长时间驱鬼方可见效。

三舅出奇地老实驯服，任柳八爷胡乱折腾。柳八爷一心想弄清那野鬼住在什么地方，有何特征，好斩草除根。三舅只不搭腔，弄得柳八爷一点办法也没有。

两天后，柳八爷私下与姥姥、姥爷和三舅妈商量：若想除尽三舅身上的鬼气，需先进后山灭那女鬼。于是，在柳八爷的带领下，三舅妈的两个兄弟伙同另外三个后生扛枪带棒，进了后山去捉鬼。

我急忙去给三舅报信。

三舅被关在一间空房子里。听到此信，他急出一身汗来，忙让我给他解开绳子，然后从房子里悄悄溜出来，带着我匆匆往后山赶去。

三舅的身子很虚弱，跑不快，还不时摔跟头。我只得搀扶着他，跟跟跄跄地往前赶。

当我们赶到那山崖下的山洞前时，那里却十分平静，并未遇到那伙捉鬼人，也没见到巧枝和她的孩子，只是从山洞里飘出一股股呛人的青烟———洞口有一摊灰烬，还有一片血迹。

"巧枝！"三舅颤巍巍地喊了一声。

山洞里静静的，没有回音。

"巧枝！"三舅不顾一切地冲进山洞里，片刻，又失魂落魄地钻出来，朝山谷密林里大声嘶喊，"巧——枝——"

山谷里静悄悄的，依然没有回声。

"她不见了！被他们抓住了……"三舅绝望至极地说。

"咱们赶快回去吧！"我说。

当我们赶回村里的时候，那帮捉鬼的人正聚在院子里激动地谈论着。柳八爷的肩膀负了伤，用白布缠着，正疼得哼哼不止。三舅一把扯住柳八爷，怒声怒气地问：

"巧枝呢？你们把她怎么啦？"

"啥巧枝？"柳八爷懵了。

"就是你们要捉的女鬼！"

"跑啦……起先躲在洞里，死活不肯出来。我们就用烟熏。先跑出个小鬼，李三开了一枪，打住了。

"我们刚上前去看，忽又从洞里窜出个女鬼来，怪叫着来抓人，吓得众人都撇了家伙往回跑。我跑得慢，让那女鬼撕了一下，这条胳膊差点儿掉下来。好厉害的女鬼呀……"柳八爷惊魂未定地说。

"我看那绝不是鬼，是人！"有个后生十分肯定地说。

"是野人！"

"是鬼！"

"鬼咋会在白天出来呢？再说，那小的还流了一地血……鬼咋会流血呢？"

"不是鬼，咋一下子有了，一下子又没了呢？"

"那样子可不像是鬼……"

人们乱纷纷地争论不休。

我注意到三舅傻了一般呆立着，慢慢转过身走出了院子。我忙跟了出去。

"你去哪儿，三舅？"

"我去找巧枝！我进后山去……"

"这深更半夜的，那后山……"

"都到这步田地了，我还怕甚！她们娘俩正需要我呢！不找到她们，我就不回来……"

三舅说完，又踉踉跄跄去了。浓浓的夜色很快将他孤独的身影淹没了。

后来，我离开了那个村庄，去外地上学。

我一直不知道那件事情的结局。直到一个漫长的学期结束，我又回到葫芦峪，重返那个村子，才知道了后来的情况——

三天后，人们从后山的林子里找到了疯疯癫癫的三舅，强行把他弄回村里。柳八爷说那女鬼已完完全全地附在他的体内，愈难以驱除了。三舅的疯病时好时坏。好时显得很安静，一个人坐在墙根下晒太阳、捉虱子，笑眯眯地和人说话；坏时也不乱打人，也不暴怒，只忽而发呆发愣，忽而抽抽噎噎哭得伤心，或说一大堆让人莫名其妙的鬼话。

奇的是三舅妈的瘫病居然好了，竟能下炕围锅台转了，将三舅照料得无微不至，哄孩子一样见天哄着三舅，让他快活。村里人都说三舅有福。

我见到三舅时吃了一惊，没想到他居然是一副白白胖胖的样子，除了那一笑冒点傻气外，看不出神经受过刺激。我与他聊了一会儿，问他什么他都不说，只是嘿嘿地笑。可当我问到巧枝时，他不笑了。

"巧枝找到了吗？"

三舅不说话，站起身来，向外走去。

我跟着他。

三舅一直走到老磨坊门前。我觉得阴森森的气息从那磨坊里席卷而来，不由得一阵阵头皮发紧。

"巧枝在这儿吗？"

他庄重地点点头，走了进去。

磨坊里光线昏暗，那架巨大的石磨仍蹲踞在石屋正中间，一副残破不堪的样子。一股很浓的豆腥气弥漫着，让人想打喷嚏。我看见三舅抚着那石磨，神情黯然。

"巧枝呢？"

"她躺在这磨盘上，孩子在她身边……她在这上面躺了很多天……"三舅像在讲一个和自己无关的故事一样。"那碾子从她身上压过去不知多少圈儿，都碾碎了……脑袋和身子……可是那碾杆上没拴牲口，没有，甚也没有。骡子、马，都没有。可那碾子就会自个儿转……她躺在碾盘上等着死……磨盘上溅满了血………"

我已经什么都明白了。

我感到周身发冷。我像逃出鬼窟一样从那老磨坊里逃了出来，将三舅一个人留在里面。走出很远，我蓦然回首，看见那座拱顶青石老磨坊像一座巨大而威严的坟茔。

我永远无法说清那时我是怎样一种复杂的心情，人生的残酷与严峻使我在那一瞬间长大了，成熟了，不会再轻易地哭或笑了。

有时候我想：与其说我怜悯三舅，还不如说我怜悯自己。

读大学时，我曾记住了维克多·雨果的一句名言：在纠缠着人类的三种苦难里，更混杂着一种内在的苦难……最沉重的枷锁，便是人们自己的心！

人心是一个无比广阔、无比丰富的辉煌世界，它比海洋和天空更广阔、更复杂，也更伟大。

然而，人心又是一个最可怕的牢笼，一旦锁上了那坚固沉重的枷锁，再打开它是多么不容易啊！

我常常扪心自问：

莫非我那葫芦峪的父老乡亲们的心里，也都有那样的一把锁吗？

还有我自己……

紫 晶 蛇

原载《人民文学》

山谷被太阳压得喘不过气来。

石头还躺在那个灼热的岩石坑里。他感到委屈——没有一个人理睬他，大家都忙着干活儿，锤钎与岩石碰撞的"叮叮当当……"声串起一条干涩乏味的沙流，匆匆忙忙地向山谷外流去。矿工们都知道流出去的是金钱……每采一立方萤石，可得几十元收入。何况还有个恶煞星般的工头不时过来催促，谁敢偷懒。

矿头老八不知何时又踱到采区。石头隐隐听见老八嗓门粗哑地嘶叫："这进度可不行，五百立方米，合同上写得明明白白，十天后港商来验货。喳，那可不是闹着玩的，合同经过公证就是法律哩……"

石头想翻一下身，他觉得挨着岩石的那部分身体快被烙熟了，可是力不从心，手早不听使唤了。他知道再这样下去就全完啦，他曾亲眼看到过两个瘦弱的矿工在炎炎烈日中倒下去，再也没能爬起来。如果能扛过这阵子高烧，兴许还有救。朦胧中他听到老八问："石头那懒东西呢？"

有人答："说是身上热，到那边找水喝，好半天没回来啦。"

"找水？"老八生气地说，"这山谷里能找到一滴水星星？喳，美死他狗日的哩！"

"老八，大家都渴坏啦！"

"甭和我说。想挣钱，就忍着；想当大爷，回家去！"

老八走了。

石头听见老八的皮鞋踩在岩石上的声音十分清脆悦耳。

四周全是岩石，青色、紫色和绿色的萤石矿，这东西名贵得很哩，人称"软水紫晶"，采下来就能卖大价钱，老八就是靠卖软水紫晶发了横财。

他吃力地转动脖子，渐渐弄清他是被夹在了一个石缝里，难怪没人理睬他。他想呼救，一张嘴，嗓子眼儿里生出一股灼伤般的疼痛，疼得钻心。锤钎声比刚才更猛烈了。矿工们都在干活，没人知道他被困在这个石缝里，谁也看不见他。

天黑时，他听见有人呼唤他的名字。

"石头这条懒狗，大概让哪个女人给拐跑啦。"

眼前的色块由绛紫色变为乌黑色，又在一瞬间破碎散开，于是他突然看见了许多亮晶晶的小星星。

半夜，他感到一股奇异的冰凉从胸膛漫延开来，漫过脖颈、面颊和额头，伸手摸了一把，凉津津的。

身上的燥热正被一点点吸去，呼吸渐渐平稳，也不再说胡话。

烈焰熄灭了。他一直相信冰凉的泉水浸泡着他，所以他能够回到童年那个湿淋淋、雾蒙蒙的雨天里去。他知道生命已从遥远的地方出发，向他的躯体走来。

天亮时，山谷里传来了脚步声。他睡得正香，没被惊醒。十几个工友在那石隙间发现了他，全惊呆了——一条大蛇盘卧在石头的胸脯、脖子和额头处，与他一同分享着早晨的阳光和空气。

石头依然是石头，丝毫也没变化，埋头干活，埋头吃饭，除了打呼噜、放屁之外，没有别的声音。眼神依旧是呆呆的，看天，看地，唯独不愿看人。

与以前不同的是，他养了那条紫晶蛇。在一个大大的木头箱子里铺些柴草，把蛇放进去。蛇不乱窜，温顺听话，总是盘着，轻轻蠕动。石头叫它紫晶蛇，只因为它的皮色与软水紫晶的色彩十分相似。当它趴在萤石矿上，人们很难一下子把它辨认出来。矿工们发现：石头凝视紫晶蛇时，眼睛里蓄满了柔情与温存，简直像在注视他所钟爱的女人。夜里睡觉，紫晶蛇会友好地爬过来，攀在他的胳膊或脖颈上。只有在那个时刻他才会笑。据看到的工友们说，那种笑里有种不可思议的狰狞和神秘，令人悚然。

"石头，把它扔掉！"矿工们命令说。

石头盯着天空，摇摇头。

"你不怕，我们还犯怵呢！谁知它是不是一条毒蛇，突然咬我们一口咋办？"

石头依然摇头，翻白眼，十分固执。

"这家伙被那妖物迷住了！"

"没准儿是条美女蛇呢。"

"我敢发誓那是条毒蛇，有毒牙哩！"

"可它为啥一直没咬人呢？"

"等着瞧吧！甭以为它是为了积阴德才救石头的，它是想来咱这儿闹大妖儿呢，等着瞧！"

都感到不吉利，但谁也说服不了石头。

石头干脆搬到工棚外面去住，夜里依然与紫晶蛇同枕而眠。

一次，有个矿工趁石头在采坑干活时悄悄回到工棚，操了一把锋利的大斧，找到石头过夜的草窝，想把那条紫晶蛇杀了。他寻找了许久，才在一片荒芜的草地上发现那条蛇——它正在捕获猎物，宛如一艘快艇在草尖上轻捷地游弋，长长的身躯弯弯曲曲，灵敏地扭动着，水波般掠过草地，很快追上了一只正在仓皇逃窜的黄鼠狼。当它与那黄鼠狼还有一尺之遥时，黄鼠狼触电般地呆住了，如被使了魔法一样动弹不得。紫晶蛇并不急于下口，而是围着猎物绕着优美的圈圈，像在跳一种奇特的舞蹈。黄鼠狼缩成一团。紫晶蛇在草地上画了一个又一个漂亮的圆圈，渐渐首尾衔接，将黄鼠狼裹在圈里。之后，那矿工看见紫晶蛇的锋牙利齿在一瞬间刺进了黄鼠狼的皮肉里。那只黄鼠狼顷刻毙命。

矿工的所见证实了紫晶蛇的确是一条毒蛇。然而，依然无人能说服石头把蛇扔掉，更无人敢去冒险杀蛇。

夜里，总有人隐约听得在那个荒凉的草窝儿里，石头与紫晶蛇不停地交谈着，那声音亲切如恋人喁喁私语。

港商来验货那天，老八格外兴奋，换了一身不合体的西装，往头发上抹了些豆油，把皮鞋擦得一尘不染，陪着港商在山谷里走来走去，四处观光。港商围着一块凿得方方正正的软水紫晶细细查看，露出满意的笑容。这些软水紫晶都是优质的雕刻原料，加工后投入国际市场能赚大钱。

这一天矿工们放假休息，等着拿钱。老八陪港商走过工棚时，一眼就看见了石头。

港商眼里闪过一道亮光，说："紫晶蛇？"

紫晶蛇缠绕在石头裸露的胳膊上。那胳膊像两根黑紫色的树杈。

老八看在眼里，喜在心头——招待港商的酒宴有了一道美味佳肴。

把港商安顿在那顶草绿色的帐篷里，老八立刻来找石头。

"把紫晶蛇杀了，弄干净，送到伙房去！"老八用不容抗拒的口气说。

石头盯着老八，呆呆的。这是他第一次盯人看，目光里似乎有种东西使老八发怵。

老八又加重语气叮嘱了一句："立刻就杀，发钱时多给你加一百元。"

老八知道石头不敢不听他的。石头是孝子，家里有八十岁的老额吉等他挣钱回去，只要老八让他卷铺盖滚蛋，就活活断了他一家人的生路。

老八走后，石头开始犯呆。矿工们围拢来，望着他，有同情，有怜悯，也有幸灾乐祸。

紫晶蛇在他身上游动，鳞皮上闪着夕阳般暗红色的光斑。有人看见石头轻轻抚着紫晶蛇叹口气，眼里似乎有亮晶晶的珠儿流出。

有人劝："杀吧杀吧，老八咱可惹不起！再说，一条蛇算个啥，换一百元钱呢，值！"

那人话音未尽，石头沉闷地吼了一声，将蛇从身上扯下，抡起来，向那人扑去。蛇像一条长鞭，在空中呼呼作响。

众人以为石头疯了，大惊失色，纷纷作鸟兽散。

空旷的草滩上只剩下石头一人。

还有夕阳的残光陪伴着他。

他把紫晶蛇握在手里，又叹了口气。一会儿，他从身上慢慢取出一把小刀，又慢慢地把刀刃放在紫晶蛇的脖子上。这时那长东西抽动了一下，那股扭动的力量十分有力，尾部缠绕在石头的手腕上，如铁箍般紧。石头感到了疼痛。几乎同时，一对毒牙也挨住了赤裸的臂膀。

石头闭住眼，等待着。

可是紫晶蛇也停住了，并未咬下。

石头闭着眼说："咬吧！快咬吧！如果你真是毒蛇，快快咬我，还等啥！这是你最后的机会。"

紫晶蛇却善解人意般地从臂膀上垂下，无力地在他的手腕上挂着，像垂着根皮条。

石头睁开眼说："那就怪不得我了！"

手起刀落，扎破紫晶蛇的七寸。

听人说紫晶蛇的血是宝蓝色的，细看并不是，也是殷红殷红的。石头将它挂在树上，剥下蛇皮。最后，开膛破肚，剜出了蛇心。蛇心竟是鲜红鲜亮的，豆粒儿般大小，其状酷似人心，虽与肉团剥离，仍在有节奏地跳动。

石头将那心放于掌上，呆呆看着。那小小的红豆却动个不停，顽强而固执，似有某种神秘的力量使它搏跳不已。

石头知道：这就是不死的生命！

石头从蛇牙里挤出许多毒汁，把毒汁稀释在水盆里，把洗净的紫晶蛇肉放进去浸泡着。

大约浸泡了两个小时。

把白生生的蟒肉取出，盘绕在瓷碗里，送进伙房。

他相信那毒液已经完全浸透了紫晶蛇肉，足以让吃它的人顷刻毙命。

做完这件事，石头十分轻松愉快，便坐在伙房门外，在残阳下摊开手掌，望着那蛇心发呆。

两个时辰了，蛇心仍在蠕动，仿佛果真在冥冥中获得了奇妙的力量，可以永恒跳动。是在展示生命的奇迹吗？

石头想不明白。

天就要完全黑下来了。这时候，从那顶草绿色的帐篷方向走来一个婷婷袅袅的女孩，初中生的模样。

女孩特别秀气，满脸稚气，好奇地东看西瞅。后来，女孩姗姗而来，小精灵似的飘到石头面前。

"为啥一个人坐这儿呢？"女孩的目光如月光般澄澈。

石头如雕塑，一动不动。

"怎么不去吃饭？不饿吗？"女孩在他面前的草坡上坐下，望着他。

石头依然毫无反应。

"你不认识我吧？我叫泉，是老八的女儿。"

石头的目光从手掌上抬起，落在泉的身上。

泉是一个漂亮单纯的女孩，石头从未见过这样的女孩。她的双眸明净如洗，能照见人影。石头就从那如镜的明眸里看见了自己——一个肮脏猥琐的男人。

石头忽然感到自惭形秽。

泉的身体正在发育，腰很细，胸正在缓缓隆起。泉是个美丽的女孩，已具备了女性动人的魅力。

"你叫什么名字？"

石头不答。

"告诉我嘛，要不，我要一直不停地问下去。"泉显然是个任性的女孩，娇嗔而固执。

石头不得不开口，闷声闷气地说："石头。"

"石头？真好玩儿！现在我来叫着试试看：石头石头石头石头……"

石头觉得亲切起来，从来没有人这样一口气不停地喊他的名字，尤其是女人，谁也没正正经经地瞧过他一眼。他突然渴望那个雨天，赤着脚奔跑在草地上，寻找那种亲切而又自然的湿漉漉的感觉。

"你呢？"他问。

"泉！"她说，并在草地上写下这个字。他毫无理由地喜欢上了这个名字。他极不愿承认她是老八的女儿。泉就是泉，从草原深处流过来，不属于谁，也不依附于谁，用明净的水花唱着一串欢乐的歌儿。泉笑的时候，天地间都明媚，暮色都有了柔情。他渴望与泉永远永远这样坐下去，化成一块石、一根木。

"我是今天来的，第一次进萤石谷。那港商不会普通话，爸爸连一句广东话也听不懂。幸好港商的英语不错，我的英语也不错，能给爸爸当半个翻译。"泉快活地说着，腮边荡着两片红云。她的音色十分甜美，像在吟诗。"好大的山谷哟，这些软水紫晶真美，大自然的杰作呀！"

他想说，那不过是些石头！可是，他觉得自己一定蠢极了，就默默地望着她。

"生活在这个山谷里，该多么快乐有趣儿呵！"泉继续滔滔不绝地抒发自己的感情，"我真羡慕你们，长年累月在这儿生活，感受着大自然赐给的这一切，挖掘美，创造美，多有诗意的劳动！"

他从没想过自己的苦苦劳作居然会被一个女孩所羡慕，单凭这一点，他觉得自己应该感到幸福。

"我是悄悄溜出来的！"泉神秘地说，"爸爸让我陪那港商吃饭，讨厌死了，我不喜欢那人！"

石头低下头，忽地想起了紫晶蛇。

"爸爸说，今晚的菜可丰盛哩，还有蛇肉，真刺激人！你吃过蛇肉吗？"

石头摇摇头，说："你不要吃！"

"为啥？"

"一定不要吃！"他又强调，神色极为庄重。

"我想尝一口哩。"

石头抬起头望着泉，十分惊慌。

"谁晓得我有没有那胆量呢。从小就怕蛇，现在更怕。爸爸说如果吃口蛇肉就不怕了。"

"我说不要吃就一定不要吃！"石头恶狠狠地说，嗓门很高。

泉吓了一跳，望着他说："你真怪！"

"那是我的紫晶蛇！"石头闷闷地说。

"你的？"泉像成熟的女人那样惊诧地挑了下眉毛，"哦，我明白了。"

石头又低下头，半天无语。泉同情地望着他，去抚他的手，才发现他手掌上有粒小红豆似的心脏在跳。

泉惊叫起来。

"是紫晶蛇的。"石头说。

"它还活着？"

"活着！"

"真神了！"泉呆呆地注视着，倏地悲哀起来，"你不该杀了它……"

石头的五官在痛苦地抽搐。

"我们没有理由毁灭任何一个生命！生命是大自然最公平的恩赐，谁也没有权力扼杀另一个生命！"泉愤愤道。

石头浑身一震，缓缓抬头。透过迷蒙的暮霭，看见厨子端着一盘炖好的菜向绿帐篷走去。他知道那一定是紫晶蛇肉了。

"它是毒蛇吗？咬过人吗？"

石头摇摇头，神情迷惘地说："它是有毒，可从没伤过人。"

"那更不该把它杀死！"

"是呀，不该……"石头喃喃道。他感到手心里的那粒小红豆蠕动得更有力了，一股无形的感觉从手掌传导向全身。

山谷空寂，灰雾浮动。这时空气中流动着一种和谐的嗡嗡声，像是从地下传来的神奇的韵律，时断时续，若有若无，让人感到了那种超人力量的存在。

有人在帐篷那儿呼喊女孩的名字。泉站起，皱紧眉头说："让我去尝蛇肉呢。"

石头僵硬了一般，没动。

"我走啦！"泉依依不舍地说。

石头仍没动。

"把它好好保存着。"泉望着紫晶蛇的心说，"千万别让它死了！"

泉慢慢地向绿色帐篷走去。那里，灯火通明。

蛇心在手掌间愈来愈热，仿佛要熔化。

石头只是望着帐篷。

石头闯进帐篷时，几双筷子正同时伸进盛蛇肉的盘子里。白嫩嫩的蛇肉冒着热气，散发着不可抗拒的诱惑。老八咧开大嘴笑着劝客人："尝尝，咱这地界儿的野味儿，错不了……"

石头径直走到桌前，也不说话，双手落下，猛地掀翻了那张桌子。

菜肴酒盅满地狼藉。

老八狼狈不堪地说："石头，你……你他妈的……"

石头却听见泉激动地欢呼了一声。

他转过身，无声无息地走了出去。

出门时，脊背显得更佝偻，更苍老。

石头在那个夜晚走出了萤石谷。

天阴着，仿佛在酝酿一场特大暴雨。

他幽灵般走着，从脚底泛起一股股抑制不住的渴望——赤脚奔跑在被雨水打湿的草地上，寻找童年时那些愉快的感觉。如果真的下一场雨，山谷里就会淌出一股明净的山泉，一定会的，他想。

低头看摊开的手掌，那红豆般的生命仍顽强地跳着，一下又一下，节奏分明，清晰可见。

他倏地意识到：它的跳动与自己的心跳此刻正在同一个节拍上呢。

古　墓

原载《人民文学》

山，荒得没有一把把草，袒露着一簇簇肉瘤子似的石头，褐的、青的、白的。羊儿就在那些石头疙瘩里窜来窜去，如狼一样贪婪，竟然也能把肚子吃圆。

这山啊，再穷，再荒，也要养着庄户人哪！

还有山坡坡下那片乌黑的土地。春天翻过以后，它便把黑亮的肉体显露给你——看吧，庄户人苦苦恋着的，就是这女人一样丰腴的诱人的土地，只要你愿意把血汗倾注到她的躯体里，第二年，她就会为你分娩出一个个金色的生命。

山楞子坐在那软乎乎的岩石上，把黑布褂子往紧裹了裹，望着那黑浪般翻滚的耕地，一直望得眼都花了，还望。

庄稼汉能看够自个儿的女人，可就是看不够自个儿的土地。

然而，他就要离开这片土地了！从昨儿晚上开始，他就朦朦胧胧地意识到这一点。今天早晨，他坐到这山坡上，忽然大梦初醒似的再次明白了一个事实：他要和这女人般温馨的暖人的土地分手了！

他不想离开。可是，他得去坐牢。

为了宽哥，他要去！

阳婆婆寂寞而呆滞地悬在高远的天空上。平展的田地里已经看不到人影了。空旷的黑土地上只有一个汉子还在耙地。那人佝偻着脊背，正在向前弯曲用力。黄牛不紧不慢，四平八稳。

"嗨，快走，懒货！走！"

那汉子吆喝着，呼喊声颤悠悠地在田地上荡开，具有一股子独特的魅力。

山楞子恨不得把面前这广漠又辽阔的土地都一下子吃到眼睛里去。

他曾是一个失去了土地的农民。几年前，他像一条狗流落到这山沟沟里——大狗娃庄。是宽哥收留了他。

宽哥见他可怜，寒冬腊月只穿一件单衣，冻得瑟瑟发抖。宽哥将他领回家，给他拌了满满一碗莜面疙瘩。后来，宽哥领他找了村主任，落了户，安了家，在分地时他也得到一份土地。宽哥还帮他寻了个身强力壮的媳妇……

千言万语汇成一句话：河深海深不如宽哥的恩情深。

山楞子常常思量：咱来世变牛变马，也要报答宽哥对咱的千般情、万般恩呀！

可是，宽哥眼下就有了难，他咋办？

山楞子为这事儿整整苦思冥想了一夜。

吃圆了肚皮的羊儿汇拢成一堆。晌午，它们要卧盘。顽皮的山羊从这块岩石上跳到另一块岩石上。它们跳跃的时候，身子舒展开，在空中抛出一道黑线或白线。它们停立在岩石上往远方眺望时，尖尖的胡须在微微颤动，俨然是大智若愚的长者在凝神思考。

荒山顶，风儿吹得洒脱，吹得凄惶。

宽哥不过是从自个儿的土地里寻了些宝物，咋就说是犯罪哩？

山楞子弄不明白。

起初，宽哥不过是想在地里打一眼井。

　　今年春天，清明刚过，大狗娃庄出了一件怪事——二后生去挑水，竟从井下吊上来一只硕大无比、长着几根胡须的绿蛤蟆。恰逢一帮孩子在井口附近玩耍，他们一声喊，用石头将那怪物砸成肉酱。第二天，那百年古井轰然坍塌。来旺老汉的眼睛瞎了三十年，那天却分明看见井塌时，从井口冒起一道青烟，在天空中化成一条青龙而去。来旺老汉算命极准，不由村里人不信。于是，人心惶惶，议论纷纷，都说是得罪了青龙，今年必旱无疑。

　　果不其然，谷雨过了，没雨；立夏过了，还没雨；小满过了，依然见不到个雨星星。村里人慌了神儿。

　　于是，宽哥要打井。

　　井打到丈二深，出了蹊跷——竟挖到一层坚硬的青砖，一镐下去，只落个白印印。有个后生主张用炸药轰。宽哥觉出事情非同一般，沉吟半晌没言语。后来，宽哥让大家回村，说："这井，咱不打啦！"

　　宽哥让山楞子守了井口，带着众人走了。

　　半夜，宽哥带来了老石匠，二人显得神秘而紧张。

　　山楞子摇着辘轳将老石匠和宽哥放到井下，于是凿声不断线地往上冒，一直冒了半夜。

　　第二天夜里，又是如此一番。

　　破晓时，山楞子睡意蒙眬地摇着辘轳将满身泥土的老石匠和宽哥吊了上来。辘轳声在寂静的田野上十分清晰，吱吱呀呀地呻吟着像有多么痛苦。宽哥爬上来，顾不得拍去身上的土，喜形于色地对山楞子说："通哩！凿通哩！"

　　山楞子还蒙在鼓里，问："究竟是甚？"

　　"一座古墓！"

　　山楞子知道事关重大，心在"扑通扑通"地跳。

　　"古墓啊？"

　　"我估摸里面的宝物不少呢！今儿晚上，咱就来取宝。"宽哥的眼睛冒着贼亮的光。

没想到风声走得那么快，当天中午，从县里来了辆吉普车，径直开到宽哥家的田地里，几个鼻梁上挎着眼镜、头上顶着帽的人从井口钻下去，一直在里面待到天黑。

他们从井口钻出来时，那几个人乐得屁颠屁颠地对围观的村民说："我们发现了一座元代古墓，极有考古价值！"

随后，他们便给庄稼汉下了一道命令："大狗娃庄第一号古墓列为重点保护文物，任何人不得入内或靠近。"

宽哥家里，亲朋好友济济一堂，炸了锅——

"咱挖出的宝物，凭甚不让咱动？"

"狗日的，不尿他那壶！天王老子下令又能咋的！"

"干脆，一不做，二不休，乘今夜没人守着，去夺了宝物再和狗日们理论。"

"这年头还有没有个说理处啦？和他们打官司！"

"地是分给咱的……法不责众，咱众人都去！"

唯宽哥沉着脸不说话。

宽哥的目光很幽深。

宽哥读过不少古书，谈古论今，无人能比！

宽哥慢悠悠地说："咱是守法安分的顺民，不敢做对不起国家的事！"

众人兴味索然，悻悻散伙，回家。

宽哥留下山楞子。

宽哥久久地注视着山楞子，忽然动情地抓住了他的肩膀。山楞子知道宽哥这是信任他，心一热，几颗泪蛋蛋险些掉下，说："宽哥，说哩？让咱跳火坑下油锅，咱没二话！"

夜黑得如云似雾。

山楞子跟着宽哥往地里走。

河蛙在潮湿的阴沟里起劲地鼓噪。麻绳纳的鞋底儿踩在干裂的土地上，响声暗哑而沉闷。宽哥黑乎乎的背影在前面谨慎地摇摇晃晃。远处，大狗娃庄的灯火稀稀疏疏，黯然闪烁，照耀着夜里的满目凄凉。

脚步声闷闷地戳在心窝窝上，心儿便张狂地跳，是惊、是喜、是忧、是惧？土地的气息浓浓地堵塞着人的鼻子，只好张开嘴，将那散着汗味、血味的气息大口大口地吞进去，反反复复咀嚼着，竟是咸咸的、酸酸的，还有一丝苦涩的甜味儿。

那一夜，山楞子总以为是一场迷乱的梦，不细想，他记不起跟着宽哥干了些什么。那一夜，给了他惊惧和喜悦，也给了他不安和满足。

案发了，县公安局来了人。

警犬像狼，直扑山楞子家的破院。

是宽哥的主意：把那夜取来的宝物放在山楞子家的麦秸垛里，那样保险。可万万没想到狗鼻子那么灵，一下子就闻出味儿来，直扑山楞子的麦秸垛。

真是人算不如天算！

山楞子一个人把案子应承下来。本是宽哥偷牛，他拔橛儿，但他说："咱偷牛带拔橛，与他人无关！"

阳婆婆向西山蹒跚而去。山尖尖已经有一点发红。羊群不用轰赶，便向荒山坡坡下走去，低头寻觅着草。这些畜生啊，终日老老实实地在山坡坡上埋头吃草，不招谁不惹谁，到头来还是免不了一刀，可它们却不知道自己的命运是这么悲惨，瞧那悠悠然的洒脱样儿……唉！

山楞子忽然悲天悯人，对羊儿寄予了无限的同情。

世间万物，花鸟鱼虫，都是有情有义的生灵呀！更何况人哪！

山楞子被自己的发现激动得热血沸腾。

他抡起羊鞭，又往汽路上眺了一会儿。他算得挺准，县公安局那辆小车又来了，正顺着汽路往大狗娃庄驶来。车顶上那警灯隐约可见。又过了一会儿，他又听见那车怪里怪气的吼叫声。

来就来呗，闹这个气派干甚哩？他挺不满意。

他愿意悄没声地跟他们走，不让村里人知道。

山楞子知道是时候了，就跟着羊儿往山坡下走去。

他突然呆呆地站住了，分明看见一个人挎着竹篮子，艰难地从山坡坡下爬了上来。

是宽哥！

残阳已经撞在山尖尖上了。一摊悲壮的血色在西天洇开，抹了一片惨烈的红。黑色的土地默默地等待着日落后神圣的黑暗。

宽哥无话，望着他，脸上是夕阳赤诚的褐红。

宽哥从竹篮里拿出几样菜和一瓶子白酒，把菜和酒都放在一块灰白色的岩石上。然后，宽哥满满地斟了一碗酒，盯着山楞子，缓缓将酒碗举起来、举起来。他举得好沉重，似乎在举一座山。

是悲壮的饯别！

宽哥泪流满面地说："好兄弟，饮下这碗薄酒，且听愚兄倾吐肺腑之言。人活在这世上，讲个甚？不外是仁义二字！古有桃园三结义，刘关张三人何等气派，让后人羡慕不已。还有那伯牙弹琴，高山流水为知音。更有那介子推，在主危难之际割腿献肉。且不说梁山一百单八将，个个忠肝义胆，豪气满贯；更不论那荆轲刺秦王，易水悲歌，何等激昂慷慨、壮怀激烈！古的咱不论，说近的——十里外的小狗娃庄有个后生叫刘二，只因好友被队长辱骂一顿，为好友愤愤不平，见义勇为，拔刀相助，宰了队长，被判死刑。临死时，刘二面无惧色，谈笑如故，博得多少村民赞叹，那才是为义而生，为义而死！孟圣人说过一句话：生我所欲，义我所欲，舍生而取义！"

宽哥的声音由激昂转为舒缓："兄弟啊，此一去凶多吉少，恐十年八载不能回来。兄弟，你这般仁义，叫我怎生心安……（停顿，啜泣）唉，罢罢罢，去吧，眼下满村人正传说你哩！说你的仁义可以写到书里去，谁个不夸？谁个不服？谁个不为你拍大腿呀！人心都是肉长的……（叹气，转为语重心长）兄弟，你为仁义而去，我不拦你。来，这第二碗酒是愚兄敬你的，一定要干！

放心去吧，家里的事儿你尽管放心，我会像照看自家一样尽心尽力！媳妇、娃子，我不会让他们受治！没吃的，宽哥宁可饿肚皮也要把最后一口吃的送过去；没穿的，宽哥我脱下自个儿的袄裤递过去，没二话！看在你我兄弟一场的情分上，这第三碗酒，是愚兄一片真心所在，干！"

三碗酒下肚，山楞子觉得浑身都燃烧起来，更有那一番慷慨陈词，比酒更浓烈，直烧得每根神经都迅速暴涨。山楞子第一次重新认识自己——原来我并不是一个山村的凡夫俗子，也不是个满脑袋高粱花子的庄稼汉，我呵，哈哈，居然可以写进书里，居然也能叫满村人拍腿叫好，我呵，哈哈……

山楞子扔了羊鞭，再次接过宽哥递来的酒碗，一仰脖子，咕咕嘟嘟灌下去。他忽然觉得不把酒碗摔碎不够气派，便抛了酒碗。他听见酒碗的破碎声如惊雷贯耳，他还看见宽哥的泪水正在滋润着脚下荒芜的土地。何等悲壮，何等激昂！他朝宽哥抱抱双拳，义无反顾地向村庄里走去。

"兄弟……"他听见洒泪而别的宽哥发出最后悲恸的呼喊声。

山楞子没有停步，只管走。他知道那辆警车已经进了村儿，正等着他。他想快些走，步子却轻飘飘的，如同踩在棉絮上一般。狗日的，连步子都不稳了，算甚好汉！他狠狠地骂自己。

恍恍惚惚，他发现自己走进了一个黑洞洞的墓穴里。他踉踉跄跄地走了几步，蓦地瞟见一道光亮照进了千年古墓，于是他看见了墓穴里腐烂的尸骨和灿烂闪烁的金银珠宝杂乱地堆积在一起……

劫　道

原载《人民文学》

世上哪有这般道理？

丁狗儿越想越气，越气就越来火。火旺时，手里握着的明晃晃的屠刀便颤动着，闪出一片森森的寒光。

他坐在村外一棵孤独的老榆树下。在这儿正好能望见从山坡坡绕过来的弯弯曲曲的山路。路是淡灰色的，天也是灰不溜秋的。连绵不断的荒山秃岭，都窝窝囊囊地爬着，卧着，给人送来一派凄凉。

反了吧？丁狗儿想。那粮食本该属于我才合情合理呵！

让狗日的空欢喜一场！丁狗儿又想。

孩子们和女人都在老榆树后面的土坑坑里藏着，脸上的表情庄严而肃穆。丁狗儿看见他们便愈加激动，于是心底有了一种神圣的、豪壮的激情，一切顾忌也就烟消云散了。

老子是在劫富济贫哩！

都闷着头不言语。屋子里弥漫着辛辣的淡淡的烟草味儿。庄户人熏起烟来十分气派，真格是浓烟滚滚、壮怀激烈。特别是开这种会，若没有烟来缓解气氛，怕真的会有人晕倒在地上哩。

烟山雾海笼住了一切——尴尬、羞恼、焦灼、渴望、忧虑……都不动声色地隐匿在烟幔中了，你也就无法猜透他们此时此刻在想什么。

二秃队长又把话重复了一遍："救济粮么，当然是给最穷的户啦！谁家揭不开锅，众人心里都有底。大家议一议，议一议……"

没人议！

谁也不议！

庄户人都爱在各自的心窝窝里议。

一袋子高粱米，好馋人哟！

一百斤玉米粒，金不换呢！

谁也不想沉默，可谁都不说话。

哑巴会——这已是第九次社员大会了，仅仅为了一袋子高粱米，一百斤玉米粒。

二秃队长心里有数儿，任大家埋头算计。他趁此机会又把昨晚和胡麻花在莜麦地里做的好事细细品味了一遍，越品越有滋味——狗日的，和老婆的滋味就是不一样，真日鬼哩！

"散会！明儿晚上接着开。"二秃队长有气无力地宣布。他往胡麻花坐的地方瞄了一眼，没见到人，尽是烟。

晌午一过，一切都懒洋洋的。

咋还不回哩？丁狗儿瞭得眼累，很想倒在地上睡一觉。他倚着硬邦邦的树干，眯着眼去看土坑里的女人和孩子们，他们大半昏昏欲睡。

丁狗儿更不敢睡了。他必须时刻保持着最佳的临战状态，莫让那比鬼还精的贾叫驴从他面前溜过去。

忽而有了些风。风从榆树上掠过，带来一阵凄凉的喧哗。无数叶片激动地哗哗颤抖，抖落一片神秘而紧张的低语。喧嚣平息后，有几片枯叶飘飘悠悠地坠落下来，落在丁狗儿的肩膀上和头发上。

榆树的喧嚣陡然唤起了丁狗儿的战斗豪情。他严阵以待，将手中的杀猪刀掂起，看那刀刃。

刀刃极锋利，他试过。

又是哑巴会，又是烟。

二秃掐指算了一下：已经是第十二次会议了，该进入下一个议程了，胡麻花竟没来，他白白在莜麦地里冻了半夜。

"总得有人发言啊？大家提名提名！"

死胡麻花，不知又和谁浪去咧。

"说呀说呀，咋没人说？这不好嘛……"

然而她的那对奶子真软、真细、真白，摸上去简直就像……

"都没人说？那我可提名啦！"

不管咋说，得跟她再来一次。

"大家看丁狗儿咋样？要说穷，他可是头一份的。"

胡麻花是丁狗儿的媳妇，一百斤玉米不会白扔的。

铁树开花，哑巴说话。会场骤然变得紧张而热烈，像火锅爆豆子，一发而不可收：

"我提王五，他穷，穷得叮当响。"赵六说。

"我提赵六，他也穷，穷得和老婆伙穿一条裤子。"王五立即响应。

"我提侯七，他家已经断粮三天了。"李三说。

"我提李三，他家三个孩子已经饿昏了两个，是我亲眼所见。"侯七更不怠慢。

"……"

最后只剩一个刘柱无人提名，他便跳得高高，将唾沫星子喷个满天花，说："我提刘柱！刘柱一没日绝谁的祖宗，二没日绝谁的亲娘，凭啥不救济他？"

如此这般，嚷成一片。慷慨陈词，仗义执言，巧舌如簧，壮怀激烈。然而依然是空嚷一场，什么问题也解决不了。

二秃队长苦笑。

二秃知道关键的一场战役在明天。

丁狗儿激灵一下站了起来，脖儿伸得像只鹅，手搭凉棚再瞭。果不其然，弯弯曲曲的山路上转出一头毛驴儿，一个汉子赶着毛驴儿，悠悠然走得潇洒，走得豪迈，驴儿驮着一条崭新的白线口袋。长口袋鼓鼓囊囊，装满了粮食。

那汉子口哼小曲，飘然而至。

该死的贾叫驴，好事都让他占了！

丁狗儿怒发冲冠。

丁狗儿拭目以待。

天是灰的，迷迷蒙蒙，令人惆怅。总该往下落些什么，雨，或者是雪。

第十三次社员大会一致通过一项英明无比的决议——抓阄！谁的手气好，那两袋子救济粮就归谁。

"手气？那是天意！谁有意见？没有？没有就这么定啦，咱们立刻抓阄。大家看好，我二秃当众做阄，看清晰啦，可甭说咱捣鬼！瞧见了吗？两张纸片片，一张写高粱，一张写玉米，谁抓着归谁。剩下的纸蛋蛋全是空的，没字儿。看好了，现在把纸蛋蛋都放在帽壳壳里啦。一个一个过来，对，别乱，一家来一个人。好，抓吧。抓住的，交到我这儿来……"

社员们循规蹈矩地走来，将手伸到帽壳里，犹犹豫豫地捏住个纸蛋蛋，胆战心惊或小心翼翼地展开，怀着无限的希望，看了正面看反面，怎么都是空白？

目光由明亮而黯淡，由希望而变为深恶痛绝的失望，将皱巴巴的纸片狠狠抛到地上，用鞋底子碾碎。

命，这就全看你的命了！

丁狗儿先捏住一个松散的纸团，惶惶不安，犹豫不决，提心吊胆，茫然顾盼。二秃队长不耐烦地瞪他："要不要？要不要？不要换一个，就你那臭手，哼……"

丁狗儿千不该万不该，不该扔了那阄又抓一个。

他的顾虑太多了，他的压力太大了，他时时刻刻都想着家里有五张嘴在等着他，这一抓关系到生命安危、香火延续，甚至关系到家族的存亡或者人丁兴旺等重大问题，故而不能不慎重。一慎重，反而一失手而铸千古恨。

空阄！

被他扔掉的那阄让贾叫驴抓去了。贾叫驴展开阄，一声撕裂肺腑的惊呼："抓住了！"

丁狗儿差点儿昏厥过去……

一切准备妥当！

丁狗儿唤醒女人和孩子们。众人一个个如临大敌，一个个跃跃欲试。

贾叫驴去乡里领救济粮，一路心通气畅，一路喜气洋洋，一路小曲不断。平心而论，他不缺粮，他的日子过得挺热乎，可是谁让他的手香呢，谁让他的命好呢！所有人只有他不抱希望，而那幸运偏偏落到他头上。这叫有福之人不用忙，没福之人跑断肠。

灰毛驴上坡下坡，左拐右拐，十分卖劲儿。

新白线口袋在驴背上颤颤悠悠，好不得意。

转过山坡，望见了老榆树。

树后面呼啦啦跳出一条黑汉子。贾叫驴只瞧见一把闪着寒光的屠刀在飞舞，顿时七魂离窍，双膝酥软，一头扎在草窝窝里。

丁狗儿早一步跨上前去，只一刀便将白线口袋捅了个漂亮的窟窿。这一刀扎得好痛快，似乎把丁狗儿郁积了一辈子的晦气放了个干干净净——妈的，老子吃不上，让你也吃不成，这便宜谁也别捡……

金灿灿的玉米粒飞流而下，金豆四溅，宛如一道金色的瀑布。一股奇香醉了丁狗儿。他丢了屠刀，捧起那令人神往的粮食，愣愣地发起呆来。

女人和孩子们早一哄而上，争抢着把散落在路上的玉米粒装进自己的篮子里或袋子里。他们干得极神速，只眨眼的工夫，已鸣金收兵。

等贾叫驴从草窝子里抬起头，早没了一个人影，只有灰毛驴失神落魄地望着他。驴背上的线口袋像个漏了水的猪尿泡，完全干瘪下去。

贾叫驴号啕恸哭，指天骂地。

权当让恶狗半路叼去了！他安慰自己。可心里的大山却坍塌了半边。不出这口气，他非疯不可！

贾叫驴找二秃队长告状。

二秃队长说这是民事纠纷，最好上法院去。一甩手，走了。

贾叫驴隐约听说是胡麻花给二秃吹了数量和质量都相当可观的枕边风。他狠下心——抓奸！狗日的，凭咱的好手气，再下些功夫，还愁抓不到把柄？

贾叫驴日日夜夜密切注视着二秃队长的行踪。

功夫不负有心人。四天后的傍晚，他看见二秃队长鬼鬼祟祟地去了村外的莜麦地。于是，他像个训练有素的侦察员一路跟踪而去。

莜麦快熟了，长得约有一人高。细细的麦秸秆亭亭玉立，挑着一蓬蓬小灯笼似的麦粒。风儿一吹，那些细长的小灯笼便摇晃起来，响成一片，悦耳又轻柔，像是女人们低低娇羞的絮语。莜麦地里有股子奇香，伴着泥土的气味，浓浓地扑入心怀。

贾叫驴趴伏在潮湿的土地上，耐心地倾听着风的絮语和牛牛虫爬行时发出的细微的响声，捕捉着从不远处茂密的麦丛里飘来的"咮咮"的笑和极能刺激想象力的每一声响动。他感到浑身燥热，一种报复的快感像电流般传遍全身。

熬过半个时辰，那边的动静小了。一阵穿衣服的"窸窸窣窣"声过后，便有一个男人的脚步声匆匆远去。

贾叫驴抓住战机，像狐狸一样窜了过去。

先是胡麻花压得极低的惊叫，接着是贾叫驴得意的不依不饶的笑声。接着是胡麻花不是很坚决的反抗，接着是半推半就的呻吟，接着是莜麦秸的剧烈骚动……

又过了半个时辰，贾叫驴学着二秃队长的模样，神态安然地钻出了莜麦地。

四野已浸泡在一片迷蒙柔和的暮霭中。远处村庄上空，荡着青色的和紫色的氤氲。该吃饭啦！他忽然觉得肚子空了，很累，然而心里却是充实的、愉快的，那坍塌了的半边山，现在已经修补得整整齐齐，安稳得犹如埃及古老的金字塔。

狗日的，想占老子的便宜！他轻蔑地骂了一句，带着胜利者满足的微笑，大步向村庄走去。

狂　犬

原载《奔流》

它像叩等身长头赶到这里的朝圣者，极庄严地向那鲜血淋淋的太阳进行神圣的朝拜。

干涸的河谷，鹅卵石铺展着一条银带。它蹲立在鹅卵石上，浑身浴着浓郁的血浆如雕塑般伫立，久久昂首眺望充满了悲剧色彩的伟大的沉沦……

太阳自戕于群山的波涛间。

它在沉思。

它目睹了悲剧的全部过程，并领略了其深刻的含义；它意识到庄严毁灭的价值所在，知道了任何所谓的永恒都将有终结的时刻，它可能是荒野最严肃的哲学家，总想解开关于自然的全部奥秘。

然而，村子里的人却说它得了一种可怕的病。他们害怕这病传染给人类，拼命追逐它，向它射出一片片铁砂的风暴。

它成功地逃脱了死亡的跟踪，隐居在这条名叫不冻河的河谷里。它不想冒犯谁或者伤害谁，只想与世无争地活着，只想自由地奔驰、自由地想象。它渴望成为荒野上最有权威的哲学家。

一种价值毁灭后的巨大悲哀袭上心头，眼前蒙上一层黯淡不祥的荫翳，于是它把僵硬的脖子伸得更直，向着日落的方向开始吟哦一首它自己创作的哀歌。那歌无字，音韵深沉，调子古老，或长或短的音符严谨悲壮地排列组合起来，宛如一首长调民歌甩出一串串拖着诡谲多变、意味悠远的尾音，时而短促高亢，时而冗长深沉，时而变幻莫测。河谷里的风啸为它伴奏，细细听来，竟像一支现代化的电声乐队。

　　它把荒野的哀歌演奏得如此出色，竟让那些忸怩作态的演唱流行歌曲的女歌星、装腔作势的以演唱西洋歌剧为荣的男歌星听了之后自惭形秽，自叹不如！它吟唱得如此委婉悱恻，于是整个河谷便在这奇妙的悲歌中荡起一圈圈透明的涟漪……

　　它大约是梅特里犬的后裔，血统不太纯，血管里可能有几滴当地笨狗的血液。它的身材高大、威武，腰细臀阔，当它飞跑起来的时候，它的腰轻捷妩媚地扭动，比女人的腰还有魅力。它的前胸和额头正中有一簇雪白的茸毛，这对异性来说无疑是种诱惑。然而，它的生活作风还算得上严谨检点，除了偶尔向东村的小花母狗调调情之外，它一直忠贞不渝地爱着西村的一只"黑豹"。除此之外，它再没和别的犬类交媾，尽管许多母狗都曾不知羞耻地撩起尾巴引诱它，但它嗤之以鼻，一概不予理睬。

　　它的高傲惹来许多同类的嫉恨。有一天，它们策划了一个可耻的阴谋，联合起来把它咬出村子。从此，它成了流浪犬。

　　可那些高傲的狗儿们不肯善罢甘休，唆使一条癞头狂犬狠狠地袭击了它，把一种可怕的疫菌传播到它的身上。

　　悲剧性的生涯开始了——它全身的热血突然在一天夜里躁动起来，火辣辣地燎人。它感到异常兴奋，异常狂躁，渴望着奔跑、跳跃、撕咬、嚎叫……它被一种无法忍耐、无法压抑的情绪所折磨，滋生了一种疯狂发泄的渴望。

　　长夜如漆，万物酣睡，河谷白色的鹅卵石凝着残月的寒光，互相挤着、压着、堆着、搂着，织出一条奇特的卵石床。它像狼一样焦躁不安地在干涸的河床上跑来跑去，得不到发泄的苦痛，这使它愈加暴怒。它像黑色的闪电腾空跃起，重重地摔到坚硬的鹅卵石上，然后再一次跃起，再一次摔倒。它的牙齿"咯咯"脆响，再也无法忍受时，便去咬身下的鹅卵石。锋利的牙齿恶狠狠地咬住铁块似的石头，从嘴里溅出耀眼的火星。它快乐地咬遍了河谷里的每块石头，于是看到了奇迹——

满滩鹅卵石像无数白色的小精灵在跳舞，起起落落，像被什么力量抛起来又落下去，越舞越疯狂，远看，宛如银色的浪花在沸腾。

它愈加体验到征服欲实现的快乐，又去咬河岸旁那一排排细嫩的柳树。它把一排排牙印子深深地刻在柳树干上，口中树汁的苦味使它感到舒服亲切。

所有被它咬过的柳树一同疯狂地摇晃起来，呼呼作响，似乎要拔地而去。

它意识到自己的力量所在——我能创造出一个疯狂的世界。呵呵，多么伟大，多么神奇，多么痛快淋漓！

它想把世界上所有的物体都狠狠咬上一口。

天亮时，它略微安静了一些。

它蹲在山岗上，把头对着东方。

骤然，它看见了在天空中蠕动的那个怪物。以前，它以为那怪物只是一个飞来飞去的大火球，而现在，它发现那炽热的火球在疯狂地滚动，有眼、有鼻、有嘴，裹在一团浑浊的血液里。它嗅到了血腥气，好像有股苦杏仁的甜味。那团血糊糊的怪物正在居高临下地嘲笑它。

它被激怒了，恶狠狠地吠着，想扑住那红魔怪，然而总是扑空。那红魔怪突然后退，和它拉开距离。它恼怒万分，再扑，再咬，依然扑空，咬空。

它终于累得快爬不起来了。它口干舌燥，又饥又渴，浑身皮肉被愤怒烧得焦灼不堪。它爬上山岗，从喉咙里滚出一串不甘心的呜咽。

就在这个时候，它看见从山岗下走来的女孩。

女孩穿着白衫子，围着绿纱巾，圆圆的脸，颊上永远留着两个纯真的酒窝。她吃力地往山岗上爬，白衫子上抖动着朝霞的金光。

她气喘吁吁地走来，微翘的小鼻头上布满亮晶晶的汗珠；她的黑眼珠极亮，宛如两粒黑葡萄。

她径直向它走了过来。

它早盯住女孩，舌头长长地伸出，舌尖上滴着有疫菌的唾液。它的目光十分凶狠，像狼。

此刻，在它那空空荡荡的大脑里，全无一点人类的印象，早忘了人的呼唤和抚养，那里只有一片枯草丛生的荒野，还有黑黑的洞穴和满滩白骨。勃发的野性在躯体里迅猛膨胀，它渴望毁灭一切。

于是，它挟着风带着火向女孩扑去。

使它惊奇的是，女孩居然没躲，笑吟吟地望着它伸出手去。它将两只前蹄搭在她的肩头，猛地叼去了她的纱巾。女孩"咯咯"地笑，友好地伸出手去抚摸它的耳朵和脖颈。它犹豫片刻，有点不知所措，朝女孩龇牙咧嘴。它以为她准会吓得掉头就跑，那时它就有理由追上去从背后一口咬住那白皙的脖子。但她没跑，反而从身上掏出一条牛肉干塞到它的嘴里。

"吃吧吃吧！"她说。她的声音动听极了，这使它恍惚想起了什么模糊的往事。

"一定饿坏了吧，虎儿……"

虎儿？是呼唤我吗？

哦，多么遥远的回忆呀，虎儿跟随主人走向密林深处。那时红狐狸正在灌木丛里窃窃私语，山鸡从枝梢间倏地飞去。它嗅着树叶的腐质味儿，激动得一阵阵战栗。

"虎儿，嗅！"主人吆喝着。

它冲进密林，身子舒展成一条线，肚皮蹭着草尖飞驰，飘起来一般。虎儿——虎儿？谁是虎儿？

它嚼着牛肉干，茫然地盯着女孩。它已从女孩身上溜下来，不怀好意地瞟她，脑子里反复出现一个使它极为困惑的问题：她是谁？她好像知道我的名字？要不要扑上去咬她一口？

女孩从从容容地坐在它身边，漫不经心地抚摸着它的皮毛。她把覆在额前的秀发拢了拢，轻轻哼起一支歌。

它停了咀嚼，扬起头望她。女孩不看它，只是望着远方的山峦在唱。女孩的歌喉十分稚嫩，歌儿如飞泉从耳道流到心里，把心儿熨得平平展展，舒舒服服。火暴暴的心灵得到这甘泉的滋润，顿时无比清爽。

歌儿像不断线的游丝，丝丝缕缕地缠绕了半个天，将它的躯体软软地包裹起来。它听得痴了，呆了，渐渐，模糊的往事被歌儿的游丝牵引出来，从遥远的地方缓缓拉扯到眼前，于是它看见了温暖的窝，看见了嫩绿的麦地，看见了牛车下那块老羊皮和主人的和善的马子……

一切都明晰起来，神智正在恢复正常，它只是感到梦魇后的疲惫，很想在那堆柔软的游丝里睡一觉。

它果然睡着了。它做了一个彩色的梦。梦里有蓝天、绿草、森林和红狐狸等，还有恬静的村落和此起彼伏的羊叫声。

它醒来时，女孩不见了。她留下一小罐清水和一块新鲜的狍肉。

它吃过食物，顿觉精神了许多，狂犬的病症正从它身上慢慢退去。

女孩天天来，几乎总在同一时刻。女孩来时总不让它失望，带来兔肉或别的什么吃的东西。女孩喜欢和它单独待上一会儿，逗引它追逐、跳跃。它很留恋和她单独在一起的时光。

十几天后，它觉得自己完全好了，像是从一个可怕的躯壳里蜕变出来，有了一个全新的生命。它被无限的愉悦所陶醉，重新感受着大自然美妙的恩赐，咀嚼着生之欢乐。

今天早晨，女孩破例没来。它有些不安。傍晚，它眺望落日，吟哦着发自心中的美好礼赞。

一曲终了，余音袅袅，远山荡着回声。

它正感到无限的孤寂，却见山坡上轻轻飘来一团雾。

"虎儿！"女孩欣然奔跑。

它欢喜万分地迎上去，亲热地用嘴巴去磨蹭女孩的手背。女孩搂住它的脖子，似有许多话要说。

"听着，虎儿，立刻离开这里，懂吗？"

它茫然地望着她。

"离开这条河谷，快！"

它还是不明白，傻呆呆地用嘴蹭她的襟子。

"这里危险，他们要来杀你，他们说你有病……他们要……"女孩急得浑身抖动。

它留恋地偎着她，似有许多缠绵。

女孩无可奈何，狠狠踢了它一脚。它往远跑了几步，站定，回头，委屈地哼哼。

女孩又扔过一块石头，准确地击在它的腿上。

它疼得跳起来，又往远跑了一会儿，仍站定，望女孩。

女孩掉头往回走。

她走得急，怕它追上来缠她。

她爬到半山坡，心儿"咚咚"地急跳，不由得再回身，看见它依然呆呆地蹲立在河谷里，痴痴地向这边眺望。

河床里的鹅卵石在夕霞的照映下，宛如一片深红色的琥珀。它已经变成了一粒黑乎乎的小颗粒。

但是依然能听到它委屈的呜咽。

女孩的眼睛湿润了。

她想继续往上爬，突然发现黑色的山脊上冒出几个人影，倏地伏在地上。她看见了如临大敌的枪口像魔鬼的眼睛，狰狞地盯着河谷。

她觉得心儿要跳出胸腔，一股冷气冻僵了全身的每根神经：天啊，那些猎人终于追来啦！他们始终不肯放过它，无论她怎样解释，费尽口舌，可他们坚决不相信狂犬会自己恢复正常。他们不相信一个十岁小姑娘的胡言乱语。

女孩骤然鼓起勇气，飞快地向河谷跑去。她想用自己微弱的力量保护它。

"虎儿——"

女孩尖利的喊声将正在压下来的暮色撕碎，在宽阔的、紫色的河谷里荡起巨大的回声。

然而枪声响了！

一股骤然而起的风暴，挟着摧枯拉朽的铁砂，迅猛而准确地向着它扑去。它没来得及动一下身子，立刻被一片浓浓的硝烟所吞没。

"虎——儿———"

空旷的河谷很快恢复了平静。

平坦的河床上铺满了凝聚着血红色彩的晶莹的琥珀石，显得庄严无比，令人窒息。

女孩跑到虎儿前，只见它已静静地躺在圆圆的、光滑的鹅卵石上，亮晶晶的眸子流光溢彩，身上满是被铁砂穿透的血窟窿。

女孩哀伤地望了许久，许久。

后来，她蹲下去，捡那些漂亮的鹅卵石，轻轻堆在它的身上——女孩用鹅卵石为它垒了一座豪华的坟墓。

女孩慢慢走回了家。

女孩渐渐走进一个噩梦里——

无论她走到哪里，人们都用怀疑的、居心不良的目光盯着她，咬着耳朵窃窃私语。孩子们见了她慌忙躲开，大人们则惊慌地将木门关住，甚至连狗类都用谴责的目光瞟着她。没人和她说话，到处是冰冷的、防范的目光。

女孩不敢出门，每天待在家里。

然而父母也用狐疑的目光审视她。

她愈加痴痴迷迷，忽而笑，忽而哭。

有一天，父亲突然粗暴地把她扔到牛车上。父亲说她肯定染上了狂犬病，一定要去城里的医院查一查。

途中，趁父亲不备，她从牛车上跳下来逃跑了。

她漫无目的地跑呵跑呵，不知不觉竟跑到了那条河谷里。

几场暴雨过后，浩浩荡荡的山洪倾泻而下，将干涸的河谷塞得满满当当。再也见不到漂亮的鹅卵石了，河床里只有浑浊的河水在翻腾、在咆哮，似乎在宣泄着郁积已久的愤怒，冲刷着一切陈旧的痕迹。

女孩站立在河岸边，觉得山洪的喧嚣是在为虎儿举行盛大的葬礼——几千把铜号齐鸣，几千只牧犬哀号，几千名喇嘛诵经……

猛然间，一切音响倏地消失了，空旷的宇宙顿时无比沉寂。女孩惊奇地发现，河谷的洪水骤然消失，河床上依然是一片琥珀色的鹅卵石，还有她为虎儿修筑的墓殿。

有一种她所熟悉的来自大自然的吟唱从那一片广阔无边的鹅卵石里挤出来，宛如热气冉冉升腾。女孩觉得自己的心儿在快乐的浪花里沉浮着。

在这一派庄严的、如圣乐般的吟唱中，虎儿恍若一个虚缈的幽灵从那座辉煌的卵石宫殿里升了起来，将脖子伸直，向着血红的落日，吟唱着悲凉的赞歌。

女孩欣慰地笑了，张开双臂，向色彩绚丽的河谷走去。

没水，河床上真的没水！

黑　狐

原载《海燕》

老猎人早就想打那只黑狐狸了。

他几乎把一辈子的时间都消磨在狩猎上。打死的狐狸不计其数，然而他还没有猎到一只真正的黑狐。

早晨，老猎人把枪支、猎刀、望远镜和食物等东西都准备好，便领着猎犬秃耳向布尔罕山走去。

这是一个有雾的早晨，草地上远远近近弥漫着或浓或淡的冷雾。远山被雾瘴遮住，只露出一个暗蓝色的、朦胧的山尖。草叶上的露珠很肥硕，沉甸甸地落下，砸湿了皮靴。秃耳的四条腿和肚皮下很快就被浸得湿漉漉的。布尔罕山还在浓雾中酣睡。

关于这条神奇的山脉，有许多神奇的传说。

最诱人的莫过于黑狐的传说了。一条红狐狸，若能修行千年不死，那么，浑身的毛就会变白，先从尾尖开始，最后白到额头。白狐若是能修到万年，那么，身上的毛又开始变黑，先以额头，最后黑到尾巴尖，浑身上下乌如漆墨，亮如绸缎，极其珍贵。

布尔罕山里有一只黑狐，还有一只白狐。但这仅仅是传说，无论是白狐还是黑狐，极少有人见到过。

老猎人的运气不坏，千真万确见到了黑狐，而且不止一次。眼见为实，他不再怀疑传说的虚妄性，从此坚信黑狐的存在。

半个月前，老猎人去苏木买粮乘马而归，经过布尔罕山左翼时，天已黄昏，暮霭迷蒙，身下的坐骑突然"咴咴"地嘶鸣起来。他觉得有些不对劲儿，便眯起眼四下张望。四野空空荡荡，什么也没有。他低头去看激动不安的马子，倏地瞥见一道黑光从马肚皮下一闪而过，箭一般地射向远方。一瞬间，他凭着一双猎人敏锐无比的眼睛发现，那是一只狐狸的身影，全身乌亮异常，奔跑的速度飞快无比，仿佛在绿草地上抛射一条黑线，倏地消失在茂盛的草丛里。

老猎人以为自己的眼睛出了什么问题，揉揉眼，再看，沉寂的原野虚缈迷离。他嘟哝着骂了一句，满腹狐疑地回了家。然而三天后，他又见到了那黑色的精灵。那时，老猎人正往牛粪垛上晾一张刚剥下来的血淋淋的狼皮，忽听到一阵哀鸣似的声音。老人一愣，望去，却见不远的沙包上端庄地伫立着一个黑色的狐影，静静地望着他，眼里闪着明亮的白光，浑身的皮毛在如血的霞光里熠熠生辉。

老人急忙回到屋子里取猎枪。等他端着枪冲出来时，黑狐早不见了踪影。

还有一次，老人在一片金色的筏筏滩里寻找野兔子，忽听秃耳狂喜地吠叫起来，接着又听到茂密的黄筏草里一阵扑腾跳跃的声音。他知道千载难逢的机会又来了，他的心儿跳得发狂。猛地，他看见一人多高的黄筏草梢头上跃起一道黑色的弧光。仅仅是一闪，老猎人已经看清了它漂亮柔韧的腰肢和熠熠闪光的眼睛。

老猎人迫不及待地端起猎枪。黑影又一闪，老人不失时机地扣动了扳机。

枪声刚响，他就有些后悔。他果然听见爱犬秃耳疼痛难忍的哀叫。他跑过去，发现秃耳倒在筏筏丛里，一条腿鲜血淋淋。

老猎人从此开始憎恨这只狡猾透顶的黑狐——它分明是在挑逗老猎人，以炫耀自己的聪明和敏捷。

老猎人不能忍受这种耻辱和挑衅，决心到布尔罕山里去和它决一雌雄。

太阳即将升起，雾渐渐散了。布尔罕山脉撩开了掩遮它雄姿的面纱，将一座座黛青色的奇峰峭壁赫然推入老人的视野。

那条山脉是野兽们的神秘王国，分布着数不清的沟壑、洞穴、灌木、草丛和奇形怪状的岩石，是野兽们憩息安居的好场所。老猎人对那里的一切并不陌生，他曾多次到这里来狩猎。他可以蛮有把握地猎获狼、狍和麋鹿，却没有把握打得住那只黑狐。他心里没有一点底，根本不知道那只神奇的黑狐究竟有多高的道术。

从早晨出发开始，他的心就有些忐忑不安，预感到今天的狩猎可能会有什么不同寻常的事儿要发生……

秃耳的情绪十分高昂，跛着一条腿跳跃着在前面探路。它知道今天到了洗耻雪辱的时候，由于黑狐的狡诈而造成它被误伤，它对此一直耿耿于怀。老猎人思考着，随着秃耳走进了布尔罕山脉。

他们从黑崖下经过。秃耳突然警觉地在地上嗅着什么，紧张地向前走去。它很快将老猎人领到一个洞穴前，便自告奋勇地钻了进去。老人知道这个洞穴很浅，不是黑狐的藏身之地。

果然，不一会儿，秃耳沮丧地从洞穴里钻出，带出一团团黑烟似的粉屑。秃耳的四蹄被一种黑色的物质染得乌黑发亮，隐约闪着星星点点的磷光。老人知道那是黑色的岩石经过几万年的风化，形成的一种奇特的岩粉。牧人们常用这黏着力极好的墨粉染皮子或抹在皮靴上，效果极佳。老人拍拍秃耳的头，对它表示一番安慰，然后他们继续向前走去。

太阳已升起一套马杆子高了，孤寂无聊地卧在一朵白云上。布尔罕山谷里依然阴沉沉，那些紧贴在地皮上游荡的灰色和紫色的瘴气不肯散去，似乎千万年来它们就这样游荡，笼罩着山谷。偶尔有一只野兔子或山狐狸从他们面前跳蹿而过，老猎人和秃耳连瞟都不瞟它们一眼。他们的庄严和稳重使野兽们吃惊，稍胆大些的野兽站在较安全的地方，用探究的目光注视着猎人和猎犬，看着他们沉稳地穿过一条沟壑，又穿过一片密林。

黑狐的出现远比老猎人预料的要早得多。

当他们刚从密林里钻出来的时候，一下子就瞅见那黑精灵大摇大摆地跳到一块岩石上坐下，漫不经心地瞧着他们。

猎人和猎犬一时反而愣住了，没有立刻采取行动。

黑狐懒懒地站起身，甩给他们一个漂亮的尾巴，然后不慌不忙地向一个方向走去。

猎人看见它黑亮的尾巴上晃着耀眼的白尖。

黑狐傲慢的举止首先激怒了秃耳。它一个箭步蹿了出去。它以为自己马上就要咬住黑狐那蓬蓬松松的大尾巴了，然而突然间那尾巴极灵巧地一闪，它扑空了。它不屈不挠地继续追击，再次向黑尾巴扑去。这一口咬得稳准狠，那漂亮的尾巴肯定逃脱不了悲惨的厄运。然而，秃耳还没有看清怎么回事，那尾巴又灵巧地一晃，闪到另一侧，它啃了一口地皮。

黑狐并不快跑，只管把漂亮的尾巴潇洒地甩来甩去，像一团魔幻不定的黑云，戏弄着快要发狂的秃耳……

老猎人深知对手非同一般，没敢贸然开枪，只是紧紧盯住它不放。黑狐轻盈地从岩石上或草梢上跃跳着，奔跑着，宛如在跳一个优美的舞蹈。有时，它把秃耳甩下很远，便站定，回头张望，双目熠熠生辉，似挑逗，似诱惑，又似嘲弄。

老猎人打了一辈子猎，却从没有见过这么不可思议的野物，真有点心慌意乱，不知所措。今天肯定要出什么事儿！他又一次想。

黑狐向一条狭窄的山谷退去。老猎人知道这是条死谷，没有别的出路，不由一阵窃喜。他想起一句流行颇广的格言：狐狸再狡猾也斗不过好猎手！这只黑狐的道术看来也不过如此，今天必死无疑！

他放慢步子，喘息着，沉稳地往山谷里逼去。他喝住秃耳，让它跟在身后。他要把黑狐逼到一个死角，然后再动手。

狭窄的山谷里灌木丛生，雾霭弥漫，更加幽暗。

这里几乎没路，老猎人每走一步都感到十分艰难。当前面终于没路可走时，他看见黑狐蓬松的尾巴一晃，倏地消失了。

老猎人寻找了许久，才发现杂乱的灌木丛掩映着一个不易觉察的洞口。如果不是黑狐把他领到这里，他是绝不会找到这个隐蔽得极好的洞穴的。

他选择最佳角度蹲下来，架好枪，静静等待。秃耳心领神会，趴伏在地上死死盯住洞口，屏气敛声。

山谷的时光是凝固的，无论是猛兽的长嚎还是飞禽的鸣叫，都被冻结在冷寂的雾瘴里。一片云压到山顶上，似乎想沉落下来，把峡谷上的一线天严严实实堵住。闷热，一丝风儿也没有，连树叶和青草都在吃力地喘息。一只蛐蛐在吟唱，它根本不知道死亡正蹲伏在草丛中，更不理解死亡的确切含意，只管扯着嗓门使劲儿唱，仿佛是向异性调情。布尔罕山谷里很少这么静，这么热。

老猎人突然听到洞穴里一阵骚动。

片刻，黑狐钻出洞穴，懒懒地傲然回顾，头上似乎多了一个金灿灿的东西。

就在这一瞬间，老猎人早把全部力气运用在食指上——轰！

一片火光在刹那间把附近的幽暗映亮，震耳欲聋的巨响久久地回荡在峡谷里。

黑狐惨叫一声，在一片硝烟里倒下。

灌木丛里，一群白色的鸟儿扑棱棱地冲天而起，惊恐飞散。老猎人知道大功告成，将猎枪扔到一旁，长长出口气，心儿还在猛跳。硝烟渐渐散去，死亡显现出赫赫战果。秃耳欣喜若狂，迫不及待地扑到硝烟里，大声吠叫，向主人报告好消息。

黑狐，真正的黑狐！并没费什么力气就猎到手了。

一切都有些过于简单，远没有他想象的那么复杂、惊险、浪漫。

看来，无论什么事儿，只要你认真去干，便能轻易办成。而一旦成功之后，再神秘的东西也就不神秘了。

秃耳将垂死的黑狐拖过来。

老猎人这才发现这只狐狸的确很老，牙齿几乎脱落光了，两只眼睛里罩着一层灰蓝色的荫翳，垂死的眸子里依稀可见残忍与专横。现在细细打量它，才看清它很肥胖，四肢僵硬，只有皮毛乌黑闪亮。很难想象这样一只老狐狸刚才竟跑得那么轻捷，那么潇洒。

老人从它头上小心地取下那个金灿灿的东西，惊愕得合不拢嘴巴——皇冠！

那分明是一个金质皇冠！

原来黑狐是狐狸王国的国王，千百年来它凭着岁月赐给的优厚的资历，统治着整个狐狸家族，或为非作歹、专横跋扈，或盛气凌人、唯我独尊，用权力来强化它的意志……

老猎人知道自己击毙了一位国王，激动得热血膨胀，双目熠熠闪光——呵呵，多么丰厚的收获，价值连城的黑狐皮和金冠！多么伟大的功绩，征服了一个暴君！

老人略微休息片刻，然后小心地将死狐放在秃耳背上，捆好。一切收拾干净，才背起猎枪向山谷外走去。

他们很快走出布尔罕山谷。

山谷外阳光明丽，天空上没有雾和阴云。布尔罕草原宛如一块绿锦，开阔而诱人。秃耳驮着死狐在前面奔跑，死狐的四蹄软软地摇摆。老人心中的喜悦愈加强烈，好像舒舒坦坦地喝了几碗清爽的奶酒。

只是一瞬间，老猎人觉得拎在手里的金皇冠似乎动了一下，脱手而去。

他愕然低头看，金皇冠果然不见了！

这时，他听见秃耳惊恐的狂叫。

老人知道事情蹊跷，急忙望去，果然见一道黑光向远方射去。

老猎人急忙取枪，但太晚了，那黑亮的磷光已经跃进阿鲁河里。

又一只黑狐？

老猎人惊奇得差点喘不过气来。在黑狐跃进阿鲁河的那一瞬间，老猎人发现黑狐的尾尖上有一点眼熟的银色。他急忙查看秃耳背上的死狐，这才发现他猎到的黑狐的尾尖上根本没有那一团白。

他上当了？

老猎人疾步追到岸边。黑狐已游过河心，正飞速向对岸游去。他正想举枪瞄准，却猛地惊讶得合不拢嘴——波浪中的黑狐正在融化，皮毛上的黑颜色愈来愈淡，愈来愈淡，渐渐变成雪白的一团，像烟，像雾……最后，它水淋淋地跃上对岸，头上已经戴上了那个闪着金光的皇冠……

白狐狸？

原来它是白狐狸？它用乌黑的岩粉染了自己的皮毛，把老猎人诱骗到真正的黑狐那里……

它为什么要出卖黑狐呢？

老猎人犹如坠入一团迷雾之中。他端着枪，呆呆地眺望。

白狐狸一边轻捷地奔跑着，一边抖落满身水珠。那些亮晶晶的水珠宛如一粒粒珍珠在空中飞散开。它愈发雪白，漂亮的流线型身姿像一朵云贴着草尖飘飞。哦，那是来自童话中的王子……

无数红狐狸远远迎来，恍若一团团火把，红艳艳的火苗飘飘忽忽，在茫茫的原野上闪烁波动。那大概是狐狸的王国正在为白狐王子的凯旋而举行盛大的狂欢舞会。

父辈的田野

原载《青年作家》

遗　训

　　不知是谁家的野猫作孽，先用舌头舔破窗纸，然后毫无顾忌地伸进头来，居高临下地将这间土屋巡视一遍，发现这儿竟是个连耗子都不肯光顾的地方，便悻悻然离去。于是，皱巴巴的窗纸上便多了一个圆圆的窟窿。

　　多亏有了这个窟窿，万福老汉才能躺在土炕上不咋费力就看到窗外一块墨蓝的天。天很小，圆的，边沿上破破烂烂，仅有两三颗星在岌岌可危地颤动，像诡谲的猫眼儿。

　　那是唯一的一条与外面世界相联系的通道。目光从那破洞口穿出，飞过茫茫天宇，越过冥冥空间，然后与星光相撞……万福老汉相信自己听见了目光与星光在万里之遥相撞击的回声，那是清脆的、悦耳的、炒豆子似的嘎巴脆响。

　　然而仅仅是一瞬间，星光熄灭了，不可知的天宇仍是个深不可测的无底洞，贪婪地注视着他，似乎想把他的魂灵像吮吸液体般地从那黑洞里吸走……

　　万福老汉把苍老的目光移到屋顶。屋顶是黑色的，被烟火熏透的房梁和橡子凝结成一个整体，像一块黑乎乎的棺板扣在上面。万福老汉心里早没了恐惧，已进入飘飘忽悠悠然、无比超脱、无比欣然的境界。万念皆空，剩下的便是永恒的归宿。他从来没想到：人在临咽气时，竟会这么轻松，这么欣悦！若早知死是这样，他宁可去死一千次。

破门"嘎吱"呻吟了一下，接着是女人的大脚板子踩在地上的响声。这时，万福老汉的耳朵出奇地好使，甚至连十里以外的老母猪偷啃玉茭茭的声音都听得清清楚楚。女人的脚步声如雷贯耳，他觉得心窝窝里好一阵难受。他想向这位三番五次破门而入的老婆子提出强烈抗议——干甚？走城门还是进你自个儿家哩？可是他没有力气把这话说出来，甚至连嘴巴的一翕一张都很困难。他想痛痛快快地闭上眼，走完这人生的最后一段路，可是一种强烈的期待、一种本能的渴望、一种深沉的责任感，给他奄奄一息的躯体里注入了一丝顽强的活力。他很清醒地知道他在等什么。他坚信这等待不会是徒劳的！他一生中最有价值的时刻，就是今晚这伟大的等待。

五婆子和前几次一样，例行公事地检查了一遍：试试鼻息，听听心跳，翻翻眼皮，然后又是那句话：

"他万福叔，歇歇心去吧，还挂念个甚？贵娃不会回哩，捎话的人天刚擦黑就回来啦。"

万福老汉只是用死鱼似的眼珠盯住窗户上的黑洞，不言语。

五婆子有点悚然，说："他叔，苦了一辈子，这世道还值得你惦挂个甚？去吧……甭等了，贵娃子不回来哩！人家在城里做大买卖，还能把你个讨吃子放在心上！"

万福老汉看见又一颗星星跌落到黑洞里，熠熠闪烁，明人眼目——俺贵娃，那是俺贵娃子吗？

五婆子照例悲哀地叹息一声。这叹息原本也是敷衍了事，可她突然想到自己终归也会有这么一天，于是悲哀了，叹息声也真诚了。五婆子知道自己能给他的，也只能是几句不咸不淡的话儿，丢下一声叹息走了。临走，她又用猫儿一样明亮的目光把破土屋上上下下、里里外外，仔细地扫一道，她深信自己的目光具有穿透能力，入木三分。她更加确信自己的判断是正确的：这个一辈子讨吃要饭的老汉，除了一床破被子和几个破盘子烂碗，再也没甚值钱的东西了！

万福老汉听见五婆子临出门时，顺手牵羊地拎走了他的一个瓦罐。那瓦罐虽然破旧不堪，可毕竟是家里唯一完整的家具呀！老汉恨得牙根痒痒——呸，乘人之危的五婆子，让那瓦罐明日就破八瓣，两日后碎十六片，三日后扎那老刁婆的脚板子……诅咒完了，他觉得心里舒坦了许多。

唉，瓦罐，俺的瓦罐啊！

第三个瓦罐，第四个瓦罐……没人知道，没一个人知道！万福老汉将那事做得机密又安全。在浓雾般的黑暗中，他只用手摸，就知道哪个瓦罐里放着钢镚儿，哪个瓦罐里放着票子……三十年了，他每天夜里熟练地做着那件事，从那抚摸中，从那钢镚儿的脆响声里，从那大票子"窸窣"的摩擦声里，他得到了一种无与伦比的享受和满足。

谁也不会相信，一个讨吃子会创造出这种奇迹！

然而，他做成了！他万福老汉有这本事。他没告诉任何人，连儿子也瞒着，一个人享受那无尽的欢乐。

他多会装呀，鼻涕一把，眼泪一把，蓬乱的头发，乌黑肮脏的脸，还有一瘸一拐的走路。

然而儿子……

贵娃子不理解爹啊，他错怪了他爹，对不起他爹，委屈了他爹，他哪里知道爹在干着一件多么了不起的事业啊！

贵娃子要面子，坚决不许爹再去讨吃要饭，他只知道脸上无光，可他哪懂得面子是不能当饭吃的哟，我那儿啊！

贵娃子也想发财。他谋得太狠，他进城贩地毛，贩白蘑，仅仅两三天就到手两千多元。

"娃哎，那要吃亏的，挣钱可不是那么个挣法！"

"你懂个屁！"贵娃不屑地用手指弹着新西服上的几个泥点点。

几天后，万福老汉的话应验了，贵娃子贩马上了一当，一次赔进去三千元。

儿子哟，当大的哪句话不是为你好？哪句不是金玉良言？

"行行好……行行好……"

万福老汉恍若又在追一个年轻后生乞讨，那后生的脊背有点佝偻，然而西装革履，应该是个有钱人。

老汉卑微地弯下腰，挡住后生的去路，说："一分二分不少，三毛四毛不多……"

后生恼怒地举起了手。

老汉习惯性地缩起脖子。

然而，后生的手在空中僵住了，说："大？你咋跑到这儿给俺丢人现眼呀！"

咋，是贵娃子？

儿子捶胸顿足。

老子羞愧难当。

似乎从那一天起，贵娃子再也没回来过……不不，好像回来过一次，还指着爹的鼻子说："你不是俺大，俺不是你儿！以后街上见了面，休怪俺翻脸不认人！"

不，贵娃不是那不仁不义、不忠不孝的逆子，这孩子厚道着哩！他听说爹快不行了，一定会赶回来，拼着命也要赶回来……

儿子哟！

老母猪又在地里啃玉茭茭呢。万福老汉听得真切。那玉茭茭脆得像红萝卜，水灵灵的，甜生生的，一口下去，满是乳汁似的白水水。老母猪只需几口就咽了下去，腮帮子上还挂着一缕粉嘟嘟的缨子。老母猪满意地哼哼唧唧，又一口咬断了秸秆——那秸秆翠绿的皮里裹着个白心。老母猪耐心地一口一口地嚼着，整个田地的夜空中便隐隐回荡着这香甜的咀嚼声……谁家的猪呢，自然是五婆子的。这老婆子比鬼还精，怪不得这些天她家的猪猛长膘，谁见了谁夸。而那鬼精婆子却愁眉苦脸地说："胖？那叫胖？俺的傻妹子哟，你瞧瞧，你瞧瞧，那虚乎郎当，那蔫不唧，分明是得了水肿病哟……"

人家这才叫做人之道，有富而不露，这样才没人算计你，你也别算计别人，只管安安稳稳地过你的日子。这才是庄户人的正路！

这时候，万福老汉的思路异常清晰而活跃，感觉也倍加灵敏。在老母猪的咀嚼声中，他渐渐听到了另一种声音——皮鞋踩在田埂上的响声。

万福老汉死鱼似的眼珠闪了一道亮光——贵娃！咱贵娃子回来哩！

他听出了那熟悉的脚步声是属于儿子的。

他甚至能辨别出贵娃的裤腿蹭着荒草的独特声音。

那脚步声犹犹豫豫，举足不前。

那脚步声疲疲沓沓，颓唐而彷徨。

多仁义的儿子哟，可算是回来哩！

也许是梦？也许是幻觉？管他呢，只要能见儿子最后一面，了却了那桩心事，别的，天塌地陷，无关紧要。

儿子的脚步声穿过村子的石子路，过了场院，又过了猪圈，又过了门槛。破门响了一下，儿子的脚步声便落到了炕沿边。

洋火"扑哧"一声闷响，贵娃举着洋火找到油灯。常年不燃的油灯还残存了一点儿油。贵娃好不容易将油灯点亮。万福老汉真切地看见了他的儿子——千真万确，是他的儿子哟！

儿子五岁时死了娘，万福老汉一把屎一把尿地把儿子拉扯大，让儿子吃了那么多的苦，受了那么多的罪……儿呀，爹委屈你哩，你骂爹、怨爹、不认这个爹，爹一点也不怪你，不怪！谁让你爹没本事哩！谁家的儿子不想有个好老子——当官的、有钱的、知书达礼的……可咱是甚？咱是三十年的讨吃子，村里人看不起爹，你也看不起爹，都对着哩！爹连自个儿也看不起自个儿！可没法子啊……

油灯给小土屋添了一层迷蒙的昏黄。万福老汉被这层幸福的暖色所陶醉，几滴泪蛋蛋从眼眶里淌出来。他瞥见儿子哭丧着脸，蓬头垢面，衣衫褴褛，像刚刚斗败的公鸡，像一条被人用棍子撵回来的丧家犬。儿子无可奈何地坐在炕沿上，不看他，把头埋在裤裆里。唉，儿是难过哩！多孝顺的娃儿啊！

"大……"

万福老汉觉得小土屋摇晃了一下。甚？他叫俺甚？呵呵，他叫爹啦？快十年了，万福老汉都没听他叫过一声爹，他从来都管爹叫"嗨"，可今儿个，听听，他叫得多亲切、多孝顺、多温暖！毕竟是自个儿的儿子啊！

"你咋还没咽气？"竟是冷冰冰、愤愤然的谴责。

"等你哩，咽不下这口气啊！"万福老汉一点儿也不恼，还有几分歉意——可不，是该咽气儿了，到了这步田地，还挺个甚劲儿呀！

"儿呀，爹把最后这桩心事了了，就咽气，绝不拖累你。娃呀，明儿个你就用炕上的破席子卷个筒儿，把爹往乱坟岗上一埋拉倒，万万不可花钱买棺材。穷庄户人，入土为安，别糟蹋了那么好的木头。有木头留着你娶媳妇打家具用吧……"

"娶媳妇？娶个屁！今天的买卖赔了个一塌糊涂，欠下人家四五千元的饥荒，明天再不还，人家要打断腿，人家要上法院，人家要……唉唉，爹呀，城里人不是人，把咱庄户人骗得一愣一愣的，咱还是老老实实回来种地吧。一辈子当地老大，认啦！"

"可不是哩！娃呀，斗心眼，咱斗不过人家城里人，大把大把捞钱，那不对咱庄户人的路子。儿呀，听听爹临咽气前的一句话吧——有道是吃不穷，穿不穷，算计不到一辈子穷；有道是精打细算，细水长流；有道是滴水成河，粒米成箩；有道是只要功夫深，铁杵磨成针；有道是害人之心不可有，防人之心不可无……儿呀，做人的道理有千万条，爹只教你一条——千万别丢了咱这个'穷'字儿。有穷才有富，穷了才想富！且不论穷有多光荣，穷有多安逸，单单这一个'穷'字儿，就能让你安安稳稳地活一辈子。你爹不是个窝囊人，咱要在这'穷'字上做文章哩！咱要靠穷变富，有富不露。爹的脸皮厚，不怕丢人，讨吃要饭，是为了让你富呀……"

"大吔，你的话咋越听越糊涂？"

"不糊涂，不糊涂，爹心里一清二楚！爹穷了一辈子，就是为了有今天……听爹且把话说完——明儿个，爹死了，你一定要记住，不可大办，不可做松木棺材。你手里有钱，可不能让别人看出来你有钱。你要是打棺材、请鼓匠，人家就知道你富哩，那就完啦……爹一辈子琢磨出两条为人之道，一是'装'，二是'防'。装要装得像，像五婆子那样，猪胖不说猪胖，说得了浮肿病；防要防得牢，对谁也莫说实话……"

"大，说这些顶屁用！莫非你能给儿留下个万儿八千？"

"岂止万儿八千，俺的傻儿哟，你把炕洞子拆开，对，这会儿就拆。里面有几个瓦罐子，搬出来……"

贵娃这才觉得今晚非同寻常，这间小土屋的气氛神秘而庄严。爹的话好蹊跷，有名堂哩！他意识到将有奇迹发生，于是浑身热血汩汩沸腾，一切颓丧和懊悔顿时烟消云散。他照爹的话三下五除二将炕洞子拆开。一股阴冷的风直扑脸颊。他犹豫了一下，伸进手，立刻触到一个光溜溜、冷飕飕的东西。

他兴奋起来，感到了沉甸甸的分量。他一口气从里面拉出来四个瓦罐子，激动得喘不过气。有一个瓦罐特别沉，里面好像是放着铁砣铅块。

"打开，儿，把盖子都打开！"万福老汉兴奋得全身颤抖。

贵娃急切地去揭瓦罐的盖子。他先打开那个最重的瓦罐的盖子，一看，顿时瞠目结舌——

满满一罐子硬币，一分，二分，五分，白花花一片，乱人眼目。贵娃估计这坛硬币少说有几百元。

第二个瓦罐里是一毛、两毛和五毛的纸币，塞得满满当当的。

第三个瓦罐里装着的全是一元、两元的钞票，也是满满当当的。

第四个瓦罐里就更可观了，竟是清一色五元、十元的人民币，新的、旧的、破的、脏的……它们静静地躺在瓦罐里，仿佛已在那里躺了千年万年。

贵娃目瞪口呆！

贵娃如醉如痴！

贵娃战栗不已！

一种莫名的恐惧袭上心头，贵娃深觉此事不可思议，而那些钱像火炭一样燎着全身的每根神经。他用哭似的腔调问："大呀，这是你偷的？"

"胡说，你爹咋能干那图财害命的事儿哩！"

"那是亲戚给的？祖辈传下来的？"

爹还是摇头，嘴角上挂着得意的笑容。

"非偷非抢，也不是别人给的，那这钱……"

"莫怕，贵儿，这是爹三十年来一点儿一点儿地讨要来的，是一滴一滴省下来的，是咱本本分分积攒下来的。爹把讨来的米面换成钱，把零钱换成整钱，把村儿里给的救济粮存起来……爹装了一辈子穷，要了一辈子饭，才存下了这些钱……爹数过了，一共是一万三千元……儿呀，莫眼红别人，咱也是万元户哩！爹一辈子没让你高兴过，临死时让你高兴一回吧……"

一万三千元？爹呀！

一万三千元？娘呀！

贵娃"扑通"给爹跪下了。贵娃一瞬间被爹的伟大创举感动得热泪盈眶。贵娃这才知道爹刚才的一番遗训是多么精辟，多么深刻，犹如万古不灭之真理与世长存！

午夜时分，万福老汉欢欢喜喜地咽下了最后一口气。

万福老汉在临咽气的一瞬间，忽然听见一阵嫩生生的啼哭，那是刚刚离开母体的胎儿的啼哭。

谁家的娃儿在哭呢？万福老汉百思不得其解。忽然，他又听到一阵巨大又奇特的声音，那声音犹如一面大鼓在"咚咚咚"作响，又恍如滚滚闷雷在有节奏地轰鸣。

是母亲的心跳？

是的，原来他蜷缩在母亲通红透明的子宫里，在明净的羊水中沉浮，正在聆听母亲心房的轰鸣。

他记起来了，一切都记起来了……

于是他去了。

他从被野猫舔破窗纸的那个窟窿里钻了出去，飘然而去，扶摇直上……

三天后，贵娃遵照爹的遗训，用一面破席子葬了爹。在陪葬的物品中，有爹的打狗棍和讨饭篮子，还有四个空空的瓦罐。

疯　牛

满村人都说是件怪事——

那牛，骨骼粗壮，皮毛光亮，浑身乌黑，抹了桐油一般，只额头有个圆圆的白斑，两个锐角向前拢曲，螃蟹钳子似的长在头顶。它吼起来时，就像打雷，十里以外的村庄都能听见。

村里人管这牛叫黑子，亲切，易记。

黑子干活舍得卖力，犁一天地也蛮不当回事，悠然洒脱，轻松自如，把犁铧拽得如车轱辘一样飞转，身后便抛出一道道翻滚的黑浪。黑子驾车更是一把好手，有时候敢和马车比个快慢。

黑子是小狗娃庄的一件宝物。

老牛倌来宝喜爱黑子，胜过喜爱自己的五个愣头小子。小狗娃庄分地分牲口，许多人谋上了黑子。可最后大家一致认为黑子应该分给老来宝。

老来宝当了三十五年牛倌，爱牛如命，更何况黑子是他从小照看大的，白日喂草，夜里上料，耳鬓厮磨，感情极深，黑子若不分给他，天理难容。老来宝早声称：万样财宝可不要，有黑子足矣。

村干部决定：黑子归老来宝。

老来宝欢天喜地去牵牛。可到了牛棚，却发现黑子不见了。

找！

没费事，找到了——黑子关在二腻蛋的院子里。

老来宝不敢进院，站在院子外望着黑子发呆。

那二腻蛋何许人也？可以说他是个泼皮、无赖、二狗油，也可以说他是个精明能干、有勇有谋的青年农民。他的五叔在乡里当干部，他的八舅在县委食堂当大师傅，他的没出五服的表哥在地委当司机。二腻蛋上顶天，下踩地，身份地位与一般村民截然不同，全村人无不对他侧目而视，事事让他三分。

二腻蛋平时还算和气，大面上总让人过得去。然而一旦惹得发起横来，天王老子不认。谁惹翻了他，不闹到刀架脖子见红决不肯善罢甘休。故而，连村干部都总让着他，敬着他，避着他。

老来宝只有隔着矮石墙往里张望的勇气。黑子看见老汉走来，也望，眼睛里溢满了无可奈何的悲伤。

一连几天，老来宝丢了魂儿一般，傻呆呆地站在二腻蛋家的石墙外，望着黑子默默落泪。那牛也真有灵性，望着老来宝，呆呆的，也掉泪。

大约是第五天头上，老来宝不忍看黑子那悲恸欲绝的样子，再没去。黑子整整吼了一天。黑子的吼声令人心惊胆战，给人一种不祥的预感。

二腻蛋被黑子的怒吼吵得不得安生，操起一截镐把，奔到院子里去打牛。黑子突然疯了一般撞倒二腻蛋，用利角挑破石头院墙，一路吼着逃上了山。

黑子从此疯了！

谁也不敢上山去抓牛。只有当夜深人静时，村里人才能隐隐听到一声声悲怆的野性的吼叫。

晚秋的一个早晨，天边有几缕云在漂泊。地里已成了光秃秃的一片。有的人家还没来得及把堆在地里的麦垛拉走，不远不近一垛一垛，从平缓的山坡坡底一直铺到坡顶。

一辆毛驴车从逶迤的山路缓缓驶来。毛驴走得慢，脖颈下的铜铃铛百无聊赖地响着。阳光从头顶上明晃晃地照耀下来，暖烘烘的让人留恋。从地里飘来一阵子荞麦和大麦的气味。老来宝直挺挺地躺在毛驴车上，身子随着车子的颠簸而摇晃，像一具尸体。老来宝头上戴着一顶毡壳帽，由于被汗浸、被风蚀、被烟熏、被日晒、被雨淋，由于过了三十多个年头，这顶毡帽已辨不出是甚颜色了，扣在老汉头上十分和谐自然，浑然一体。

好长的路哟！从县城到小狗娃庄总共十七里，可总也走不到头。唉，人活在世，许多事让人想不明白。譬如这走路吧，老汉一辈子不知走了多少路——大路、小路、油路、土路。坎坎坷坷的，弯弯曲曲的，稀泥烂污的，宽敞平坦的，或田垄的羊肠小径，或山沟险峻的山路……不论甚路，只那一刹那便过来了，细细回味，那走路的千般艰辛、万般死罪，竟那样模糊而遥远，记不清了。而这一段路，他仿佛在用一辈子的力量在走，可总也走不到头。灰毛驴每往前迈一步，他都听得那么清楚。驴蹄声像石匠的凿子，在他的心窝窝凿下一行行长得没有尽头的脚印。

死？

好像还没有过上几天好日子？好像还没活够？好像从来没有痛痛快快地活几天？好像五十二年的岁月只浓缩在短短的几天……这就让咱死，不公平，太不公平了！

然而那位穿白大褂的大夫分明是这么说的："老汉，你这病没指望了，回个吧！想吃甚吃点，想喝甚喝点！甭心疼钱……"

唉，人生一世，草木一秋，就这么快！吃点甚、喝点甚……咱这一辈子除了莜面鱼鱼、山药蛋蛋和面腥糕，还尝过个甚？想来愧煞人啊！老实了一辈子，本分了一辈子，可还是不让你安安稳稳地活到头，不让你等到抱上孙孙那一天，甚至不让你等到娃儿们长大成人——四丑儿十五岁，五丑儿方十二岁呀！

难道应了那句老话：好人无长寿？

也许死不了呢？

屁，甭自个儿骗自个儿啦！咱虽说斗大的字不识几个，可这癌症早就听说过，那病，没治，谁得了必死！又说那是"富贵病"。咱分明穷了一辈子，咋会摊上这么个富贵病哩？不明白，实在不明白！

真格的就这么死啦？太亏了！太窝心了！老来宝在痛苦的煎熬中思索着人生的哲理，品味着生活的意义。回顾往昔平凡而寡淡的岁月，越思越想，越觉得到世上走这一遭太冤屈，太窝囊，令人愤愤不平！如果让咱重活一遍，咱一定也要把佝偻的腰板挺直，轰轰烈烈地活他一回。

然而路终于走到尽头。驾车的叫驴轻车熟路，在老来宝家的院门前停住了。老来宝坐起来，茫然地望着自家的破土屋和挡着柴门的院落，恍若有隔世之感：这是谁家？咱一辈子就活在这间黑黢黢的小土屋里吗？

　　他佝偻着腰走进屋。进门时，他恍然明白了一个真理——为甚他总是驼背？原来门框太低，不低头弯腰，能进得去吗？

　　一阵剧烈的咳嗽声从炕头传来，是老伴儿在咳。老婆子整整瘫痪了五年，拉屎撒尿都在炕上，弄得满屋子臭气熏天，可偏偏活得顽强，活得快活，硬是不死！

　　老来宝的眼睛适应了屋里昏暗的光线，再望，看见了他的两个小儿子——四丑儿和五丑儿。他们蜷缩在炕头，正用陌生的目光盯着他。四丑儿的目光是淡漠的，防范的，甚至带些敌意；而五丑儿的眼神里分明有一种孩童的期待。

　　老汉摸摸衣兜，那里是空瘪的，空瘪了一辈子。他本想在县城给娃们买点糖果或别的什么食物，可从医院出来一摸兜，仅剩下两个钢镚了。一阵愧疚和自责的痛楚狠狠地咬噬着老来宝的心尖尖——唉，自己受穷不说，让孩子跟着受治，娃呀，谁让你们托生错了人家呀！

　　隐约，老来宝似乎听见了从深山里传来的一阵阵哀愤的吼叫，他陡然浑身一颤。几乎在那一瞬间，一个久已徘徊的念头闯入心扉，由朦胧而清晰，由犹豫而坚定……

　　临终前，得干一件大事！

　　老来宝开始准备。

　　老来宝平静地向全家宣布：他要痛痛快快地活几天，也让全家痛痛快快地高兴一回！全家人只是莫名其妙地望着他。

　　他从堂屋的房梁上取下一杆祖传的单铳火枪。由于几十年没动，火枪已锈得不成样子。他耐着性子用布子一点一点地擦枪，整整擦了半天，直到把每一个微小的锈斑都擦掉了，他才满意地住了手。然后，他往枪里装铁和火药。火药是前几年"学大寨"开山放炮后丢弃的，老来宝放牛时捡回来存起来的。

装好了铁砂火药，他小心地将火枪放在一旁，开始嚯嚯磨刀。他磨得极为认真、专注，似乎把一辈子的精力都放在这上面了。磨刀声嘶哑而有力，让人隐隐感到嗜血的恐怖。

老来宝庄严肃穆地做着这件事情。试刀刃时，他眯起眼，先用破布擦拭掉刀上的污沫，然后把手指放在刃上，极小心地让手指划去。于是，他听到细微得几乎听不见的一声响，利刃上多了一层污垢，拇指肚上便呈现出灰、白、青三色。

瘫老婆和五个孩子都屏气敛声，默默而视。他们被老来宝肃穆的神情所感染。这异同寻常的气氛使老来宝坚定了自己的信心。

下午太阳将西斜的时候，一切准备就绪。老来宝背上火枪，藏好尖刀，向屋外走去。

"他爹……"瘫老婆用一声惊惧的、无可奈何的呼叫为他送行。老来宝没有回头，大步匆匆地向村外走去。许多村民和他打招呼，他乌青着脸不予理睬，人们见他径直奔二腻蛋的院子而去，大惊失色，手心都捏了一把汗。

二腻蛋住在村口。他家的院子很大，全是用石头垒起来的。被黑子挑开的窟窿没堵，露出一个豁口。老来宝便在那墙的豁口处站定，瞅着院子。

片刻，屋门警惕地敞开条缝，二腻蛋的女人露了头，瞥见墙豁处的老来宝满脸杀气，端着火枪，急忙缩了回去。里面，不知用啥家什堵了门。久久，静如死了人一般。

老来宝轻蔑地冷笑了一下，转身走开了。

他向深山里走去。

好一座幽深的大山！

老来宝被阴冷的风迎面一吹，浑身一阵战栗。这山沟里满是嶙峋的岩石和茂密的杂树。他走得艰难，还没爬到山顶，已经气喘吁吁，快支持不住了。

他找了块平坦的岩石，坐下，掏出烟锅子装了旱烟叶，用洋火背着风点了，慢悠悠地吃起来。这老汉吃烟时，十分专注，品得极细，似乎连每一丝每一缕烟都要反复咂巴几遍，才恋恋不舍地从鼻孔里喷出。这时候如果眼前天塌地陷，他也不会抬头的。

时近黄昏，大荒山宁静而庄严。残阳从很厚的云层里漏下来，将云的边缘烧出了金灿灿的火苗苗。老来宝吃罢烟，便望向那将要烧尽的夕阳，心中陡然充满了无限的恓惶。他呆呆地望着，两个略黄的、浑浊不堪的眼珠忽然亮晶晶的，像有泪在酝酿集结。但终究无泪蛋蛋掉出，两个眼窝像枯井一样，贪婪地吮吸着黄昏时最后的几缕光线，渐渐暗淡下去。

他忽然听到了那声音，浑身为之一颤。

好雄浑的吼声！有哀怨，有悲怆，有渴望，还有永不驯服的野性的凶悍……荒山在这声音里发抖，薄雾被这吼声撕碎。呵呵，它终究来啦，它终究来啦。

老来宝吃力地站起身来，再望，果然见那疯牛从浓烈的夕晖的彩环中走来。黑子的背后是一轮被山尖刺碎的残阳，黑子恍若是从残阳中走来的黑色精灵。它的蹄子将石子踩得乱响，闪亮的皮毛忽而黑，忽而蓝，忽而黄。它蹒跚地走来，近时，那陷下去的脊背恰恰露出半轮血红的落日。它驮着那落日，步子愈加沉重。

老来宝的手在抖，抖得厉害。

"黑子，黑子！"他悲愤地呼唤着。

黑子停住了，望着站在岩石上的老人——那老人遍体通红，如一棵茕茕孑立的古榆树在燃烧。

黑子拱起脊背，将两个利角指向前方，后腿紧紧蹬住地皮，准备进行必要的自卫。

"黑子！黑子！"

多么遥远的记忆。

多么亲切而温暖的呼唤……

那个春日，它在田地里漫步，身后的犁铧翻起黑色的浪花，蹄子踩进软乎乎的泥土里，十分温暖，十分舒适。

"黑子！黑子！"

遍野的胡麻花儿开得正旺，蓝得像大海，柔得像锦缎。一股股馨香扑鼻而来……那个遍体通红的老人在那蓝格茵茵的花海里畅游，张开双臂，向这边游来，动作轻缓，如幻似梦……

黑子呆望着远方褐红色的山脊，大滴大滴的泪珠泉涌而出。

黑子知道主人要领它到一个神奇的去处，它等待着——开始吧，我的主人！它伸直了脖子，向苍天重重地吼了一声。吼声像雷一样在云层里久久滚动——开始吧，我早在等着这个时刻！

轰……

乳白色的硝烟浓浓地裹住了老来宝。

黑子稳稳立着，像石雕。

硝烟散去，老来宝颓然倒在岩石上，火枪被撅在一旁。

血……

还有泪……

锅很大，满满一锅牛肉在铁锅里颤动。白色的蒸气冲上房梁，贴着漆黑的屋棚从敞开的门口钻了出去。一股子奇香在屋子里弥漫开来，惹得人涌上阵阵强烈的食欲。

老来宝估摸着肉已熟透，便捞了满满一盆，放在炕中间。

五个愣头小子和瘫老婆围着肉盆发怔，如此奢侈、如此挥霍的场面他们第一次见到，都不敢动手。然而，小崽们的口水分明已经很长了。

吃吧，我的愣小子们！吃吧，我那可怜的女人啊！咱来宝没本事，让你们跟着受了一辈子罪，没跟咱吃过一口香的，没喝过一口辣的……有一回，三丑儿说：爹，多会儿咱也能像人家二腻蛋家那样，饱饱吃一顿肉？只要饱饱吃一顿，以后就再不吃啦，我好好干活儿，养活咱娘咱爹……可怜的丑儿，你那话扎得爹的心尖尖疼哩！这会儿你狠狠地吃，吃哩！甭怕，这牛不是偷的，不是抢的，是咱自个儿的呀！怕甚！到了这般天地，我还怕个谁？二腻蛋？球！

我敢当着他的面日绝他八辈祖宗，看狗日的敢放个屁！爹怕了一辈子，怕村干部，怕二腻蛋，怕城里人，怕会计扣工分，怕乡亲们说短论长……爹活得窝囊啊！人家活得像条龙，你爹活得像条虫！爹的丑儿呀，甭跟你爹学，要学，学二腻蛋，瞧人家活得多自在，吃香喝辣，哪个敢惹？哪个不敬？与人不可为善……吃吧吃吧，爹这一辈子只能让你们饱饱吃这一顿，高兴这一回，爹也要痛痛快快地活几天啦……吃吧吃吧……

五个毛头愣小子一起下手，昏暗的屋里只听见一片昏天黑地的咀嚼声和吧唧嘴的声音，还有粗重的喘息和烫了舌头的唏嘘……

老来宝愣怔了半个时辰，听着孩子们和女人的风卷残云般的狼吞虎咽，他的心里先是高兴愉快，忽然又酸酸的，泛上一股子难言的苦涩。

老来宝忽觉得有人轻轻捅他的胳膊，低头一看，是最小的五丑儿，正把一块热腾腾的牛肉递到爹的手上，用亮晶晶的眼睛望着爹。唉，咱五丑儿也懂得疼爹哩！他几乎哭出来。他摸摸五丑儿乱糟糟的头发，接了那肉，发狠地大咬一口。

肉刚咽下，老来宝就暴跳而起，分明是咽下了一块火炭呵，从嗓子眼到肚子里，都冒出一股子烫伤的"刺刺啦啦"的疼，犹如万箭穿心。

老来宝急忙奔到院里，剧烈地呕吐起来，直到把五脏六腑里的东西吐了个干干净净，才稍觉好受些。

五丑儿急忙端了灯来照，发现爹刚刚吃下的，正是那嫩生生的牛心。

褐色的黄昏

原载《春风》

只有浑善达克沙原的黄昏，才是褐色的。

夕阳像一个风尘仆仆的、经过长途跋涉的朝圣者，庄严而虔诚地投入到豆尔格山顶上用碎石垒起的敖包后面。于是，一瞬间，天地、沙丘、林带、牧场，都沉浸在一层神秘而肃穆的色彩中了。那色彩在不停地变幻着：金黄——淡红——暗紫——深褐……最后，万物都在这片奇异的褐色中睡去了……

每当这时，在波浪般涌起的沙丘顶上，总会出现一个老人的黑色身影，佝偻着脊背，背着一杆笨重的火枪，身旁有一头线条优美的褐色的小狍子，两只支棱的耳朵尖上挑着两团银色。他管它叫"白耳朵"。他和白耳朵一前一后地走着，在细软的沙地上留下两行充溢着褐色波光的脚印……

这天黄昏，老人和褐色的白耳朵又准时在沙丘上出现了。他刚巡视完豆尔格山坡上的那片落叶松林。看林老人姓杜，人称"老杜"。

沙丘表面呈现出一道道被风刻下的细密的波纹，像一层层凝固了的潮汐，而那一蓬蓬沙蒿和沙柳丛呢，简直就是这黄海中的爬满绿苔的礁石。几只鸟儿从容地飞过，也被褐色浸透了，无声地消失在豆尔格山坡上的密林里。

真像是大海呢！

老杜常常这样想。他一生也没见过大海，甚至连稍大些的湖泊也没见过，但他固执地认为：大海也一定是褐色的，和养育他的浑善达克沙原差不多。我管着整整一片大海呢！他骄傲极了。这时，佝偻的脊背挺直了，树皮似的脸颊上有了光彩，经常眯着的双目也睁大了，闪出熠熠的光。他被一种难言的幸福陶醉了……

老杜从沙坎上走下来。沙坎下几棵稀疏矮小的榆树掩映着一座用河泥坯和柳条搭成的小马架房子，那是看林人的小屋。

"叶儿，我回来啦！"他推开小屋那"吱嘎"作响的旧木门，走了进来。空荡荡的小屋里顿时有了生气。

小屋外的墙上糊着一层牛粪泥。烟囱开始升起一缕白烟。屋里的声音也愈发显得快活起来。

"不错，叶儿，今天挺不错的，那片珍贵的松林连根枝杈也没少。我真担心呢，昨天看见那几行脚印和大卡车的轱辘印儿，我可吓坏啦！那些城里人让钱烧晕了头，什么事都干出来的，可是我老杜不会让他们占便宜的。那林子就是你的身子啊，叶儿，我可不能让他们在你身上动手动脚……好啦，白耳朵，去吧，快去驮水吧，再晚一会儿，住在淖尔边上的那个小姑娘该睡觉了，没人帮你装水啦，快去吧。"

白耳朵从屋里出来，背上驮着两个空皮口袋，如一股轻盈的风儿消失了。

这时的浑善达克沙原如一匹温柔的小马驹，静静地睡了，做着甜甜的梦。天际尽头的一抹晚霞已变成块状的栗色浮云。茂密的沙柳丛里，偶尔有一股轻轻的晚风吹过，坚韧的柳梢晃了晃，不动了。草棵子里开始响起不知名的秋虫的鸣叫，紧一阵，慢一阵，像是唱给大漠的催眠曲。

小马架里渐渐幽暗下来。一堆跳跃的火发出"噼噼啪啪"的爆响。老杜在地上摊开一张黑亮的羊皮，摆上几个粗瓷碗，碗里盛着细盐末和很纯的黄油，还有一碗用白水煮过的新鲜的哈拉海，那是他白天在豆尔格山坡的林子里采来的。他开始吃饭，挺丰盛的晚餐，有手扒肉。他吃得很香，大粒的汗珠顺着消瘦的脸庞淌下来。

从前是每顿饭离不开酒的，可现在不敢喝了，从出了那件事以后，他恨死酒了，如果谁要给他酒喝，他宁愿去喝毒药。

门被"哐当"一声撞开了，是白耳朵回来了。

这个冒失鬼干起活儿来总是惊天动地的。老杜亲昵地骂了它一句，把它身上驮着的装满水的皮口袋取下来，倒在一个大木桶里。这家伙干这种活儿是轻车熟路，没治啦！他顺手把破木门关住。

"今儿晚上，我一定要去那片松林看一看。叶儿，我太不放心啦。也许那些家伙今晚要来的，我好像有预感。叶儿，你一个人不会感到孤单吧？"他絮絮叨叨着。

屋里又静默了，许久听不到有回答的声音。

老杜长长叹了口气。

"嘭嘭嘭……"

有人敲门，是谁呢？

老杜困惑地想。

送走客人，老杜陷入了一种痴迷的状态。

那个男的，完全是一副陌生的面孔，戴着一副有颜色的眼镜，穿一条紧腿裤，背着个大夹子，像是地质队的。老杜曾经接待过五个地质队员。对他，老人丝毫不感兴趣，几乎没认真看他一眼。那个姑娘却把他吸引住了——好熟悉的一张脸哟，而且，那细细的身段，那温柔的一笑……

难道是叶儿突然变年轻了吗？

当然不会！可她是谁呢？难道是一个幻影，来引诱他坠入那甜蜜而又痛苦的回忆中去吗？

两个城里来的年轻人不停地向他问这问那。他们是干什么的呢？从谈话中，好像是林学院毕业的大学生，到这片林带草原来考察，对豆尔格山坡上的那片落叶松有了兴趣，说那种松树是罕见奇异的品种，能在沙漠中成活真是奇迹。其余的老杜就听不懂啦，什么开发森林资源啦，什么保护稀有林木防止牧场沙化啦，什么人工移植那片落叶松、扩大它的覆盖面积啦……

老杜听不进去，那个十分像叶儿的姑娘把他的心完全搅乱了。她的眼睛像冬天淖尔里的冰块一样清澈透明，有温柔，有怜悯，又有同情和尊敬。这可是属于叶儿的眸子啊！

以前，他好像听叶儿说过，她有个女儿，在城里上学。但他现在真没把握断定，面前这个女大学生，是不是叶儿的女儿。

应该找叶儿问一问。他有了主意。他相信她会告诉他的。

是啊，该去看看她啦……

白耳朵仿佛猜出他的心事，敏捷地窜到了前面。嘿，这个鬼东西，比人还聪明，当初如果没有它，他也不会和她认识呀……

那时，老杜还是个体格强健的看林人，同时又是个出色的猎手。

猎人的心是残忍的，死在他枪口下的狍子和野兔简直数不清。他喝上几口烈性的纳尔松酒，揣上几条渍过盐的、烤得很香的狍肉干，一迈腿就上山啦。

豆尔格山有好几条苍翠幽深的山谷。他悄悄潜入一条山谷里，找到一个合适的隐蔽位置，把火药和粗粒铁砂装进单铳火枪里，用几块石头把枪支得稳稳当当。一切准备就绪，他拽了一片又宽又嫩的三叶草，用两个拇指夹紧，放到唇边轻轻一吹，便发出一种奇特的声音：

"啊耳——啊耳——"

只有刚出生几天的小狍子，才会发出这种独特的声音，那是小狍子因饥饿或遇到危险时向母亲发出的求救信号。

约一袋烟的工夫，茂密的草丛里发出一阵"簌簌"的响动，一头健壮的母狍子蓦地从草丛里窜出来，急切地向四周张望着。

当它意识到危险，刚想掉头跑掉，但已晚了。一声枪响，母狍子抽搐着蹄子躺在岩石上。

他不慌不忙地放下火枪，走过去，用锋快的猎刀割开它的肚子，取出新鲜的血淋淋的狍肝，拉成细条，像喝汤似的吃了下去。猎人们都相信，只要吃了新鲜的狍肝，眼睛就会无比敏锐明亮。狍肝热乎乎的，味道略甜。

他满意地用袖头擦掉嘴上的血迹，将狍子的五脏六腑扔掉，然后把狍子往肩头横着一扛，走下山去。

他就是那时在山下那片低矮干枯的榆树林里遇见叶儿的。

他以前从没见过这个女人。

她穿着一件蓝底碎白花的小袄，很合身，虽然上了年纪，但身段和脸庞还依稀可见当年少女时的风韵，脸上罩着一层忧伤的荫翳。他发现她怀中抱着一头刚出生没几天的小狍子。她用抱婴儿的姿势抱着它，把脸紧贴在它毛茸茸的身上。

小狍子长得很漂亮，棕色的皮毛上有着好看的黑的和白的圆斑点，两只耳朵挑着两团毛茸茸的银色，像一头惹人怜爱的小梅花鹿。

"养不活的。"老杜摇着头说。

"你把它的妈妈打死啦！"她用幽怨的目光盯着他。这使他很狼狈。

"扔掉算啦，等我给你抓一头大点儿的。"他的口气竟有些讨好的意思。老杜可是从来没有讨好过任何一个女人呀，怪事！

"你们男人，统统是畜生，没有人性！没有人性！"她忽然爆发似的喊了起来，泪在眼眶里转，脸涨成狍肝色。

蓦地，她扭过身去，抱着小狍子头也不回地跑了。

她的毡包在不远的地方，老杜从林间望见了那白乎乎的圆顶，挺像个诱人的蘑菇。

"啊耳——"远去的小狍子悲怆地呼叫了一声。

那悲切切、哀惨惨的叫声使老杜全身震颤起来，冷酷的心被一股强大的力量撞击着，一瞬间变得热烘烘的。肩头的死狍子滑落到草地上。

从此，他再也没有打过狍子。

老杜向那片榆树林走去，步履重重的，像一头受伤的野牛。那片榆林在一道长长的沙坝后面。沙坝很秃，没有覆盖任何植被。今晚有一轮满月，那皎洁的月光颇像好客的女主人从天上倾泻下的乳汁。

沙坝静静卧着，如少女露出洁白的肌肤。老人踉跄走着，远远望去，像一个梦游者。白耳朵时而跑在前面，时而落在后面。他们走进了榆树林。

林间空地的月光被分割成无数个小碎片。微弱的夜风如梦一般轻柔，树叶在窸窣私语。草地上的碎银片晃动起来，乱了，如湖面上不停变幻的点点磷光。透过稀疏的树梢，能望见幽不可测的、蓝宝石般的夜空和那轮孤独清冷的月亮。

老杜继续向前走去，双腿似乎不由自己支配，全身颤悠悠的。那个幻影一样的姑娘把他正常的思维方式和生活习惯都打乱了，古老而平静的心潮里激荡起一圈圈涟漪。一种难言的痛楚和思念之情紧紧攥住他的心。

"叶儿，我来迟啦，一定让你等累了吧？你在等我吗？这么好的月亮，我知道你太孤单啦……"

不知为什么，自从上次遇见那个抱小狍子的女人之后，老杜就总爱到这片低矮的榆树林里转一转。

入秋后，林间的草地上却开了一片黄花，如一层鹅黄色的云雾，低低浮动。蘑菇很多，闪着耀眼的白光，挺鲜嫩的，悄悄隐伏在草丛里。

老杜正走着，忽听得一阵女人的嘤嘤低泣。寻声望去，却见那女人半跪在一尺高的草丛里。一片绿色中，露出两个尖尖的、褐色的耳朵，不安地晃动着。

他走过去。女人仍在哭。

小狍子很见长，出落得膘肥体壮，正用冷飕飕的嘴巴蹭着她的面颊。她抚着它，伤心绝望地呢喃着：

"去吧，白耳朵，回你的山林里去吧，我不能再养活你了，那东西正在打你的鬼主意呢。你快跑吧，虽然我舍不得你，可是，我不能害了你……"

白耳朵懂事地望着女主人，没跑。不知为什么，老杜的鼻子酸酸的，那曾使他全身发热的力量又顽强地从心底涌了上来，他悟出了一个男子汉的责任感和赎罪心。

他默默弯下腰，把那团柔软的小生命抱起来。

"为什么要扔了呢？养这么大，不易啊！"

她抬起头，目光是女性的哀怜，还有深深的怨恨。

哦，她还不肯饶恕自己吗？

"家里的死鬼要杀它下酒。那东西没人性，只知道喝酒，赌钱，到外面搞女人……"她啜泣着，似有无限怨恨。

唉，是个不幸的女人！老杜摇摇头，想。怪不得她这么伤心呢。

他见不得女人的泪，抱着小狍子朝自己的小马架房子走去。

他开始养白耳朵，怀着一种自己也说不清的特殊感情。他年轻时是个粗咧咧的汉子，可突然变得细心了，简直像个好心肠的额吉，给白耳朵喂奶、洗浴，一切都干得那么专注认真。他发现自己的感情也开始变细腻了，每天都能从欢蹦乱跳的白耳朵身上发现许多动人的地方，对它的感情也越来越深。

叶儿几乎天天都要到他的小马架房子里看望白耳朵。她每次走的时候，白耳朵总要用它凉凉的嘴巴在她的手背上"吻"个不停，留恋地把她送出好远。

渐渐地，她和他熟了，敌意也淡了。有时，竟帮他做做饭、补补衣服，和他拉拉家常。

"我过去以为你们男人，一个个都是狠心肠的呢。"她微笑着，望着他，目光幽幽的，"倒真把你看错了……"

他觉得那女人的目光是一团火，烤得他浑身不舒服。他深深吸口气，仰头望见了蓝的天，白的云，还有一只充满活力的苍鹰……

硬牛皮底的靴子踩在露水很重的牧草上，发出独特的音韵。月光的斑点落在老杜身上，像落上一片片硕大的雪花。

老杜触电似的呆住了。

前面，有几棵怪模怪样的黑森森的树木，没有枝，没有叶，秃秃的，像劫后余生的老人，佝偻着身子，承袭着巨大的痛苦。

"叶儿，你是在这儿等我吗？我来啦，我来啦，你等累了吧……"

黑色的秃树以亘古不变的姿态静立着，冷漠无情地望着这个夜半来访的老杜，焦黑的树干龟裂开无数小块，如果有风就会扑簌簌地落下一层木炭渣。

兀立的焦木中间，似乎有一个黑色的俏影，苗条极了，静静伫立着，仿佛在翘首期待她所钟情的男子来约会……

月，高了，远了，愈加清冷了。

荒漠上，老杜听见了自己的心跳，那么有力，那么猛烈……

也是个风清月冷的夜，但很晚了，月已斜到西天，小马架房子里，亮着灯，拢着火，漾着春意。

叶儿的泪已干了。她哭了半夜。她的男人近来当了马贩子，干脆从家里搬了出去，公开和那个有钱的胖寡妇同居了，已经半年没有回家。她跑到老杜这里，痛痛快快地哭了一场，把一切都讲给了他。

他没说话，默默坐着。

灶膛里的火忽明忽灭，他望着，面容是沉思的，严肃的。

"我该走了。你看，月亮都快落了。"她轻声说。

"叶儿，如果你不嫌弃，就住下吧！"老杜把脸扭到一边，喷着烟雾，"我不欺负你，真的……"

她望着他，眸子里荡着无限的柔情。

两个人都能听到对方的心在怦怦跳。

屋外，原野在月光的辉映下灰蒙蒙、静悄悄的，像寂静的雪原。

木门被轻轻顶开了，白耳朵好奇地探进头来，似乎想窥出什么秘密。

叶儿轻轻地摇摇头，说："我还是回去吧，我总觉得他已经回来了……"

她去了，步子轻轻的，影子般无声。

老杜送她，走在后面。

月光把她的影子拉得又细又长，像一棵树，他想。她真像一棵好看的树呢！沙丘那么荒凉，那么干旱，她却能奇迹般地活下来。虽然羸弱，但还在顽强地生存，只为了给大漠增添一点绿色……

在她的蒙古包门口，老杜停住了。毡包里黑洞洞的，像个墓穴。叶儿忽然全身颤抖起来，痴痴地望着他。

他立刻读懂了那女人特有的目光，感到一阵窒息，扭头便走。他的胳膊被拉住了。她不说话，急促地喘息着，把他往毡包里拉。他的胸腔里似乎有一只小黄羊在猛烈蹦跳着，他的粗糙的大手被她温柔的小手握得热乎乎、麻酥酥的。他以为自己马上会做出什么可怕的事来……

但是，没有，什么也没有发生，他终于甩开了那柔软的小手，头也不回地大步走了——他不能啊，一则他离不开那间小屋，那片林子，那些沙丘；二则他想等到他种的那些小树都绿了，活了，那时，他挣一笔钱，买下一顶新蒙古包，再给她买上一身新袍子、新马靴，把她堂堂正正地带到林子里去，一起过那种甜得像奶子里放了糖的生活。

那夜，他耳边总是萦绕着她的嘤嘤哭泣。后来，他睡着了，很香。

两行老泪从老人的腮边滚落下来，聚着月的寒光。白耳朵懂事地偎在老杜身旁，用冰凉的嘴巴去吻他的手背，仿佛在慰藉老人那颗久久不能平静的心。

月亮被一片云遮住了，林间愈加阴冷。

痴迷中的老人依然没有从往事的梦幻中醒来。他久久地呆立着，似乎已化成了一棵没有枝叶的行将枯槁的老榆树。

"叶儿，你为什么不理我？我看你来啦，哦，你是怪我来得太晚了？原谅我吧……"

老杜从怀中取出一件叠得整整齐齐的蓝底白花小袄，深情地喃喃低语着："你瞧，我把你的袄带来啦。我记得第一次遇见你时，你就穿的这件衣裳，很好看呢。这几天我怕它受潮发霉，天天中午都要拿出去晒晒太阳。你瞧，我给你洗得多干净，每天晚上都要放在枕头底下压着。夜里，天凉，我怕你冻着，就把它带来啦，快穿上吧……"

夜风拂过，林梢一阵不安响动，像叹息，像私语，又像因激动而发出的啜泣。黑色的倩影没有动，似乎陷入了沉思之中。老杜痴痴地望着，把那件小袄抖开，向那苗条的影子缓缓走去。

月亮从云幔里滑了出来，它的面庞因为惊愕而变得苍白、憔悴。

老杜把那件碎白花的小袄轻轻地给那伫立已久的苗条的影子披上，然后，又将圆圆的盘扣一粒粒扣好……

老杜永远也忘不了那一夜。

叶儿的脸上荡漾着少女般的红晕，用一种异样的目光瞧着他。他的心像撒缰的野马奔驰起来，收不住了。他知道马上就要有一个他所期望的事实出现了，但他不敢相信。

叶儿望着他，只是笑。半晌，她才去解那件蓝底小碎白花袄上的盘扣，一粒，二粒，三粒……

那天晚上，她只穿了一件紧身的淡粉色的衬衣，不停地忙碌着，充分显示出她是一个能干的主妇。她为他做了一顿香喷喷的晚餐，羊肉炒白蘑和沙葱馅儿的牛肉包子，又为他斟满一大海碗老白干。一向冷清的小马架房子里顿时有了生气。

老杜简直不敢相信面前这个娇小的女人会是叶儿，瞧，她多年轻呀，她多能干呀，她的身段原来这般苗条、这般纤细……唉，叶儿，叶儿，我过去太傻了，早就应该把你接过来啦，真傻……

"你真的，不走了？"他傻乎乎地问。

"一辈子……"她轻巧地坐在他身边，笑吟吟地望着他，"我下了决心。"

"我很穷啊，什么也没有。"

"有你，有白耳朵，有这片林子，这就够了……"

"你也喜欢这片林子？"

"你没听说，女人比男人更喜欢绿色呢。"

老杜再也无法控制自己的感情，任它们像炽热的岩浆一样从心灵的火山口喷涌而出。他大碗大碗地喝着酒，用那清凉凉的琼浆去滋润干渴似火的心田。

渐渐，眼前的一切都变虚了。叶儿似乎在劝他，夺他手中的酒碗，但他粗鲁地推开了她，仍在狂饮。他认为一个男子汉不应该控制自己的欢乐，只有大碗大碗地痛饮，那久已逝去的青春活力才会重新注入躯体里来……

然而，酒精战胜了他，他醉倒了……

半夜，隐约觉得有人在推搡他，呼唤他，但眼皮太沉重啦，无论怎么使劲儿也没能睁开，昏昏沉沉睡到天亮。

当他终于吃力地睁开惺忪睡眼时，白耳朵正失神落魄地望着他。

"叶儿！"

他惊慌地喊了一声。

屋子里空荡荡的，恢复了原有的沉寂，似乎昨晚根本没有一个女人来过。

"叶儿，你真的走了吗？"

他更慌了，站起来，呼唤着，寻找着，甚至怀疑昨晚的一切都是虚幻的梦。

然而这时，他看见小土炕上扔着一件蓝底小碎白花儿的小袄。

老杜不再有任何怀疑了，惊慌失措地抓起那件衣服，冲出门外，向着空寂的山林呼唤着：

"叶——儿——"

没有回音。正在苏醒的山林被笼在一层乳色的雾气中。雾幔后面，隐隐有几缕黑色的烟雾在萦绕，仿佛童话里传说的魔鬼吐出来的雾——那儿，有一片已经干枯的最易起火的榆树林……

老杜跟跟跄跄地向那个方向奔去。他简直不敢想象那儿发生了什么事情。他飞快地穿过几片浓密的沙柳丛，爬上一道沙坎，来到那片榆林里。他第一次见到她，正是在这个地方。

眼前可怖的景象使他触电似的呆住了——一场山火袭击了这片榆林，几棵榆树被烧成焦黑的木炭。可以看出，火势正在蔓延，却被一种神奇的力量控制住了，才没有酿成大祸。

薄雾在轻轻荡漾，那几棵黑秃秃的焦木像几个黑色的幽灵在雾中时隐时现。在那"黑色幽灵"中间，老杜蓦地找到了叶儿的情影——她张开双臂，如拥抱热恋中的情人一样紧紧搂着一棵焦木，脸上挂着从容的微笑，露出洁白好看的牙齿……

月落了，坠到豆尔格山后。

浑善达克大漠寂静得像沉入了海底。一丛丛黑色的沙蒿爬在沙丘上，犹如一个个洞穴。焦木间不时有夜蝙蝠滑过，竟如幻影般轻捷无声。

白耳朵突然惶恐不安起来，拼命用嘴巴去磨蹭老杜的手背。老杜终于从漫长的往事中醒悟过来，警觉地抬头望去——

豆尔格山坡上的那片松林里，蓦然闪了一点火光，如同沉闷之夜预示着暴雨来临的一道闪电，接着，那火光又闪了一下。

老杜明白松林里发生什么事了。

"是那几个城里来的坏蛋，一定是他们，正在盗伐那几棵珍贵的树呢！叶儿，我不能再陪你了……天啊，我今天是怎么啦？神魂颠倒啦！我已经猜着他们会来的，本来我打算无论如何今夜也要到那片松林里看看的，可是却没去。唉，叶儿，这是我第二次失职了……不行，我得去赶走那帮畜生，他们大概刚动手，还来得及……叶儿，我去啦……"

老杜取下肩膀上的火枪，跟着白耳朵向那片落叶松林里跑去。不知为什么，他忽地想起了昨晚那两个远道而来的大学生，特别是那个十分像叶儿的姑娘，不禁感到一阵愧疚。他们正是为了那片林子才钻到这大沙窝子里来的呀，他们对我是多么信任呀！可是，明天一早，他们看到那片珍贵的松林被人毁了，该多么失望啊，我这看林人的脸该往哪儿搁哟！

老杜和白耳朵来到松林的边缘，果然听到伐木声，不是很响，如同贪婪的窃鼠在夜里偷偷地啃着坚硬的食物。

老杜的心一阵抽缩，那声音仿佛窃鼠锋利的牙齿正啃噬着他的心尖。他怒不可遏地往火枪里装着火药，真想再装些大粒儿铁砂，叫那几个家伙的皮肉受些痛苦的惩罚，但他犹豫了一下，没装。

他猫着腰向林子里钻去。树杈子有时划在脸上，热辣辣地疼。他顾不得这些，困难地往前走着。

黎明前微弱的白光开始透过树隙，阴暗的林子里稍稍有了些光亮，但灰蒙蒙的、讨厌的雾还在浮动。

老杜停住了脚步，粗糙的脸膛上刻着刚毅和严峻，如同一尊守护神塑像。

"咚咚咚……"砍树声。老人的心被深深刺痛了。

"沙沙沙……"锯木声。老人的心在汩汩地流着血。

白耳朵急不可耐地望着主人，只要一得到命令，它就会似箭一般射出去，用粗壮的角和有力的腿去撞击那些入侵者。平日里，只要看到有陌生人走进林子，或走近主人的小马架房子，它就猝不及防地冲过去，将那人撞个仰面朝天，摔出几米远。

老杜又走近了些，看到几个影影绰绰的黑影。他大喝一声，举起火枪。

枪声很响，如同一声炸雷，从枪筒喷出的火舌十分耀眼。老人看见那几个影子惊慌失措地朝山坡下跑去，接着，响起一阵汽车的轰鸣声，又很快消失在远方。

老杜露出嘲讽的笑容。他走到那些人伐木的地方。林间的空地上歪斜地躺着两棵大松树。他半蹲下去，抚摸着松树那潮乎乎的断茬口，几乎流下泪来。

我真没用，让他们砍倒了两棵，真该死！这些狗东西，专拣最粗最高的往倒砍呢，我真后悔没往枪里装些铁砂！唉，老杜，你算什么看林人啊……

然而，就在这瞬间，他似乎听到了一阵奇异的音响。他迷惘地抬头望去，像是有一团巨大的乌云向他压了下来。他有些头晕目眩了，一时竟没弄清究竟发生了什么事情。

白耳朵进出一声惊愕恐惧的嚎叫。

刹那间，老人觉得自己被白耳朵狠命地顶了一下。他简直不敢相信白耳朵竟会有这么大的力量，足足将他撞出五六米远。他没来得及爬起来，一股巨大的轰鸣声和气浪差点刺破他的耳膜。在这可怕的呼啸声中，他听到了白耳朵微弱的惨叫：

"啊耳——"

平静了，一切声音都消失了。老杜吃力地支撑起身子，却动弹不得。一棵巨大的松树和他躺在一起，一根已折断的枝杈像一柄利剑刺进他的大腿，鲜血正往外流淌。他丝毫没觉得疼痛，目光被愤怒烧红了。

又是那几个畜生干的！他们锯断了这棵参天大树，没来得及推倒，便溜掉了，坐桩的大树却给他带来了灾难。

他吃力地去抬起压在大腿上的树杈。这回他感觉到了疼痛，疼得钻心，额头上一下子滚出许多大粒汗珠儿。

他闭住眼睛，使出所有的力量，猛一使劲儿，树杈抬起约有半尺，那白色的茬口已染成殷红色。他吃力地把腿挪了出来，血流得更猛了。他艰难地喘了口气，从衣服上撕下一条布，包扎好伤口。然后，他困难地向树干那里爬去。

白耳朵被粗壮的树干结结实实地压住了，只有头和两条前腿露在外面。它的眼睛还睁着，又亮又圆，呆呆地凝视着天空，似乎在憧憬着什么。

老人默默地爬到白耳朵身边，生怕惊醒了它似的，轻轻地抚着它的头，然后，将那张苍老多皱的、像一块大理石的脸紧紧贴在白耳朵冰凉的嘴巴上……

又是一个褐色的黄昏，波浪般涌起的沙丘顶上，始终没出现老人和小狍子的身影，也找不到他们留下的足迹。

秋虫沉默了，飞鸟沉默了，沙原沉默了，只有永不停息的林涛发出一阵接一阵的叹息，像是为这褐色的黄昏做着虔诚的祈祷。

不久，沙丘顶上出现了一男一女两个年轻人的身影。那女的苗条婀娜，秀美的乌发像黑瀑布般缓缓飘动。他们走得很轻，仿佛怕惊醒了什么人。再走近些，可以闻到他们身上有股浓郁的树脂香味儿，甚至还可以看到他们头发上和衣服上挂着落叶松细长的针叶。

他们走到那片烧焦的榆树林里，姑娘指指点点，似乎在向那青年讲着什么，又像在寻找什么。不一会儿，她惊呼了一声，两个年轻人愕然地注视着，久久没动。

不远处，似乎伫立着一个穿着蓝底碎白花小袄的女子。仔细看去，他们才发现那件衣服原来是裹在一棵焦树上，两个空空的袖筒在微风的吹拂下，轻盈地飘起来，犹如一个梦幻般的舞姿，又像是在对远方的情人频频招手……

沙地汉

原载《青年作家》

1.

巴哥只瞄了一眼，就觉得眼里迸出了火星星——柳儿正往他的草车上爬。草垛太高，柳儿爬不上去，悬吊在半截，上不得一寸。

就在这时，巴哥清晰地瞟见了那件粉红色的内衣下露出一条嫩嫩的白肉。

好纤细的腰，这娘儿们，妈的！

巴哥在心中暗骂了一句，努力克制自己不去看她，可是不成，他无法抵制来自头顶上方的诱惑，又狠狠地盯了一眼，周身激起一股难以遏制的冲动。

巴哥不是那种一见女人就迈不动步子的没出息的男人。可现在却莫名其妙地烦乱不安起来。他在心里狠狠地骂自己，同时也骂柳儿：小妖精，为啥偏偏要上我的草车？

"死巴哥，也不来搠人家一把！"吊在上面的柳儿一点儿也不急，笑嘻嘻的，佯装嗔怒，用一种挑逗似的目光居高临下地瞟着巴哥。

巴哥只得走过去搠了她一把。

柳儿的水蛇腰顺势轻柔地一扭三道弯，敏捷地扭到了草垛顶上。柳儿坐在草垛上笑得无所顾忌，说："死巴哥，吓死人啦！"

"柳儿，你敢坐我的车，不怕把你翻到沟里去？"

"怕啥，要死咱一块儿。"

"不怕他打翻醋坛子揍你？"

"你巴哥的拳头里没骨头？有你，他敢！"她挑逗地看着巴哥。

巴哥不再说话，极目远方。天依然是灰不溜秋的颜色，荒芜的沙地显得格外空寂。残雪仍在阴坡或沟洼里，泛着白光。早春的风吹来的仍然是一派荒凉。

一个矮小干瘦的男人恰到好处地从草车一侧转了过出来，踱着方步来到巴哥面前，眨着一双狡黠的小眼睛望着巴哥，又意味深长地抬头看着草车顶上坐着的柳儿，一说话，声音尖细如妇人："我说巴……巴头儿，该……该上路了吧？"

"急啥，总得让大家喘口气儿吧。"

"哎哟，我的好……好巴头……瞧瞧日头已经快……快落山哩，今晚唤咋也得赶……赶到土台营子哩，你就……就委屈一下吧……求求你啦！要不，让狗日大秃子的运输队抢……抢了先，咱的草就……就卖不了好……好价钱哩！"

二结巴是大南峪首屈一指的富户，这几年倒腾买卖，贩牛贩马赚了不少钱，置房子买地，又娶了大南峪出了名儿的俊俏女子柳儿做老婆，日子过得让人眼红。然而，他贪心不足，一心想着赚大钱。今年，大南峪一带的农区遭了灾，许多农家没有喂牲口的草料，出高价也不易买到。二结巴看出这是赚大钱的大好时机，便拿出这几年的全部积蓄，雇了巴哥这支小四轮运输队。他们穿越了小腾格里沙地，在白音锡勒草原以低廉的价格买了十几车干草，又日夜兼程地往回赶。然而，这一路上他才知道这帮沙地汉不是好对付的，尤其是他们的头儿巴哥，处处与他找碴儿闹别扭。这帮人一路上走走停停，总要等后面的另一支运草队。那支运草队的头儿大秃子和巴哥是结拜之交，他第一次来闯沙地，不图牟取暴利，只想为大南峪的乡亲们排忧解难。虽然表面看来这两支运草队没有关系，似乎还有点儿竞争的意思，但巴哥心里清楚大秃子绝不是他的竞争对手。大秃子对小腾格里沙地生疏得很，如果没有他在前面引路，大秃子非在那迷宫似的沙峦间迷路不可。

巴哥说不上自己为什么讨厌二结巴。是因为那妇人般的相貌与声音，还是因为他的精于算计欲壑难填，还是因为他凭自己有了些钱就霸了柳儿这样的好女人？总之巴哥越来越厌恶他。

起初，二结巴还背手叉腰、昂首挺胸地对沙地汉们发号施令，俨然是他们新来的领导。可过了几天他便被沙地汉们狠狠地戏弄了几次，这才知道自己在这伙人当中的地位，只好灰溜溜地做三孙子，对巴哥低三下四。

多年的闯荡早已使巴哥养成一种落拓不羁、自由豪爽的侠义性格，他能成为沙地汉们的头儿并不完全因为他谙熟小腾格里沙地迷宫般的道路，而主要是因为他为人仗义，从不做对不起哥儿们、朋友的事儿。谁也无法确定巴哥是属于哪个民族的。当他喝多了酒之后，他说他是蒙古族；可当人们聚在一块儿谈论从古至今的好汉时，他又说他是汉族；可当他遇到一个蒙古女人时，他又说他是清朝贵族的后裔。实际上民族对他无关紧要，他身上流淌着北方游牧民族的豪放与汉民族仁义善良混合在一起的血液。

巴哥做人的另一个准则就是痛快——大把大把地挣钱，又大把大把地将票子扔给酒馆和女人。其实在巴哥心底还有另一种渴求——希望别人尊敬他、顺从他，将他的意志变为他们的信条。巴哥就是这样一种人，谁若给了他好处，他将以十倍的好处回报；谁若有悖于他，他也会毫不客气地予以他所认为的"公正"的回报。

见巴哥许久没有做出反应，只是凝望着远方来路出神儿，二结巴有些沉不住气了，在一旁抓耳挠腮。他十分清楚延误时间意味着什么。他仰起头，望着柳儿使了个眼色。柳儿佯装没看见。二结巴只得不顾尊严直呼其名了：

"柳儿！"

二结巴狠狠地瞪了她一眼。让柳儿坐巴哥的草车是他出于无奈的下策，但他相信这招儿不会不起作用的。

柳儿娇嗔地叫道："巴哥，该上路啦，俺在车上都快冻僵啦。死巴哥，听见了没？"

果然奏效。巴哥虽不情愿可还是慢腾腾地向驾驶座走去。他这时刚好望见身后的沙峁中泛起一团黑烟，知道那是大秃子的运草队跟上来了。巴哥钻到那个草窝窝里时，引擎尚未熄火，他挂挡加油，小四轮犹如喝饱了油的小兽猛地向前蹿去，排气的烟筒里滚出一团团黑烟。坐在草垛上的柳儿惊呼了一声：

"死巴哥，不要命啦……"

二结巴一直望着巴哥的小四轮开出一段路。当老沙头、黑五奎、铁栓、福根儿等人的小四轮一辆接一辆从他身边驶过时，他才满意地松口气，背着手轻松地笑着，向自己那辆带铁棚驾驶室的拖拉机走去。一坐上车，他又有些忧虑了，刚刚泛起的喜悦之情倏地消失——如果柳儿这个浪货和巴哥干真格的，那咋办？代价太大了吧？

幸亏有了柳儿，沙地汉们才多了一种足以驱散寒冷、疲惫的欢乐。只要有柳儿在场，这帮鲁莽的汉子就立刻变得温驯了，争着向柳儿献殷勤。柳儿也不拘谨，与他们厮混在一起，说说笑笑，打情骂俏，如鱼得水。有时哪个汉子忍不住偷偷在柳儿胸上摸一把，或在腿上掐一下，柳儿也不恼，或佯装不知，或嗔骂装怒。汉子们格外开心。这时二结巴才意识到他将柳儿带出来是一个无法挽回的错误。

唯有巴哥对柳儿十分冷淡，敬而远之。柳儿对巴哥也不敢过分放肆。二结巴以为巴哥是坐怀不乱的正人君子，可后来又发现实际上巴哥对柳儿的每句话都很依顺，只有柳儿才能叫巴哥俯首听命。

此时，当二结巴独自开着他的大拖拉机尾随运草队慢慢前行时，心里禁不住甜酸苦辣地翻腾起来。

2.

"巴哥哎，站一站……"柳儿探下头喊着。

巴哥装模作样地皱皱眉头，问："又咋啦？"

"俺要……尿哩……"柳儿羞答答地说。

巴哥只得停了车。

柳儿慌不迭地跳下来，寻着可以遮身的地方。可是附近没有太密的林子，她只好选了一片略密些的柳条墩子，躲在后面，迅速蹲下了。

巴哥克制住自己不往那方向瞧，可是目光不听管束。透过稀稀疏疏的柳条子，瞥见柳儿站起身提裤子的一刹那，一道耀眼的闪电刺痛了他的眼。

后面的小四轮陆陆续续跟了上来，相继停下。

柳儿走了回来，用明察秋毫的目光瞥了巴哥一眼，意味深长地笑了一下。巴哥以为被她窥破了方才的秘密，慌忙低下头。

"巴哥哎，再来搁俺一把。"柳儿又拽着绳子往草车顶端爬。

巴哥跳下小四轮说："先甭上啦，该在这儿打尖吃饭啦。"

沙地汉们三三两两围了上来。巴哥选了一处背风的沙湾，垒起简易锅灶。柳儿给大家烧水。这时正是下午阳光温柔的时候，细细的白色的沙子散发着热烘烘的气息。汉子们七倒八歪地躺到沙坡上休息。二结巴留在运草的小四轮那儿仔细查看每辆草车的情况——绳子是否捆好，有无干草散失等。老沙头乘此机会忙掏出怀中的小酒壶，一口一口抿着酒，每抿一下，便很响亮地咂吧一下舌头。他这副嗜酒如命的贪婪相极富感染力，几个汉子忍不住伸出手来要酒喝。老沙头大方，让大家轮着每人呷一口。转到黑五奎那儿时，他憨笑着摇摇头。

"咋，这后生娃不会喝？"

黑五奎老实地点点头。

"第一次出来跑沙地？"老沙头又问。

"嗯。俺娘说，三十多岁啦，该打闹个能生娃儿、会做饭的女人啦，出去挣点钱吧。为这，俺求巴哥，巴哥二话没说，就带俺来啦。"黑五奎感激地说。

"从没结过婚？"老沙头感兴趣地问。

黑五奎不自然地点点头。

"打了三十多年光棍儿，从没碰过女人？"

"嗯哪。"

巴哥在一旁插话了："行了吧，老沙头。人家五奎还是个正儿八经的童男子呢，不像你这个老没出息，宁可省钱饿肚皮，也要四处打野鸡，过手的女人有几箩筐了……"

众人都笑开了，都有了劲头。

"沙头，诌一段儿吧？"

"来点儿有滋有味儿的。"

"讲讲你当年在'扳不倒'酒坊当伙计那会儿，咋和老板娘狗连蛋来着？"

老沙头摇头晃脑，感慨唏嘘："老罗，莫提当年，好汉不提当年勇嘛！女人嘛，说真格的，再多也是过眼烟云，到头来还是孤身一人。"停了停，他又转向仍聚精会神望着他的黑五奎，以长者的口吻对黑五奎说："记住，后生，要想闯沙地，不喝酒不说粗话可不中。沙地汉三件宝，烧酒、女人、大皮袄。这烧酒摆在头一件哩。来，灌一口。"

黑五奎接过酒壶，犹豫了一下，仰起头猛灌了一大口，顿时辣得流泪咳嗽。老沙头笑道：

"等腾出空儿来，大爷好好教你几招。这酒是养人的，那女人也是养人的。我看你阳气太重，阴气不足，要坏身子的，古书上讲最好的法子是采阴补阳。"

柳儿在一旁越听越不是滋味，就躲到一旁去了。

"柳儿，甭走呀，听老沙头诌诌他的荤故事嘛。"有人嬉皮笑脸地打趣儿道。

"呸，就会说那些裤裆下的龌龊事儿！"柳儿啐了一口，走开了。

这当儿，架在火堆上的破铝锅里的水开了，柳儿将口袋里的炒面分别倒在几个旧碗或铁缸子里，浇上滚烫的开水搅拌起来。顿时，一股喷香的莜面味儿弥漫开来。沙地汉们立刻来了精神，纷纷坐起，眼放光芒。柳儿将拌好的炒面递给他们，然后端起一个大瓷碗向巴哥走去。

"巴哥，快趁热吃吧。多吃点儿，还有好长的路呢，要不身子骨顶不住！"

巴哥心头一热：这女人，会体贴人哩，模样儿又俊俏，只可惜嫁了二结巴！他很想说几句什么，却一时找不出一句合适的话儿来。

柳儿望着他香甜地吃着，又说："知道俺那死鬼为甚要让俺上你的草车吗？"

巴哥摇摇头。

柳儿欲言又止，因为这时二结巴正背着手从草车那儿走过来。一路上二结巴都开小灶，而且带着面包、香肠、烧鸡，所以他从不和沙地汉们一块吃饭。他径直走到巴哥面前，催促道："巴头儿，赶紧点儿，今儿晚上咋也得赶到土台营子！再这么磨蹭，误了种子下地的季节，这草拉回去可就没人要哩。"

巴哥不慌不忙地说："总得让大家吃饱了吧！"

"反正，大家心里有个数儿就行了。我还是那句话，巴哥，等赚了钱，我亏待不了你的，分你三成……"

"别给我分。要分，分给大伙儿。"巴哥说。

"都有一份儿，都有一份儿……"

那边，汉子们吃得风卷残云，很快撤了碗筷，围着老沙头起哄：

"沙头，来一段，再来一段，让黑五奎长长见识……"

"给咱提提神儿，鼓鼓劲儿。"

"来三大软。"

"要不来三大硬。"

老沙头正襟危坐，清清嗓子，用京剧念白似的腔调一字一顿地说："莫急，莫急，听俺老沙给你们细细道来——何谓'三大软'也？那三大软是——阳春面，白沙滩，俏寡妇的肚皮赛海绵。"

汉子们拊掌咧嘴笑着。

"何谓'三大硬'也？那三大硬说的是——铸铁锤，金刚钻，沙地汉的家伙戳倒山。"

汉子们大笑，笑声里透出野性，透出自豪。笑着笑着，又掺杂进一丝失落的苦涩。大家静静地坐了半晌。老沙头用他那早被酒精泡坏了的嗓子唱了起来：

> 有女不嫁沙地汉，
>
> 咳唷唷……
>
> 没日没夜受苦寒，
>
> 咳唷唷……
>
> 若是嫁了沙地汉，
>
> 咳唷唷……
>
> 死守空房心不甘，
>
> 咳唷唷……
>
> 忙时忙个风箱烂，
>
> 咳唷唷……
>
> 闲时闲个井枯干，
>
> 咳唷唷……
>
> 咳唷唷……

老沙头每唱一句，汉子们便伴上一声"咳唷唷"，沙哑苍劲的歌声如从远方荡来的野风，强劲地从荒漠上掠过去。这使荒芜的沙地顿时有了情意，有了孤寂的悲凉。柳儿听着听着，竟好似看见了一帮顽强的汉子背着巨石在大峡谷里爬行，一位少妇伫立在山梁上如一尊黑色的塑像。柳儿突然意识到：那在山梁上苦苦等待着的少妇，其实正是她自己！

二结巴踱着方步走了过来，说："唱……唱球甚来着，该……该上路啦。把你们狗日的舒……舒坦坏哩……"

一句话把老沙头给惹火了，说："我说二结巴，整整给你跑了一天一夜啦，就是让马儿配种，也得让它下来歇口气儿，给它喂点草料吧？谁的鸡巴能老撅着，你行？掏出来试试看！"

众人哄笑起来。

二结巴狼狈地涨红了脸。

"他呀，撅不起来啦，阉了的公鸡，只会打鸣儿，不会扎蛋。"

"把咱爷们儿当牛马使唤呀！"

"又困又乏，出了事儿算谁的？"

"是呀，五奎连天儿还没见着呢，出了事儿可太亏啰。"

"逼急了咱爷们儿，一把火全烧了这些烂草，让你狗日的心黑赚昧心钱……"

众人群起而攻之。

二结巴抵挡不住了，求救的目光又落到柳儿身上。柳儿会意，轻轻扯了扯巴哥的衣襟。

巴哥先是感到一阵少有的快意，半天不动声色。柳儿急了，一把抢过他手中的碗，赌气似的转身走向一旁。

巴哥已瞧见了后面那支运草队紧随而来，这才拍拍身上的尘土，朝汉子们走去，说："喂，给掌柜点儿面子，动弹吧。"

汉子们便都不作声了，各朝各的草车走去。

巴哥坐回到自己的小四轮时，望见远方的荒原上荡着一层灰雾蒙蒙的阴霾。看来天气要变坏。他深知小腾格里沙地的气候变幻莫测，若变得恶劣起来是十分可怕的。看来，今晚无论如何也得住在土台营子了。

3

沙地汉们在骂二结巴时出语不吉利，在离土台营子还有五六里的地方，黑五奎的小四轮果然翻了。黑五奎由于太困，开着车就睡着了，小四轮便一头栽到了沙沟里。幸亏他被甩了出去，只被小四轮砸住一条腿，没有致命危险。黑五奎生性软弱，不知伤口深浅，只见鲜血洇红了裤子，便杀猪似的号叫起来。

巴哥指挥众人七手八脚地将他弄到草车上，便风风火火地进了土台营子。

营子不大，住着十几户人家。这里蒙汉杂居，蒙古人住的房子和汉人相差无几，汉人也完全学会了蒙古人的生活方式，所以外来人一时很难辨别出谁是蒙古人谁是汉人。这里地处偏远，十分封闭，以前几乎不与外界往来，这几年才不断有买卖人往来经过，并且成了沙地汉们的运输队的必经之路，因此渐渐热闹起来了。营子边上还盖了几间客房。

沙地汉将小四轮一辆辆停在客店门前，抬着黑五奎进了屋内。一进门，老沙头就扯着嗓子喊：

"嗨，老板娘，接客哩——"

话音未落，从里间款款闪出个半老徐娘来。那老板娘浑身透出一股子精明，眉梢儿和眼角儿露出一股子风骚劲儿。她叫银菊，沙地汉们都叫她菊嫂。菊嫂是早年从内地迁来的外乡户，取了个蒙名儿叫"查干其其格"。菊嫂有过人的灵巧，几年时间就把蒙古话说得呱呱叫，蒙古人说她比蒙古人还像蒙古人。前几年，短命的丈夫急病暴毙，她拉扯着女儿银小艰难度日。日子实在熬不下去了，就开了这么一个野店。多亏有了这三间店房，客人虽来得不多，却也有了些许收入。菊嫂很会待客，热情大方周到，有时为了拉客少不了干些人们不言自明的事儿。沙地汉们与她混得熟透了，啥玩笑都敢开，啥要求都敢提，差不多都在菊嫂身上尝到过甜头。

"断子绝孙的老沙头哟，吼个啥？难听死咧，好像人家是开窑子的……哎哟，这是咋哩？"

汉子们乱哄哄地将黑五奎抬到里间的土炕上。

巴哥说："真他妈不顺，倒大霉啦！"

"翻车伤人啦？"

巴哥点点头说："可不咋地。幸好伤得不重。"

"让我瞧瞧。"

菊嫂便上了炕，挽起黑五奎的裤腿，见只是小腿上破了条大口子。她老练地用手捏捏黑五奎的腿，又轻轻地用拳头敲敲，见黑五奎并无反应，才松了口气。

"是新来的后生？"她问巴哥。

"可不，第一次跑沙地，就……唉……"巴哥一脸愧疚之色。

菊嫂取了些药水，细心地为黑五奎做了包扎。黑五奎渐渐平静下来，昏昏然睡去。大家这才都从紧张的状态中松弛下来。

"咋说，不碍事吧？"巴哥信任地望着菊嫂。

"不碍事儿，好好睡上一觉，明儿准好。只是怕一时半会走不了啦。天这么冷，他就是坐在车里，也保不住伤口不会冻着。"菊嫂望着巴哥，目光热辣辣的。

"可明儿个还得赶路哇！"巴哥故意装出什么也没看到的样子说。

"那急个啥，多住两日嘛，保你好吃好住，巴哥……"菊嫂将"巴哥"这两个字有意说得格外轻、格外软。这种语气本身就是种诱惑。

"好啦，你们先歇着，我去给你们做饭，谁让你们有好口福呢，我今儿个刚杀了一只大羯羊，肥着呢！待会儿给你们这帮狼煮盆骨头啃。"菊嫂一边说，一边麻利地转过身走了出去。沙地汉们兴奋得抓耳挠腮。

"巴哥，就在这儿多住两日吧，弟兄们都累坏啦。"

"别听那二结巴催命，今儿个若不是他催着赶路，五奎能出事儿嘛！"

"对，咱们就住下了，不给狗日的走了，让狗日的急一急。"

这时二结巴已将柳儿扯着进了右厢房的小套间。大家更火得要命——咋，怕我们夺了你的老婆呀？呸，这也叫男人吗！

隔壁厨房里传来锅碗瓢盆叮叮咚咚的响声和菊嫂的喊话：

"银小，给大爷们倒茶去。"

不一会儿，银小拎着大茶壶走了进来。这女孩刚刚十六岁，生就一副美人样儿，嘴也好使，会逗人。银小给汉子们倒茶时，小嘴儿噘得老高，一脸阴云，倒把大家全给逗乐了。

"哟，银小今天的嘴上能挂三把茶壶！"

"是不是怪大爷们没抱你玩呀？"

"银小熬的茶就是香！"

"瞧，银小一生气，狼见了也得吓跑！"

银小憋不住"扑哧"乐了，说："你们这些人就服我娘骂！我娘一骂，都老老实实了。就会欺负小孩子！"

"哪儿敢欺负你哟，小祖宗！爱还爱不来呢。"

"有啥伤心的事儿，说出来，大爷们帮你。"

银小很认真地望着汉子们说："你们要是真肯帮我，就把我带走。"

"去哪儿？"

"到城里，上中学。"

"出去上学，你娘舍得？"

"我正生娘的气呢，说啥也不让我去，守着这个家，守着她，帮她干活儿……一辈子活在土台营子里有啥意思呢？你们说我娘自私不自私？"

"菊嫂是对你不放心呀！"

"我都是大人啦，有啥不放心的！娘说，外面的男人都坏得很。我才不信哩，你们不都是些好人嘛！"

一时，汉子们谁也不作声了。他们是一伙被社会抛弃了的可怜虫，聚在一起来跑沙地只想活得自在逍遥些。他们早认为自己是坏透了的一帮人，无可救药也不想让谁来拯救。而现在，这个美丽而纯真的小女孩却说他们是好人，真诚地信赖他们，这使他们感到难堪而又沉重。

"悄悄带上我走吧，甭让我娘知道……我想去上学……"银小苦苦哀求。

"不行啊，那不要了你娘的命啊！"老沙头摇着头叹气道，"你娘也不易呀！"

银小生气地把递到老沙头手里的茶碗又夺了回来，说："不帮我的忙，就甭喝我的茶！"

银小走后，大家都沉默不语了。福根儿张了张嘴，想说什么，但一句话也没说。困意忽然强烈地袭上来，汉子们东倒西歪地在大铺炕上躺了一片。须臾，从炕头上传来香甜的呼噜声，炸雷般响亮。

巴哥从外边检查完草车往回走时，在门口遇到了菊嫂。菊嫂显然在门外等了他许久。她丢了个眼色，转身进屋。巴哥随她走进她的房间。屋里点着油灯。房间干净雅致，很难让人想到在荒原上会有这么好的地方。

一进屋菊嫂就把巴哥搂住了，将头扎在巴哥怀里，热烘烘的气息喷在巴哥的脸上。

"把人给想死了，咋这么多天也不来？来时咋不进来？你这没心肝儿的，有了新相好，就忘了老相好吗？"

"哪儿来的新相好？"

"还想瞒我？那个小妖精，我一眼就看出来了。瞧她看着你时的眼神儿吧。"

"你是说柳儿？"

"除了她还能有谁！"

巴哥轻轻推开了她，说："小心孩子看见！"

"银小早睡了。这几天正生我的气呢，不会过来。"

菊嫂往炕桌上摆着酒菜。巴哥转身想走，菊嫂喊住了他："巴哥，你真的这么绝情？"

巴哥低着头不言语。

"听着，我不想缠你烦你，也不想留你在这儿过夜。你忙，你的时间金贵，我只想让你在这儿坐上个十来分钟，喝一杯酒暖暖身子，陪我说几句话。我这些日子好孤独呀，可相好的一个也不在身边儿……唉，咱的命贱呀。既然巴哥不肯赏脸，我又何苦呢……你去吧，去吧……"

在菊嫂转过身子的当儿，巴哥看见她眼里有亮晶晶的东西在闪烁。巴哥的心软了，走过去抚住她的肩膀。

巴哥啥话也没说，端起炕桌上的酒杯，一口气全干了下去，默默无言地望着菊嫂。菊嫂破涕为笑。

两人正要细细叙说，忽听得从那边的屋子里传来女人的哭叫。巴哥听出是柳儿的声音，脸顿时煞白，站了起来。

"咋？那小媳妇……"菊嫂疑惑地望着巴哥。

哭叫声越来越惨，令人毛骨悚然，无法忍受。哭声为静静的夜增添了几分阴森森的气氛。

巴哥急忙走出菊嫂的屋子，回到了客房里。

炕上的汉子们几乎全被这哭声给惊醒了，坐起来，望着套间的门。瞧见巴哥走进来，又都把目光集中在巴哥身上，仿佛那女人的命运全系于巴哥身上。

巴哥的脸渐渐憋成黑紫色。他一步一步地走到那扇木门前，猛地抬起腿来，只一脚，木门便轰然倒下。

屋子里的景象使他呆住了——柳儿全身衣服被剥得光光的，双臂被一根麻绳捆住，那绳子正好交叉着咬在两个丰满白嫩的乳房上，如两条紧紧吸附在她身上吸血的毒蛇。二结巴站在一旁，手里抡着一根皮条，正在一下下地抽打着柳儿的躯体。柳儿美丽的肉体上现出了一道道血痕。

此刻柳儿已经没有力量大声呼叫了，只能长一声短一声地呻吟着。二结巴停止了抽打，一边晃悠着手里的皮条，一边乜斜着巴哥，完全是一副得胜者的傲然神态。

巴哥被彻底激怒了，一步闯进屋里，说："畜生，你还有点儿人性吗？"

"我自个儿的老婆，想咋着就咋着，干你屁理儿！"二结巴有些怯了，可依然充满硬气。

"老子今天就要管！"

"有本事，管自个儿的老婆去！"

这句话刺着了巴哥的痛处——巴哥在二十四岁那年娶了一个老婆，可结果不到两年时间就跟一个男人跑了，再也没回来。这件事儿几乎没几个人知道。巴哥从那以后对女人再也没认真过，除了玩弄她们发泄自己的宿怨之外，并不能从中得到多少快乐。而当他已经快把那件事儿完全忘了的时候，二结巴却无情地挑破了他心底的疤痂，让那耻辱的血又一次汩汩流淌出来。

巴哥垂下了头，颓唐地转过身去。他迈出沉重的一步、两步、三步……忽听得柳儿在他身后无力却又充满无限希望地呼唤了一声：

"巴哥……"

他猛地转过身，如一头暴怒的狮子冲过来，轻轻一拎，瘦小的二结巴便悬吊在空中，惊恐万状地叫着，双腿不停地乱蹬。巴哥拎着他几步走到门外，猛一用劲儿，将他甩了出去，巴哥听见一个软乎乎的物体落在门外冷冰冰的土地上，接着传来一声痛苦的干号，便再也没有动静了。

巴哥回到小屋里，慢慢扶起那扇被自己踹倒的门，将它安放回原处，然后转过身来，望着倒在地上的柳儿。他无论如何也没想到，当他真切地看到他如此强烈渴望看到的柳儿裸体的时候，柳儿竟是这样一副被凌辱、被摧残的模样儿。他感到自己的心在战栗。他弯腰为柳儿解开绳子，然后将她扶起来。他嗅着柳儿身上的血腥味，那味道让他眩晕。他看见一行行细如汗珠儿似的小颗粒儿鲜红剔透，凝结在柳儿的皮肤上。他把柳儿搀扶到土炕上，用棉被子盖住她的身体。他静静地审视着柳儿那张瓜子形的略有些娇媚却又写满不幸的脸庞。他第一次如此专注、如此没有任何杂念地这样去看一个女人的脸，心中似乎有一些庄严而又神圣的东西在涌动。

他刚想转身离开，却被柳儿扯住了。

"巴哥，坐会儿……我知道你会来的……"

"柳儿，他总是这样待你？"

柳儿微微睁开眼，两滴亮晶晶的泪滚了出来，说："从结婚那天起……他不行，他当不了一个男人，一次都没有过……他恨自己，就拿我出气……"

"以后他再不敢了。"巴哥轻轻安慰她。连他自己都奇怪，自己的声音咋会那么温柔。

柳儿惨然地笑了一下，说："除非你不离开我身边……"

"这一路上我不会离开的！"

柳儿含情脉脉地望了巴哥一会儿，又闭着眼说："他今天打我是因为你的缘故……"

"因为我？"

"嗯。他让我上你的草车是为了用我这个笼头把你拴住。他看出你喜欢我……可是他又怕我真的跟你好上了，就让我发誓不动真情。我不应允，他就捆起我、抽打我，逼着我发誓，巴哥……"

"好好睡吧。我守在门外，再不会有人伤害你了。"巴哥岔开了话题。他知道若再不离开，很难预料会发生什么事儿。

当走到门外时，他听到了柳儿压得极低的抽泣声。

这一夜，那泣声一直萦绕在他的耳边……

$\mathcal{L}$.

又上路了，一辆接一辆的小四轮驶出营子，淹没在浩瀚无垠的沙峦间。车上巨大的草垛摇摇晃晃犹如一头怪物。很快，他们将昨日的一切都丢在了那个住着蒙古人和汉人的营子里。

只有柳儿清楚：在土台营子里住的那两天意味着什么。对她来说，那既是死亡又是新生。她无情地埋葬了那个死去的柳儿，带着一种释然的心情上了巴哥的草车。巴哥在开车前与她对视了一眼。他们彼此什么话都不用说，双方的目光早把心中的一切明白无误地表达出来了。她觉得在心中萌生了一种全新的感情，正是这种神奇的感情给了她勇气和力量，还有令人振奋的希望。

风渐渐强劲起来。巴哥抬起头来眺望远方——厚厚的云正在支离破碎。天越来越浑浊，气流撞在脸上，能感觉到它的重量。巴哥知道这是变天的先兆。他心里顿时不安起来。他太熟悉小腾格里沙地的天气了，要么飞沙走石，要么忽而雨忽而雪忽而冰雹。他们必须得在变天之前走出这片茫茫沙地，否则会被困死在沙原里。

他寻找着前方模模糊糊的辙迹。从那一行辙迹来判断，大秃子的运输队已经过去很长时间了。大秃子这小子也太贪心了，只想抢在他们前面捞一大笔钱，而不等等他们。巴哥记得当黑五奎的小四轮翻倒时，他正指挥沙地汉抢救，大秃子的车从不到一百米的地方驶过，停都未停。当时惹得沙地汉们都冒火，都乱骂。巴哥不好说什么。他在心里暗骂大秃子的同时，又暗暗为他担心：前面的路越来越难走，大秃子独自去闯，肯定要迷路的。黑敖包那个地方，共有五条岔路，只有一条是通向沙地外的，其余的全是死路！大秃子能选择那条正确的道路吗？

巴哥正想着，突然被柳儿的呼声给惊醒了：

"巴哥，你看——"

他向前方望去，吃了一惊——从远方的沙丘上卷荡来一股股浑浊的气流，犹如狂涛一层层推来。隐隐听得沙原上传递着轰隆隆的骇人的音响。先头的风已到来，果然气势非凡，将草车吹得剧烈摇晃起来。巴哥慌忙停了车，胆战心惊地观望着。他知道他们遇上了最可怕的大风暴"黄龙蟒"！

当运草队最后一辆车停下来的时候，黄龙蟒的"龙头"已经席卷过来。

"巴哥，快上来！"柳儿焦急地喊。她在草垛上掏了个很深的草窝儿。巴哥犹豫了一下，从驾驶座爬了上去。柳儿伸出一只手去拉了他一把，两人便一同滚到了草窝里。

狂风开始递增它的威力，满世界都充斥着风的天兵天将，大粒大粒的沙砾被飓风抛起来在空中飞舞，将小四轮的铁件砸得"乒乒乓乓"响。干草被风疯狂地撕扯着，飞舞起来，随狂风而去。他们藏身的那个草窝顶上很快被干草填满了。这时整个荒原上没有一样东西不在颤抖和骚动。

"黄龙蟒"肆无忌惮地在沙地上乱窜着，几棵树被它巨大的力量拔了起来，提到半空中，忽而飞速旋转，忽而上下沉浮，像是在跳一种优美的舞蹈。黄沙像液体一样在不停地流动。一切都在混混沌沌中等待着不可知的命运。

在那个温暖的草窝里，柳儿伸出双臂，紧紧搂住了巴哥。巴哥感到她浑身上下像一团火在熊熊燃着，自己身上的某种东西也被点燃了，浑身的血液沸腾起来。他用自己强有力的胳膊将她猛地揽进自己的怀里，四片火炭般的唇于是紧紧胶合在一起……

狂风的咆哮如海潮般冲荡洗刷着大地。草车犹如一叶轻舟，在狂风的冲击下剧烈地摇晃着，随时都有翻倒的可能。

不知过了多久，狂暴的"黄龙蟒"终于过去了。外面没有一点静。山峦凝立，荒漠沉寂，幽静的自然突然变得温驯恬静。当巴哥与柳儿掀开头顶上厚厚的干草，从草堆里钻出来时，都惊呆了——

一层晶莹的白雪严严实实地覆盖住了沙原，满世界全是一片耀眼的银白色。大自然像一位高明的魔术师，在一瞬间进行了一项惊人的创造——刚才还是个凶神恶煞的汉子，一下子变成了一位冷冰冰的女人！

巴哥与柳儿紧紧搂在一起，发出一声惊叹，把目光投向极远的茫茫雪原上……

5

二结巴很快恢复了元气。他渐渐明确了自己的目标——与巴哥竞争！他也要成立一支运输队来跑沙地。他计划把那些沙地汉从巴哥那儿拉拢过去。他找机会分别和他们聊，发现大部分汉子对巴哥有不满情绪——跟着巴哥辛辛苦苦干了这么多年，到如今连个家都立不起来。他们越来越渴望成家立业。

二结巴抓住了沙地汉们的这一心理，暗中进行着他的攻心战。

一场突然降临的大雪增添了他的忧虑。路越来越难走，车走到五岔黑敖包时又停住了。二结巴恼火透了：本来再走三四个小时便可走出小腾格里沙地，谁知巴哥偏偏在这节骨眼儿上不走了。二结巴急忙跳下车，朝第一辆草车走去。

"巴头，这可是你的不是了，你答应今儿个没事儿不停车的呀！"二结巴理直气壮地质问。

巴哥正在撒尿。他斜过头瞟了二结巴一眼，慢吞吞地说："当然是有事儿才停的车呀！"

"啥……啥事儿？"

"瞧，五岔黑敖包。"

"早……早瞧见了。"

"大秃子的运输队走错了道儿。我们得在这儿等他们返回来。"

"等……等多久？"

"没准儿。啥时候他们折回来，啥时候就走呗。"

二结巴傻了眼，急忙搬救兵："柳儿，柳儿……"

可是草垛顶上却找不到柳儿的影子。

"甭喊了，她不愿见你。"巴哥冷冷地说。

"她是我老……老婆……"二结巴气急败坏，"咱先把丑话说在前头，巴头儿，耽搁了时间，你得承担我的一切经济损失……"说着，气冲冲地走开了。

二结巴走后，柳儿从草车顶上探出头来，说："巴哥，有句话，愿听，我就说，不愿听，就拉倒。"

"你说。"

"你是条硬汉子，样样都好，尤其重义气，够朋友。为这，大家都敬重你，我也打心眼儿里喜欢你。可是，有时你也太逞强好胜，到了一种让人害怕的地步……你得改改啦，你那火暴脾气。"

看见巴哥一脸不悦，柳儿及时收住了话题。巴哥见她不作声了，说："你说你说。"

"就说眼下这事儿吧，分明是你的不是。你和大秃子是拜把兄弟，讲义气，这没错儿。可你这么做，却是坑了咱们运输队。到时这些干草卖不出去，大家咋办？都去喝西北风儿？你知道老沙头、福根儿、六柱儿、铁栓、二黑头他们都指望这次能赚一把，回去过好日子呢——买房子置地、娶妻生子，都得要钱呢。你若为了你的义气而让大家寒心，往后，谁还肯跟你跑沙地？"

巴哥愈加不悦，盯着柳儿说："我真没想到你还这么能说会道呢！看来你还是向着他，还没忘了给他当说客，可我……"

"瞧你，想到哪儿去了？"柳儿怪怨道，"说这番话，都是为了你好。"

"为了我好，还是为了他好？哼！"

巴哥大步离去了。

柳儿呆呆望着他，久久不动。

这时候，从车队后边发出一阵骚乱声……

6.

出了两件事：

第一件是黑五奎失踪了。本来他的伤势不重，基本恢复了正常，只是更加木呆呆不爱说话，坐在草车上发呆。老沙头让六柱儿替他开小四轮，把他放在自己的草车上，一路上与他说话解闷儿，让他宽心。然而，车队到了黑敖包时，老沙头才发现草车顶上没了黑五奎，一时慌了神儿，挨着草车到处寻找。沙地汉们都说没看见。大家都帮着寻找，终于在雪地上找到了两行脚印。按脚印延伸的方向，毫无疑问是通向土台营子的。也就是说，黑五奎在众人不备时，悄悄跳下了车，一个人返回了土台营子。

"唔，这小子可能是找菊嫂去了。"老沙头摇头晃脑叹道，"怕是八匹马也拉不回来啰。"

"菊嫂正需要个男人哩，他俩真是天生的一对儿呢！"

"只是五奎小几岁啊？"

"那有啥，当个小女婿才有福呢。"

沙地汉们来了情绪，胡乱说着。见巴哥走来，才住了嘴。

"这黑五奎，净添乱。我看得派个人返回去，把他接回来。"巴哥思忖着说。

"由他去吧。"老沙头说，"他要去，自有他的道理。"

"可是他这么干，好像我巴哥容不得人……"

"甭那么想。人各有志嘛。也许明儿个我老沙头也要成个家立个业，那可不是冲你巴哥去的。不是你巴哥有啥对不住我的地方，而是我飞累了，飞倦了，需要找个窝儿……唉，谁不想有个自己的窝儿呀！"

老沙头的话无可辩驳，巴哥放弃了将黑五奎找回来的念头。可是，他心里很不好受，总觉得黑五奎的出走和自己有责任。黑五奎是他带出来的，本指望他能恋上沙地汉的生活，混得像个样儿，成为自己的得力助手，没想到他竟不辞而别了。

第二件事更麻烦了——吃饭时，巴哥就发现福根儿的神色不对，贼眉鼠眼的样子。乘人不备，福根儿偷了两个热馍揣在怀里。巴哥不动声色地盯上了他。巴哥知道福根儿为人老实厚道，咋会干这等事儿呢？其中必有蹊跷。

巴哥眼瞅着福根儿溜回到自己的草车上，将热馍递到草垛顶上一个隐蔽的窝儿里。里面传出脆嫩的"哧哧"笑声。巴哥又疑又怒，大喝一声跳上去，从草垛顶上的草窝儿里揪出一个娇小的人儿来，细看时呆住了——竟是菊嫂的女儿银小！这丫头原来一直混在他们的车队里哩！

巴哥恼怒得不知如何是好。

"谁让你把她藏起来的？福根儿福根儿，你咋这么大的胆儿呢？你这么带她出来是拐……拐骗少女！懂吗？这罪够你蹲大狱的啦！"

不料福根儿一点儿也不慌，笑嘻嘻道："巴哥，甭吓唬俺啦，俺这么本分，哪儿会拐骗啥子少女，不过帮帮银小罢了。早想告诉你，可银小不让……"

银小勇敢地站了起来，望着巴哥说："巴叔，你甭张牙舞爪地吓唬俺福根儿哥哩，是我偷着藏在他车上的。起先他不知道，后来他答应帮俺，也是一番善意。这事儿，跟他没关系！要骂，你就骂俺吧。"

巴哥反而骂不出口了，脸涨得通红，说："你这孩子好不省事儿！你娘该急死啦！"

"俺给娘留了封信，她会理解俺的。俺只是想到外面去上学。"

"真能瞎胡闹，在家好好侍奉娘多好。上学有啥用，尽是孩子的想法儿。"巴哥不以为然地说。

银小委屈得几乎要哭，说："巴叔，你好不理解人！只有你不关心俺，你根本不知俺最需要的是啥，只知道大把大把地给俺往怀里塞钱……俺才不稀罕那东西。俺只想到营子外面的世界去看看，俺只想上学，多明些事理儿……这些，你问过俺吗？你知道吗？既然你不知晓又从不过问，干吗现在要管俺的事儿！"

银小理直气壮的质问使巴哥语塞了半晌。他无可奈何地叹了口气，说：

"我是说你还这么小，一个人怎么生活？怎么养活你自己？谁出钱供你上学？这些实际问题你想过没有？"

这边的喧闹声儿早把沙地汉们吸引过来，很快围了一大帮人。这当儿二结巴突然挤到人群前边，激动地说："这孩子的学费、生活费我包了！我每月拿出五百元来供她，直到她上大学。回去后我给她找一所最好的中学让她住校学习……"

二结巴这突发的壮举立刻博得汉子们的一片喝彩。二结巴得意地搂住银小，和蔼可亲地微笑着。巴哥觉得被人狠狠抽了两巴掌，脸上疼痛无比，并点燃了耻辱的火苗儿。他眼前一黑，几乎晕倒。他强支撑着挤出人群，独自往回走。他听见身后的人们仍在笑着，这声音在他听来都变成了对自己的嘲笑。

走了一会儿，他猛地站住了，自己问自己：我要往哪里去？我这是怎么啦？他抬头茫然四顾，眼前是一片白茫茫的起伏的雪原。寂静的雪原泛着幽蓝的冷光，枯僵的树木被霜雪装点成一簇簇漂亮的玉树银枝。浩瀚的雪原没有任何别的色彩，犹如他的思绪一样虚缈而空寂。

汉子们都觉得不能再这样毫无希望地等待下去了。他们都知道小腾格里沙地的老天说变脸就变脸，若是刮起了"白毛风"，他们就会被困死在这里。起初都还碍于情面谁也不肯将自己的忧虑讲出来，当二结巴一撺掇，汉子们终于耐不住了，大家一合计，决定由最年长的老沙头出面去找巴哥，将大家的意思讲出来。这时，二结巴已经开始张罗他的沙地运输队了。有几个汉子私下同意加入，还有几个也未明确拒绝，只是说等跑完这趟回去再说。二结巴的计划很实在，也很诱人，只要跟他干上一年半载，每个人都能成为小富翁，都能建立一个幸福的小家庭。

老沙头找到了在雪原上踯躅着的巴哥。还没等他把想要说的意思完全说出来，巴哥就明白了一切。巴哥打断了他的话，用悲凉的目光望着这位跑了一辈子沙地的老人，慢慢说：

"不要说了，我知道不能再这样等下去了。你们要走便走，要离开我，你们走吧，都走吧，奔你们的好日子去吧，我一个人留下……"

"巴哥，我们都知道你是重义气的人，可是你……"

"甭说了，沙爷！你带大家走出沙地，以后就全靠你了。"

老沙头无可奈何地摇摇头，慢慢离去了。他回去不一会儿，所有的拖拉机都开始"突突突"地叫了起来。

柳儿始终凝视着巴哥，依然期待着。然而，巴哥始终没抬起头来正视她一眼。她觉得他像是一个垮下去的勇士，一尊即将消失的失去支撑力的雕像。她从没想到巴哥竟也有如此软弱的时候。

"你随他们走吧。"巴哥终于无力地重复了一句。

"难道你不希望我留下来和你一道？"

"这不是你的心里话！你是想劝我跟你们一起走。"

"你说对了。其实是你抛离了大伙儿，非要在这儿无望地等，表示你够义气够朋友……"

"很可笑，是吗？"巴哥突然抬起头来，直视柳儿，目光很凶。他觉得自己最可贵的东西受到了嘲弄，"现在你就给我滚开，回到他那儿去吧！二结巴派你来无非是想拢住我。可我真是鬼迷了心窍儿，却真的被你迷住了。"

"你怀疑我的一片真心？"柳儿呆呆地望着他，两行泪水不知不觉地流了下来。

"我早就不相信任何一个女人了！"巴哥冷冰冰地说。

"包括我吗？"

"不例外！"

柳儿呆怔了半晌，终于忍耐不住，双手捂住脸，肩膀不停地抽搐着，然后她猛地转过身向车队那儿跑去。

暮色隐隐袭来，雪原在暮霭中变得朦朦胧胧，虚幻难辨。停在雪地上的拉草车开始启动，一辆接一辆逶迤而去，最后只剩下巴哥那辆小四轮孤零零地停在沙原上，像一个被抛弃的孤立无助的孩子，久久呆立着……

老沙头领着运草队在暮色中离开了五岔黑敖包。他隐约听到了巴哥在发动他的小四轮，然后掉转车头向另一条岔路驶去。

老沙头在拐弯时果然望见了巴哥的小四轮与他们分道扬镳的孤独情景，顿时觉得心中颇不是滋味儿。他于是停了车，不再往前走。后面的小四轮也一辆接一辆停住。汉子们陆续围了过来，神色都很凝重，似乎都和老沙头一样的心情。这种无言的心照不宣使老沙头轻松了一些。他摆摆手说：

"前面再有几里路就出沙地了。有急着要回的、想家的、有事儿的，就自个儿先头里走，这儿离公路不到五里地，都能找到。谁愿意留下，就和我留在这儿再等一夜。巴哥路熟，只要找到大秃子他们，天亮时一定能返到这儿来。要不，那定是出了啥差错，咱就得返回头去找巴哥。巴哥平时咋待咱们的，大家心里都有数儿。在这节骨眼儿上，不可做对不起巴哥的事儿。"

汉子们都点头称是，竟没有一个要先走的，就连二结巴也默不作声地躲到一旁。

大家便在离草车远些的地方拢了一堆火，默默地围火堆坐着想心事。半夜时，困意袭来，想睡得要命。可天出奇冷，谁也不敢睡着。这时忽听得附近传来一阵阵啜泣，细一听，原是柳儿在哭，心中便都泛上酸楚，开始叹气。

蓦地，一声凄厉的狼嚎，使汉子们的心都猛地一紧。狼嚎似乎就在离他们不远的地方，此起彼伏，连成一片。霎时，黑暗的荒原上响彻了那野性凶残的嚎叫，犹如一排排黑浪漫卷而来，将一切有生命的活物全部吞掉。

7.

恐慌驱散了人们身上的寒意，汉子们都是第一次遇到狼群，一个个脸色骤变。老沙头急忙让大家赶快去抱干草，将火堆拢旺，他说只要有火，狼群就不敢过来。几个汉子急忙往草车方向扑去，可走了没几步又仓皇返回，脸上惊恐万状。

"咋的哩？"老沙头问。

"狼群……过来了……"

果然，他们立刻看见了一排小绿灯似的狼眼在黑暗中游动。它们已经切断了通往草车那儿的去路。很快，他们就发现，实际上他们已经被狼群包围住了，在他们四周，全是游移不定的绿色眼睛。

而火堆却正在慢慢地暗淡下去。

这时猛地听到从草车方向传来银小的惊叫声，还有柳儿的呼救声。

"糟了，银小她们还在草车顶上，一定被狼群给围住了！"福根儿胆战心惊地说。

"草车那么高，狼一时半会儿蹿不上去。"老沙头说。

"可她们会被吓坏的。"

"过去个男人，她们就不怕了。"

"可这会儿谁能过得去呀！"

"我去！"

出人意料，二结巴竟挺身而出。没等众人缓过神儿来，他迅速地离开了火堆，灵巧地向草车那边奔去。

他的身影立刻被漆黑的夜幕吞没了。

汉子们惊恐万状地伸长脖子张望着，尽管什么也望不见。二结巴这突发的英勇无畏的举动令大家费解——他是为了搭救柳儿、银小，还是不放心他的草车？

突然从夜幕中传来二结巴凄厉的叫声，然后是一阵急匆匆的奔跑、撕扯声，随后一切声音都消失了。

夜又是令人心寒的沉静。再也没有了任何声音，众人的心中一阵阵发冷。

火堆快要熄灭了，而附近再也找不到任何可以燃烧的东西。

似乎飘过来一股血腥味儿。

狼群已经很近了，甚至可以听到它的喘息声和急促的磨牙声。

老沙头突然大喝一声："来吧，日你老子的，若怕你，算老子白活这把年纪！"说着，飞快地将身上的皮袄脱下，扔进火堆里。

火光骤然明亮起来。

狼群惊慌后退。可当皮袄烧尽、火光暗下来之后，它们又不慌不忙地围了过来。危机时，又有一个汉子将身上的衣服脱下投到火堆里。其他的汉子也纷纷脱下衣服，往火堆里扔。骤然间，火焰高高蹿起，浓烟滚滚向夜空漫卷。熊熊大火照亮了荒原，可以清晰地看见那些惊慌失措的恶狼，正慌不择路地向远方逃窜而去。

于是，一切声音都消失了。

汉子们回到草车旁时，大部分都赤裸着身子。彻骨的寒冷很快又回到了身上。

惊魂未定的柳儿搂着银小在草车顶上注视着他们。

火堆重新燃起来的时候，汉子们都顾不得羞耻，聚在火堆旁，不停地转着身子，烤烤前胸，又烤烤后背。有的干脆钻进草垛里取暖。

天仍未有要亮的意思。漫长的夜。

老沙头清清嗓子，慢悠悠地讲了起来："讲个够味儿的故事给大家驱驱寒。咱这故事呀，够味儿到啥程度？不说得你们那小鸟儿乱飞不叫够味儿！"

众人笑了，果然觉得少了些寒冷。

"早年，咱在'扳不倒'酒坊当伙计那阵子，迷上了老板娘。他娘的也日怪，那老板娘比我大七八岁呢，生生让那骚娘们儿迷住了心窍儿！不过话说回来，那女人的确够味儿，二十七八岁还保养得像十七八岁的一样，嫩皮嫩肉招人爱，那身条呀，长得肩是肩、腰是腰，一走路，一对大奶子颤颤的让人眼馋、嘴馋、手更馋，真想上去摸捞一把。我们伙计都管她叫'一口香'。想想吧，这名儿，亲一口，香三天，人们都这么说，说得我动了亲她一口的心思。可是不成啊，咱是啥？当下人的小伙计；人家是啥？吆喝咱的老板娘，不对路子哩。再说，那时我还没怎么接近过女人，没啥经验，只不过心里想想罢了，哪敢厚脸皮地挑逗她，还怕弄不好丢饭碗哩。就这样，那小妖精搞得我每天五迷三道，恍恍惚惚，每天夜里都梦见和她在一起。早上醒来，那褥子都湿啦，唉！"

一个个听得兴趣盎然，都觉得身上有了热度，也不再感觉时间漫长了。

"老沙头，后来呢？"

"亲上没有？"

"亲一口算啥，动真家伙了吗？"

"别乱插嘴，让老沙头接着往下说啊。"

老沙头呷了一口酒，更为精神。一边撅起屁股烤火，一边接着说道："心急吃不上热豆腐，更精彩的在后头。先说'扳不倒'酒坊，远近百十里是出了名儿的，那酒真好，说是男人闻见拉不开步，女人闻见提不上裤。原是那老板娘有祖传酿酒的秘方儿，那是一口香的一手绝活儿，连自己的男人都不肯传授哩。我猜那秘方儿准是在酒窖里呢，是抹酒窖的料儿里面有学问哩。有一天，一口香对我说，小沙子，准备好了东西家什，明儿抹酒窖。明早上我去配料儿，你守住窖口，甭让别人进来。我当下应承下来，心想，非得看看你是咋配料的。第二天我起了个大早，先下了酒窖，藏在一口空酒瓮里。过了一会儿，一口香来了，瞅瞅酒窖里没人儿，开始拌料。她先是把花椒、大料、生姜按斤按两称好，与那观音土和成料泥，然后，她忽然解开裤子，从裤裆里取出一团血糊拉碴的月经纸来，撕碎，放进料泥里，一起搅拌。我差点笑出声儿来——敢情一口香的秘方在这儿呢，难怪那酒窖好似有一层淡淡的红呢！唉，狗日的，想想，那酒能不迷男人嘛。当天晚上，我打听着老板出门没回来，就大着胆子摸进了一口香的屋子。门是虚掩着的，好像那女人知道有人要来。我进了屋，看见一口香懒洋洋地躺在炕上，笑嘻嘻地盯着我。呵，云鬓散开，酥胸半露，似笑非笑，似嗔非嗔，好一副羞花闭月的美人春睡图哟，我就……"

老沙头戛然煞住，呷酒，卖关子。

"你就来他个饿虎扑食？"

"错啦，傻小子，我就'扑通'一声跪下了，可怜巴巴地对一口香说，小的该死，不该有非分之想，不该在今儿早上偷看你配料……你们猜一口香咋的？嘿，一点儿也没怪我，反而把我拉上了炕，抱着我又是亲又是咬，说，小沙子小沙子，你个坏小子，让人想死了！我早就喜欢上你了你看不出来？我早知你会来的，夜夜敞门等你，可你这坏小子该千刀万剐总也不来，看了我配料的秘方儿才敢来找我，想用这个来威胁我占点便宜？呸，早上我知道你就躲在酒瓮里，没当场给你点破罢了，为的是借你个胆子来找我，你果不其然真来了，既然事已如此，那就……"

汉子们迫不及待了，说："那就成就好事呗？"

"那一夜你可风流快活啰？"

"那女人有啥功夫，讲讲？"

老沙头摇头叹道："好不巧哟，那天她正来那事儿，身子脏哩，不中啊！急得我抓耳挠腮，最后只在一口香的小嘴儿上结结实实香了一口……"

汉子们都咂舌表示惋惜，不过瘾。

"后来咋说？"

"她有心你有意，还怕成就不了好事儿？"

"后来嘛，老板回来了，事情就麻烦哩。原来，那老板的鼻子灵得出奇，比狗鼻子还灵，一下子就嗅出了我身上有一口香的香味儿，二话没说，就把我一脚踢出来了。"

"准是一口香搞的鬼，女人的心都毒着呢。"

"可那女人实实在在恋着我呢，临走的前一天夜里，她瞅个空子溜出来，拉着我进了胡麻地，二话不说全脱光了。我简直不敢碰她，一碰，身上就冒火呢……"

汉子们终于得到了满足，一个个兴奋得摇头晃脑。老沙头还想就着兴致继续讲下去，却忽然听见远处传来了小四轮轰隆隆的声音。大家顿时高兴起来，喊道：

"是巴哥！"

"好像不止一挂车，听声音像一个车队哩。"

"兴许是巴哥找到了大秃子他们，把他们领了出来。"

有人急忙往火堆里添柴草。火光照亮了附近的旷野。果然有一串小四轮拉草车开了过来，停住。不一会儿，大秃子跑过来。

"咦，果真是你们。咋都光着身子？"大秃子诧异地问。

没人说话，望着他，预感到不对劲儿。

"巴哥呢？"大秃子又问，"我一想他准会在这儿等我们。巴哥够朋友。"

"巴哥呢？"老沙头一把抓住大秃子的衣领子反问。

大秃子慌了神儿，问："我没见着他呀，咋……咋的啦？"

"他回去找你们了。"

"我们迷了路，转了好半天才转到这儿来……唉，巴哥不会出啥事吧？"

大秃子慌慌抽开身，叫人回车上取了些棉衣皮袄来，丢给他们，然后匆匆开车离去。大秃子的运输队消失后，沙地汉们都默不作声了。

巴哥在哪儿？他会不会出啥事儿？

回答他们的是远方的风吼。狂风戛然而至，来了一个足能毁灭一切的怪物——白毛风。

荒原上的雪被扬撒回空中，于是雪粒儿在空中又被稀释开来，旋转着、碰撞着、飞舞着，充斥着整个天地间。时而有更浓的雪被风撕扯着掠走，犹如一面雪墙推了过去。待在这样的空间里，人犹如被放到一个巨大的冰雪坟墓中，除了感受死亡的气息之外，再也不会有别的什么感受了。

却有一伙人聚集在一个山岗上，眺望着小腾格里沙地方向，等待着奇迹的出现。他们胳膊挽着胳膊，浑身落满积雪，犹如一组青石雕像。

天似乎快亮了，远近泛着熹微的晨光。

蓦地，有人惊呼了一声。

于是，大家都看见一团神奇的红光在迷茫的雪雾中渐渐扩散开来，如一轮正在融化开的红日，在万分痛苦中扩展、强化着血样的色彩。那神奇的红光没有边沿、没有形状，颇似世界末日来临时的先兆。

白毛风已经过去了，天空中仍静静地悬浮着雾样的雪霰。这种奇特的自然景象，除了小腾格里沙地，任何地方都看不到。而那片神奇的红光又使这景象笼罩上一层更加神秘而不可思议的色彩。

终于有人悟出了其中的奥妙：

"是巴哥——他为了给大秃子指路，点燃了自己的草车！"

是巴哥！

"巴哥——"这时柳儿突然发了疯一般冲下山岗，向草车那边冲去。

众人的心都紧缩了。

柳儿冲到那一排草车前，点燃了一只火把。片刻，她将草车一辆接一辆地点着了。

"我要为他指路……他会看见的！"

汉子们仍在原地伫立着，竟没有一个人阻拦她。草车一辆接一辆地燃烧起来。无边无际的雪霭中浸透了那血般浓酽的光芒。

柳儿不顾一切地奔向雪原，奔向远方那片红光。她深信巴哥在那儿等着她。她的心绪已如火焰一般，烧透了厚重的雪霭。

柳儿的身影消失在那片神奇的红光之中……

8.

又一个阳光明媚的春日，土台营子平静得宛如湖面上没有一丝涟漪的秋水。在营子口那儿挂着红布幌子的车马大店门外，老板娘菊嫂正和丈夫黑五奎垒着牛粪垛。他们把一块块巨大的干牛粪码得整整齐齐，像砌了一座城堡。这时候，他们听见一阵马达的轰鸣，抬头望去，看见从浩瀚的沙地开来一队拉干草的大汽车，那些蓬松移动的草垛像一座座灿烂的金山。运草车队响着一串儿尖尖的喇叭声，神气十足地从车马大店门前一掠而过，连停都没停一下。

夫妇俩疑惑地望着远去的车队，又互相对视了一眼。

男的说："咦，莫不是二结巴新组织的运输队？"

女的说："瞎想，二结巴早在那年进了狼肚子哩。"

男的十分固执，说："可谁也没看到哇，有人说他还活着呢！"

女的伤感地说："也许是大秃子的运输队？反正不是巴哥那帮沙地汉子

的。若是他们，肯定要进来歇脚打尖儿啊。"

"我昨儿个梦见老沙头也开上了崭新的大汽车，还有福根儿、六丑儿、铁栓他们。"

女的望着远山痴迷地说："昨儿个老羊馆说他在五岔黑敖包那儿发现了两副骨头架子，原本是埋在雪里的，雪化后就露了出来。像是一男一女紧紧搂在一块儿呢。"

男的不以为然地说："你又瞎想了。我几个月前听来这儿的一个羊皮贩子说，他亲眼见巴哥和柳儿在一个小镇上过舒心的日子哩。那柳儿生了个胖儿子，日子过得红火着呢！"

"可羊皮贩子说的那男人，容貌身材根本不像是巴哥呀！"

夫妇俩都不再说话。这时，他们从牛粪垛上滑下来，望着迷雾般的暮色，突然感到无比的惆怅。

"回格哇！"男的说。

"回哇……给银小写封信，让她考大学吧。"女的拍拍衣服上的牛粪沫子说。

于是，他们一前一后地走了回去。车马大店门前的红布幌子褪了颜色，却依然如故地随风晃悠着、晃悠着……

绝　境

原载《青岛文学》

1.

司机是个相貌丑陋的大胖子，说话时一口一个"操"，恶狠狠的让人心悸。司机的儿子却漂亮得像个小天使，特别是一对眼睛比女人还妩媚。他刚十四岁，也学着父亲一口一个"操"，甚至还会叼着烟卷将车开得飞快，司机在旁边咧嘴直乐，说：

"操！让你们瞧瞧，这才是我的种儿！老牌司机家里连狗都会开车呢。"

实际上没人能听见他的夸耀。几个流浪汉都坐在卡车顶上，根本听不见驾驶室里在笑什么。他们倚着马槽板蜷缩成一团。弥漫的尘烟裹罩着他们，乍看上去，像是一团没有生命的软体。天和草原都在移动。头顶上的云絮也在移动。一只灰色的小鸟险些撞在汽车的栅栏上，如一道光冲出了浓浓的烟尘。

车上还有两只羊，是司机半路上从一个蒙古老乡家里装上的。两只羊不停地拉屎，车厢底板上布满黑色的小圆粒，随着车子的颠簸而不甘寂寞地滚来滚去。他们嗅着羊粪味儿感到一丝亲切。

车子终于停下了。司机打开车门，朝车顶上喊："喂，还没坐够啊？操，下来下来，别耽误老子的时间！"

车上的流浪汉开始活起来，舒展开四肢，咳嗽，吐痰，喉咙里有了些哼哼叽叽的动静。然后，一个个从卡车上笨拙地爬了下来。最后爬下来的是两个女人。一个留着短发，扁平的鼻子和脸，同男人没两样。另一个面容丰满厚实，皮肤较白，车上的人都叫她小面人儿。她们的年龄大约在二十五到三十岁之间。

司机走了过来，说："交钱交钱，别磨蹭呵，操！"

人们面面相觑，没动。

"咋着，想白坐车呀？操，还想不想回去？这鬼地方，我不来接你们，想活着走出去？操，见鬼去吧！这几百里都见不到人烟，蒙古人都不往这儿来！"

这才往这块陌生的荒原上看一看，荒原果然与别的地方不同，是一片古铜般的褐色，草也稀疏得可怜，真的望不到蒙古包和畜群。

汉子中有个叫刀疤的便捅了身边的大眼贼一下。大眼贼的滚珠眼球快速地转动了几下，走上前向司机赔笑脸说："师傅，别火，我们付钱！您把我们送来了这就得谢天谢地了，哪儿能不给钱呢！您放心，咱不早就讲好了吗，这一趟二百元，这就先付一百，喂，大家掏钱，掏钱……"

抠抠搜搜，从衣袋里、怀里、帽子里和鞋帮里掏出一张张皱巴巴的钞票。大眼贼挨个收钱。

走到满脸横肉的男人面前，他愣了一下，说："哎，横路，你的！"

确有几分长得像日本电影里的横路敬二，却多了几分横路所没有的凶残。他默不作声，瞟了大眼贼一下，就又继续漫不经心地揉下巴，然后吸着牙花子，像是牙痛。

大眼贼看着刀疤，等着支援。

刀疤打起精神走过来，也揉了揉下巴，说："你他娘比别人多长了几颗蛋子还是咋的？"

横路解开裤子撒了一泡漫长的尿。假小子和小面人儿这时也在附近的荒滩上蹲着撒尿。假小子正和小面人儿说："还是做个男人好，撒尿都比咱们方便。"小面人儿说："我倒霉了，连纸也没有，裤子都……"

她们这时同时看见刀疤突然一头栽倒在地上。

出拳如闪电，快而狠，快而准。横路一边系住裤子，一边慢悠悠地说："老子也是两颗蛋子儿，瞧见了吧？"

刀疤费力地爬起来，凶狠十足地盯着横路说："你小子等着，小心狗命！"

这时司机数完了钱，满面怒气地说："怎么少一百呢？"

"三天后等你来接我们的时候再付。"横路一字一顿地说。

"怕老子唬你们呀？操，老子干这事儿不是一回两回了，老子讲信用，打听打听去！"

"我们不管，防人之心不可无。"大眼贼说，"万一你不来，那不坑了我们！"

"我不来？操，七八条人命，我能吃起这官司？好好好，一百就一百，那一百三天后交齐。"

司机跳上驾驶室，指着附近山包顶上的一个木架子说："看见那个木架子了吗？三天后的早晨都在那儿等着，别他妈耽搁！操，别他妈光想发财误了时间！咱可先说好，我来了见不着你们的影儿可别怪我不守信用！"

卡车一溜烟儿消失在荒原上。

他们这一干人便走到山包的那个木架子下面，仔细看那木架子——那是地质队很多年前立下的一个标志架子，三角形，顶端涂着的红黑色隐约可见。

两个女人几乎同时惊呼起来，大家都看见了，三角木架子上面吊着一个白乎乎的东西，在野风的吹拂下慢悠悠地摇摆着，像一个奇特的钟摆。

那是一副惨白的死人头骨。

2.

褐色荒原是一片方圆几百里的胶泥滩，虽然植被稀疏、土质恶劣，却生长着一种俗称"黑乌龙"的名贵草药。自从这种草药被发现并能带来财富时，褐色荒原便成了流浪汉们冒险的乐园。

雇一辆车，穿越几百里的荒原，深入这罕无人迹的荒原腹地，然后被汽车抛在这里，怀着一种强烈诱人的希望梦想，发了疯似的在胶泥滩上挖掘着。干瘪的口袋渐渐鼓起来。帽子被大风刮去了，鞋子磨破了，水喝干了，干粮吃尽了，这时恐慌起来，眼巴巴地向天际间张望着，期待着的汽车如果没按预定的时间出现，人们就像打摆子那样颤抖起来，牙齿碰得"咯咯"响，有人绝望地哭号，有人傻了般地默默呆坐着。突然，有人喊："看，来了！"果然看见在厚厚的云絮下面，在灰雾迷蒙的地平线间，一个小甲壳虫似的东西在移动，渐渐逼近，越来越大，越来越清晰。有人开始笑了，有人幸福得抽泣，有人则像关在笼子里的野兽般跑来跑去。汽车启动了，载走了一切——几天的劳累、辛苦、渴望、希冀和发财梦想……

第一天，他们干得很上劲儿。尽管黑乌龙难找难挖，可每个人的口袋里还是很快充实起来。两个女人也不示弱，干得气喘吁吁。

傍晚，他们露宿在胶泥滩上，生上一堆火驱散夜里的雾气。筋疲力尽的人们横躺竖卧在草滩上，断断续续地闲唠着。

"这世上啥营生最苦？挖草药！嗨嗨，这哪是人干的营生！"

"俺老婆还等俺赚回大钱买电视呢。"

"电视屁，俺村儿连着三年旱灾，连填饱肚子的物儿都没啦，五口人都指望我这一趟呢。"小瘦子说。

"俺爹偏瘫，早想到大城市去看看，可就是没钱。俺要给他打闹一笔路费。"假小子望着布满星斗的天空忧郁地说。

"我说你是大闺女要饭死心眼儿！"大眼贼盯着她不怀好意地笑道，"女人家挣钱的法子多着哩，跑到这儿受这洋罪啊？"

"啥法子？"假小子傻乎乎地问。

"那法子可不赖，又舒服又自在，躺在炕头上就来大钱，嘻嘻嘻……"

"你个王八龟儿子大眼贼！"假小子怒骂，并将一只鞋子甩了过去。大眼贼接住嗅了嗅，说："喳，老婆打汉子，越打越亲呵！"

"死没正经的货！"

"正经？正经的在那儿呢！"丢一个眼色抛向面人儿。面人儿在用毛巾蘸着塑料水桶里的一点儿水擦脸，仔细地慢慢地擦着。她觉着有人在说她，低下头，脸儿绯红。

刀疤狠狠地吸了口烟说："行啦，有那劲头，留着，回家逗老婆去。"

大眼贼不再说话。

刀疤站起来，重重地咳了一声，甩了烟头，离了人群向远处走去。面人儿怯怯地扫视众人一眼，惶惶不安地站起来，低着头，如负罪的囚犯般匆匆而去。火堆旁，许久没人再说话。

大眼贼突然愤愤不平起来："他凭个啥？劳改释放犯一个，吃着碗里的还要霸着锅里的！有便宜咱一块儿占。谁不知道野花儿要比家花儿香啊！"

假小子狠狠啐了一口，又深深叹口气，说："唉，女人可怜啊！我他娘的，下辈子做狗做猪也不再做女人！"

唯有横路泥人般坐着，一言不发。

"这位大哥，心里有事可别闷着，说出来兴许会好些。"假小子同情地望着他。

横路依然纹丝不动。

"别去招惹他，他这儿——有毛病。"大眼贼指着脑袋说。

夜已经深了。

浓浓的黑暗充斥在浩大的天宇间。胶泥滩上除了夜风的哀鸣之外再也听不到别的声音，甚至连耗子的掘土声也没有，连被夜雾打湿的鸟啼声也没有，空旷与寂静展示着没有生命的空洞与恐惧。细细品味着野风的韵味，追着它的行踪，将无限的思绪带到极为遥远的地方。

"唉，天下有多少人，为甚就咱活着难呀？"并不爱说话的小瘦子在人们都好像进入梦乡的时候突然幽幽地抛出一句。

"是哩，为甚？为甚咱活着难？"

"兴许别人也难呢！"

"可咱这么活着有甚意思呢？"

"想不透！真想不透！活着就够累了，还想这些干啥！那是文化人儿想的事儿。咱是啥？咱是流浪汉，流浪汉的命就是在荒原上闯荡，舍了家，舍了夫，舍了老婆孩子，舍了那晚上悄悄摸到你身边的相好的人儿，唉呀呀……"

"睡觉睡觉！"横路突然十分不悦地喊。

刚闭上眼儿，听见小面人儿和刀疤回来了，窸窸窣窣地往火堆里加柴草。烟贴着地面荡开，嗅着，一股子少有的亲切。

横路觉得自己快要哭了。他从这烟味里嗅到了那女人的气味儿。日他娘的心肝肝啊……

夜里，横路被假小子捅醒。火堆早已熄灭，天黑得如一团浓墨。假小子在他身旁摸摸索索，把头往他怀里拱。

"俺冷，大哥，搂俺睡吧……"

他狠狠地把她搂了一会儿。不一会儿有了感觉，手也触到了她胸前的弹性地带。

她竟是个女人？

他被这个发现所震惊，继而感到恐惧，浑身一颤，推开了她。

"大哥。"

再没有声音。

后半夜，他听见那蜷缩成一团的女人在梦中嘤嘤啜泣。

3.

第二天早晨，横路被踢醒了。

破皮鞋踢在腰上，疼得要命，许久竟爬不起来。

"想占她的便宜？昨儿个晚上，你干的好事儿！起来，别装孙子！"

横路爬起来，看见了凶神恶煞的刀疤和幸灾乐祸的大眼贼。他渐渐明白了怎么回事儿。

"我一开始就和你们打过招呼，这俩女人谁也不能动。你色胆不小啊！"

横路不说话，把目光转向假小子。假小子眼睛红肿，正用怨怼的目光盯着他。

"有这么回事儿吧？"刀疤问她。

横路希望她能解释，然而她什么话也没说。

"再给他点颜色瞧瞧！"大眼贼在一旁怂恿。

小面人儿拉住刀疤的胳膊，说："算啦，出门在外，大家都不易，何苦呢！"

横路在一瞬间发现她的眼睛里有一种温情的光芒闪了一下。只是一瞥，却如一道阳光。他在心底长叹了一声，手从衣袋里缓缓抽出。他清楚地知道：假如不是那一瞬间的阳光，那么他突然从衣袋里抽出的手（手中紧握着刀）肯定是致命的一击。又让刀疤这小子交好运了。

"别以为我不知你的底细，横路。老子在里面关过七年，啥鸟儿没见过！你若不是从那笼子里飞出的鸟儿才日鬼呢！"

横路已经转身向远方走去。肩上的小铁铲摇摇晃晃。不知他是否听见了刀疤的话。

中午，有一堆浓云从头顶上飘过去，没有停留，奔向东南方。不久，东南方向阴得发黑，偶尔有闪电微弱地泛着蓝光。天热得让人想钻到泥土里去。炎炎烈日总在头顶上旋转，烧进人的皮肤里。后来有了风，风中挟带着一股泥腥味儿。

人们都停了手里的活儿，不再挖掘，直起腰，让风儿痛痛快快地吹一吹。然后，人们把挖出来的草药晾在滩上。坐着或躺着，懒懒的如被流放的囚犯。

横路正呆坐着，假小子凑了过来，默默盯着他说："还疼吗？"

他转过头去望着远山。

"你是个好人，我看得出来……不要恨我。"

依然不言语，也不动。

"你是从里面逃出来的吗？因为啥进去的呢？"

远山依然一抹幽蓝，颜色在加深。

"因为女人，是吗？"

那堆云压下来。远山消失了。

"人啊，各有各的难哟……"

便看见那女人站在云端里，栩栩如生的模样儿，朝着他痴痴地笑。他走了过去，女人向另一朵云儿跳去，向他招招手。他跟去。

雾蒙蒙，雨淅淅。门突然被撞开，黑汉子闯进来，女人哭号："他强奸，是他……"想动手，想逃出圈套，但黑汉子早已将他压在身下，搜去了他那三千元血汗钱，然后一脚将他踢翻。他从云中坠落、坠落，沉入黑暗，沉入浊海，沉入肮脏的牢狱……

后来他才知道，那女人并不是黑汉子的老婆而是他的妹子。他不是第一个上圈套的男人也不是最后一个。

非杀了那臭婊子和那黑汉子！

在心底千万遍地发过誓。

那部日本电影他看过三遍——杜丘、横路、真由美。他不是杜丘，也不是横路，仅仅是个被损害、被污辱的男人。男人有男人的报复方式。

对面男人样儿的小女人仍在悄悄地说着："……都说那小面人儿是他花了大价钱从一个人贩子手里买来的，也有的说是他拐来的，是私奔。可俺咋看那女人咋像是专干这行当的，靠这挣钱养家哩，你懂吧？"

他莫名其妙地烦乱起来，盯着她，目光有点凶狠。她怕得想跑。

"把人都想得那么坏！"他说。忽又觉得这句话有点高尚，不像出自他之口，又说："这世上本来就没几个好人！"

他拎着装草药的破口袋走开了。

男人样儿的小女人品味着他的话，呆愣了许久，忽地意识到这该是个有文化的人说出的话哩。

傍晚露宿时，横路远远离开了那群人，独自躺在一个洼地里。欲睡未睡时，听得一阵极轻微的脚步声。他撩开眼皮，看见女人的身子一闪，又听见颤抖的细声细语：

"大哥，睡着了吗？"

咳了一声，坐起来，无话。

"大哥，给你送块烧山芋，热着哩，快吃了吧。我早上就看见你的干粮袋空了，饿不？"

接过热烘烘的烧山芋，连皮儿咬了一口，香得不知从哪儿咽下，心里烫得发慌。这小面人儿，会体贴人哩，少见的好女人！

"你呀，防着他点儿。我说的是刀疤。他人不坏，可脾气太赖。他知道你是个逃犯，虽说不会卖你，可他想让你听他的，像大眼贼那样对他恭恭敬敬。他干啥事儿都喜欢当头儿。"

"他敢告我，我就宰了他！"他咬牙切齿，"老子正想杀人哩，反正这条命不值钱……"

"可别价这么说，大哥，能活下来不易呀！好死不如赖活着。你呀，还是一个人及早走吧！"

"这荒滩，往哪儿走？"

"等车来了，你坐到半路，等车慢时跳下去。那边有个自音敖包浩特，我有个表哥在那儿，给一家蒙古人当羊倌，你可以到那儿躲一躲。那地方除了黄羊野狗，从不去外人。"

心里又是一热。

好细心的女人，连他的去路都想过了，而且那么稳妥实际。从来学不会该咋样谢别人，只是点点头"嗯"了一声，说：

"快回吧！那人要是知道你到这儿来了，还不活剥了你的皮。"

"他倒不敢把我咋的！他的后半生还想靠我哩。他想办个烧砖厂、豆腐坊，做豆腐俺是一把好手。他这个人呐，一辈子想当官儿，总想管别人，管的人越多越好。可最大的官只当过劳改队里的小组长，管七个人，就这也得意得不知咋好啦。"

面人儿又像来时那样轻飘飘地走了，轻得让人以为是一场梦。横路睡不着了，躺下又坐起。洼地里荡漾着温暖的气息。繁星在无底的天海里散发着凄凄冷光。

还有些烟草。他一支接一支地卷烟，然后一支接一支地抽着。烟火在黑暗潮湿的洼地里忽明忽灭，亦如星斗。

忽地感到了孤独，从未有过的感觉。如果此刻坐在一个舒适温暖的家里该是何等迷人的情景？放弃那个念头，躲到一个清静的去处，然后成家立业，过平静的日子？

想得脑子发痛，盼望天快些亮，结束这漫长的煎熬人的孤寂。可又怕天亮，希望永远沉浸在黑暗中，不与任何人往来，将自己的一切封闭在这荒野的洼地，永远与世隔绝。

最后，他几乎弄不清这世界究竟该诅咒还是该认可了。

天亮的时候，他却蜷曲着身子睡着了。他梦见他在光洁平展的雪原上追逐着一头美丽的小鹿。小鹿从冬天一直跑到春天……

4.

第三天的收获令人欣喜万分。他们在一条沟里发现了大量的黑乌龙。沟底是沙土而不是坚硬的胶泥，挖掘起来十分轻松，而且不会伤害根须。一尺多长的黑乌龙，根茎呈紫褐色，经太阳一晒如用黑漆刷过一般，黑亮黑亮。一麻袋的黑乌龙可以换一台彩电。他们忘了劳累、饥渴，紧张地挖掘着。直到天黑啥也看不见了，才恋恋不舍地住手。每个人都有一两麻袋的可喜收获。

脸上便都有了笑意，破天荒地有了歌声，男女间的打情骂俏使荒原的黄昏充满了生机。

剩下的事情便是将草药装在袋子里，然后一路拖曳着、抬着、扛着、背着……如一个个负重的蝼蚁，向那个地质队栽下的标志架走去。今夜，他们露宿在木架子下面，等待着明天一早汽车出现将他们和他们寻到的宝物一同运回去。

这时候他们都认为自己的确交了好运。生活开始显得迷人而美好。阳光果然十分公正，不仅仅照耀别人也照耀自己。

标志架上的头颅仍然悬挂在那里，随着野风不慌不忙地摇晃着。对它来说，一切都毫无意义——存在与毁灭，痛苦与欢乐，希冀与失意。它摇头晃脑地似乎在嘲笑世上的一切，惨淡的颜色在月光下释放着悟禅者的高傲与冷漠。每当头骨摆晃到一端与标志架相碰撞时，就会有一种奇特的音响传下来，使人不得不回忆起一些十分久远的往事。

谁也不知道这头骨是什么人的？是谁将它悬吊在这儿？也许若干年前当它附着皮肉毛发时十分生动，曾为这个世界增添了许多活力。可是现在，没有任何人知道它的来历，甚至连它是男是女都搞不清，也没人想去搞清楚。它和荒原上的泥土、山涧中的顽石没什么两样。它是自然界的一部分。它存在的唯一意义便是让生者从它的上面看到自己的未来，产生对未知世界的恐惧和绝望，或者以超然的态度去迎接死亡。

那天夜里，火光将一束迷蒙的橘红色投到那头骨上。沉浸在发财喜悦中的人们几乎没人注意到它的存在。只有横路一直在默默地盯望着它。在长久的凝望中它渐渐变成一颗栩栩如生的头颅。他真切地看到了上面的音容笑貌。他深信印在头颅上的诡谲的微笑是一种不祥的预兆。

假如按自己的计划干下去，杀了那女人和她的兄弟，把他们的头颅挂在这儿，会是一幅什么样的情景呢？几百年后也许那两颗头骨仍悬挂在这儿，后人看到它们会想到一次辉煌的复仇吗？会为他的行为而赞叹吗？如果有人把他的头颅也挂在这儿，谁又能识别出哪一颗是她或他的头颅而哪一颗是我的呢？

是的，也许一切都毫无意义！

可是为了那个复仇计划，他冒着死的危险逃出了囚笼。他把一切都安排得天衣无缝，只要他在荒原上再流浪十天，人们就会以为他逃出了国境。那时，他可轻而易举地潜回村子，然后不费吹灰之力地杀死那对狗男女……

然而那摇头晃脑的骷髅分明在向他昭示着什么，向世人警喻着什么。

天将亮的时刻，他活动着麻木的手脚，小心翼翼地爬到脚手架上，将那冰凉的头骨取下来。那骨渣慢慢剥落。他郑重地将头骨掩埋起来。这时候东方天际间红光剔透，荒原上浑浊而沉重的太阳气喘吁吁地升起来。唯有这时和黄昏，这片荒原才呈现出一块块真正的庄严而古朴的褐色。

一瞬间荒原无比辽阔，大地与天空同为一色，同为一体。他观望着这荒原的日出景象，久久伫立着不动，似乎在感悟着来自大自然的真谛。

人们爬起来。没有人注意到标志架上的死人头骨不见了。他们开始心神不定地眺望来路的方向，聆听着来自荒原上的一切音响。

中午，天开始闷热起来。人们失去了耐心，都变得焦灼不安，惶惶然不知所措。

"妈的，那胖司机把咱们给耍了！"

"我当时就看他不像个好东西！"

"是不是汽车坏在半路上了？"

"咱们肯定上当了！看咱是乡巴佬，好欺负，又没大油水可捞。"

"那家伙恐怕早就把这事儿给忘了！"

"兴许那天没给他那一百元钱，把他给得罪了。像他那种人，咋会讲信用呢！"

"咱们咋回去呀，几百里的路呀……"

刀疤倒显得冷静沉着，俨然像人们的主心骨，说："大家甭慌！咱再耐着性子等等。我们只能死等汽车，没有别的法子。那狗日的司机如果真敢失约不来接我们，老子拼一条命也要走回去宰了狗日的，还有那狗崽子。我量那狗东西不敢来！"

刀疤的话起了些作用。这汉子真敢玩命儿，那司机敢得罪他吗？兴许汽车正在路上慢慢爬呢。等吧等吧，事到如今，一切只能听天由命了。

人们散漫地坐在山坡顶上，或打盹儿，或发呆，或望眼欲穿。日头毒辣辣地逼着让人没处可躲。一个希冀刚刚破灭，又一个希冀接踵升起。漫长的毫无边际的等待。

"也许是咱们记错了日子？"假小子忍不住打破了难挨的沉寂。

"三天，咋会错呢！"大眼贼用哭似的腔调说。

"明儿早上看吧。出来闯荡，事事哪儿会那么顺呢！"刀疤依然保持着镇静，斜着眼瞟着在一旁默默抽烟的横路，挤出几声冷笑，"如果有人想单独走，请便。"

横路不动声色，泥塑似的蹲着。

日头突然跌落到厚厚的云层下面去了。天色骤然开始变暗。阴风凄凄，远方恍若有浓云逼近，好像亦有闪电偶尔闪耀。在人们毫无防备的情况下，又一个黑夜降临了。

当他们完完全全地被笼罩在夜幕里的时候，才真正感觉到了恐惧。

5

当人处在绝境中，生命便显得极其脆弱。

被遗弃在荒原上的流浪汉们又熬过了徒劳等待的一天，终于彻底绝望了。

所带的干粮已经全部吃光。

水也喝干了，不剩一滴。

徒劳的等待，等来的只能是死亡！

这天夜里，在空中徘徊了许久的雨终于降临了。后半夜，整个荒原上充满了雨声的喧哗与骚动。淅淅沥沥的雨点儿如缕缕皮鞭，抽打着古朴坚硬的土地，汇集成一洼洼、一片片积水。

终于有了一声让人灵魂震颤的炸雷。

每个人都同时战栗，似乎听到了最后的宣判。

暴雨猛烈地洗刷着荒原。

女人的哭号在雨里显得极微弱，模糊不清。

黎明时，暴雨变成了淫淫的雨丝，不紧不慢，悠悠而落。天空中云儿斑驳，地上的积雨泛着白乎乎的亮色。褐色荒原这时变得名副其实，并展示着它的冷酷和吞噬生命的色彩。

都被暴雨打得狼狈不堪，呆若木鸡。刀疤早已失去了最后的自信，无望地躺在烂泥地上如同僵尸。两个女人更是瑟瑟发抖，互相依偎，双目黯淡失神。

大眼贼和小瘦子及"骡子"默然而立，似乎等待上苍的怜悯显示奇迹。实际上他们心里都清楚：再这样持续两天，等待他们的将是怎样的结局。

若干天后，或若干年后，这山包顶的标志架上，将有七颗惨白的头颅被什么人悬挂起来，与清冷的月亮相辉映，在凄楚的晚风中，如七个白色的风铃儿摇晃着，碰撞着，一夜夜反复歌咏着那永恒的寂寞。

也许后来的流浪汉们会看见这些白花花的头骨。但他们不会关心这一切是怎么发生的，前人的死亡对他们毫无意义，他们仅仅是为了生存而来到荒原寻找财富。甚至不会有人冒险爬上标志架将那些头颅解下来埋葬掉。在时间的河流里，往昔永远是空白。

似乎还有一条路可走：徒步走出褐色荒原，向这困境、向大自然的扼杀挑战。

横路越来越明确了这个想法。他相信凭着自己的体力和毅力，是能够用三天两夜的时间走出荒原的，但是其他人行吗？

他走到他们面前，毫无表情地说："听着，谁不想在这儿等死，现在就跟我走。"

然后并不看众人，转身向山包下走去。

大眼贼、小瘦子、面人儿和假小子先是呆怔了几秒钟，于绝境中蓦地望见一道希望的亮光，精神一振，爬起来，背上装草药的麻袋，匆匆忙忙地追着下了山坡。

刀疤慢慢坐起来，看着众人随横路远去，心里忽地漫入了一种被抛弃的失落感。他呆呆地望着雨雾中的荒原，孤独的身影久久地嵌在山坡顶上如一块顽石。

经过一夜雨水的浸泡，荒原上的红胶泥已变成黏稠状。这种泥巴的附着力极强。跋涉在荒原上的逃难者们几乎走不了几步，鞋底儿上便粘上了沉重的一团，两条腿如被吸住了一般迈不动。他们弯下腰拼命抠掉脚底的泥巴，可没走几步，脚下又凝结出更大的一团。

脊背上还有个沉重的麻袋压着他们。在这么艰难的环境中负重而行简直不可想象。整整多半天，他们没走出十里路。

雨终于停了，然而浓云依然压在头顶，随时有继续泼洒的可能。荒漠到处是斑斑驳驳的赤褐色和亮色。萧萧的风儿开始荡来，吹干了人们湿漉漉的头发。假小子和面人儿跌坐在地，无奈地哭起来。

横路走过去，将她们的麻袋解开，将里面的黑乌龙全部扬撒开来，珍贵的黑乌龙立刻与泥泞搅在一起。女人们呆了，声嘶力竭地喊：

"你要干啥？那是俺的命根子呀……"

横路不理睬她们，转身对大眼贼和小瘦子说："全部扔了，你们两个。"

小瘦子很顺从地将麻袋扔了。

大眼贼却不，说："我能背得动，不碍事！我行……"

"你要是还有劲儿，背上她！"横路指指面人儿，"你不是想要她吗？那现在就该对她好。"

大眼贼不作声了，无可奈何地撒了那一麻袋黑乌龙。

空着手走比负重赶路快了许多。然而脚底的胶泥依然无法甩掉。后来，横路让大家脱了鞋，赤着脚赶路。果然灵验，速度又加快了。天将黑的时候，他们大约走了四十华里，速度明显慢下来。两个女人由男人们搀扶着，深一脚浅一脚地踉跄而行。她们紧咬牙关，不再喊累，不再哭泣，神色开始坚毅起来。横路暗暗敬佩她们身上那种出人意料的毅力。

是啊，人们都想活下去，不管好活还是歹活。大概那些没法儿活下去的就偷就抢就骗。那个女人与黑汉子亦如此。宰了他们这世界就干净了吗？宰了他们就没人敢再行骗了吗？唉，假如当时你不贪图那女人的美色，何至于被他兄妹俩欺辱呢？且不论谁是谁非，那大架子上的死人头已经明白无误地告诉了你一切——没意思！不就是三千元钱吗？不就是一顿羞辱吗？与眼前这场生与死的拼搏相比，那点儿恩恩怨怨又算得了什么呢！

这样想着，心里那淌血的沟就一点点合拢了，又变得柔软而充盈，他更加渴望能活着走出荒原，让众人也活着走出荒原。

没想到最先趴下的竟是身强力壮的大眼贼。他趴卧在泥泞里说什么也起不来了，喘着粗气，像头彻底累垮的野兽。他扬起头时，脸上全是赤红色的泥浆，声嘶力竭地哭号着："你们走吧，走吧，我不行了！我快死了，让我死在这儿吧，我算完了……"

谁也没有办法把他弄起来。

面人儿望着横路，那种仁慈的光芒让他不知所措："别丢下他！大家生死在一块儿。已经扔下一个了，不能再……"

"生死在一块儿！"小瘦子说。

"在一块儿。"假小子也念叨着。

暮色已经很浓了，似乎整个荒原都在向黑暗的深渊里沉沦，夜色的降临又带来一股巨大的死亡的恐惧，就在这时，人们听见了一声野兽般的号叫，只见一团朦胧的黑影蠕动着爬了过来。

"是狼！"小瘦子惊呼。

女人们紧张地向后退去。

大眼贼爬起半个身子，大惊失色地观望着，猛地喊了一声"妈呀"，倏地爬起来，不顾一切地向前窜去。

6.

奔波了半夜，始终甩不掉那黑影的跟踪。

起初他们把它当成一只狼，可后来又觉得不太像。如果是狼，那速度显然要比他们快多了。也许是条野狗或豹子？更像是只野猪，但是野猪也不是闹着玩儿的，一旦追住他们谁也抵挡不住。

人们拼命地跑着，不时地摔倒了又爬起来，争先恐后，竟没有一个落在后面。

那影子只是不屈不挠地紧跟着。

大家忽地意识到那也许正是死神的影子！

苍天，苍天，为啥不给我们留条活路呢？

不知跑了有多远，天与地的界线猛地显现出来。一种微弱的苍白降在荒原上。恐惧随着黑暗一同渐渐消退，人们不约而同地停住步子，回转身来。

横路说："我们等它过来。"

黑影慢慢逼近。众人这时反而坦然了——既然逃不掉，还不如和它决个生死。

黑影越来越清楚，身子臃肿，脑袋是三角形的，似乎头和身子难以分清。人们都握紧了拳头做好拼命的准备。

黑影踉踉跄跄地走近。

横路做了个手势，众人一拥而上，轻易地就将那黑影儿按在地上，几乎同时都听见一个熟悉的声音。

竟是刀疤！

原来是这小子一直紧随着他们。他把空麻袋当作雨衣顶在头上，难怪样子古怪没有一点儿人形。

紧张到极点的神经一下子都松弛下来。人们有的哭有的笑，有的用拳头捶打着刀疤。横路见此情景，鼻子突然发酸，想流泪，但终于忍住了。

仅仅一瞬间，黎明降临到荒原上。天空上的乌云不知何时就散尽了，天蓝得如洗过一般。这时，他们才发现他们站在一片碧绿的草原上，原来他们已经走出了那片可怕的褐色荒原……

甚至能望见远方蒙古包顶上悠然飘落的烟雾。

这里的草原充满了生机，到处都能听到生命的喧哗。一片片的牛羊，急驰而过的马群，在草丛间啼唱的百灵鸟儿，还有默默流淌的溪流。

刀疤久久地凝望着众人，竟有几滴浑浊的泪从眼角淌出。面人儿长叹了口气，轻轻为他拭去。

"活着，我们还活着！"

小瘦子和大眼贼似乎还不敢相信这一奇迹，不停地喃喃着。就在这时，横路望见了远方的土路上停着一辆卡车。

他们用了大约一个多小时的工夫走到了汽车前。没错，是那个路口，他们来时将进入褐色荒原时的那个路口，还是那辆卡车，将他们抛在褐色荒原纵深处而未按约定时间来接他们的那辆卡车。

可是那个胖司机呢？

刀疤早已按捺不住，猛地跑过去拉开车门，一个人从车楼里栽了下来，软软地落在草地上。众人愕然，上去看时，竟是司机的儿子，那位十四岁的美少年。他面容苍白，双目微闭，呼吸微弱，显然处于昏厥状态。一时，谁也不知该怎么办才好。

本来想将胖司机好好教训一顿，揍他个半死，可是，驾驶室里竟只有这少年一人，难道，是他将车开来的？雨大路滑，他无法进入褐色荒原，只好停在这里等他们？也许等了一天、两天，或整整三天？

横路慢慢蹲下去。他第一次注意到这孩子真美，即使处在昏迷状态中，依然像个小天使。那种俊美能产生一种震颤人灵魂的力量，它与那凶恶、狡诈、虚伪形成鲜明的对照，似一道强光照亮人们污浊的心境。

横路觉得自己的心底渐渐多了许多温柔的东西。他感到一种来自冥冥中的神秘力量。

掐人中，又取来凉水为少年擦拭额头。少年终于慢慢地睁开眼，呆呆地望着他们，许久，无声地笑了，声音低得像从地下传来：

"我们回去后……爸爸……病倒了……住了医院……做了手术……"气喘吁吁片刻，又说，"是他让我来……接你们……他说，老子一辈子还没骗过人哩，不能失信……他说你们走不出褐色荒原，得搭救你们……他还说，要让他们知道，老子说话算数，操……我就开车来了。赶上下雨，我进不了胶泥滩，只能在这儿死等，不敢离开……"

讲这一番话费去了少年许多力气。他过于虚弱了，又昏迷过去。大家急切地呼喊着他的名字，七手八脚地将他抬到汽车上。

横路望着旷野，突然懂得了他走出的绝不仅仅是荒原，也不仅仅是死亡，而是别的。是什么？他说不清，但能感觉得到。他向车尾走去，想将这辆车从头到尾检查一遍，却见刀疤蹲在车尾后，脸上是痛苦和沉重的神色。

"上车吧。"他说。

"兄弟，咱是患难之交，说别的全他妈扯淡，只有一句话，别再干傻事儿了！局子里的滋味儿可不好受，你我都知道……"

"上车吧！"他又说。

"我不是东西……还想告发你，检举你，领一笔赏钱……因为我恨你，你一直不把我放在眼里……因为小面人儿对你好……"

然而，他已经向驾驶室走去，没听见刀疤在嘟哝什么。他坐在驾驶室里的时候，还能望得见他们昨天夜里走过的那片褐色荒原——在朝阳强烈的映照下，那荒原红得似燃烧起来了，释放着巨大的热能和永恒的记忆。

那里留下了他们的血汗和黑乌龙，留下了他们发财的梦想，也留下了他们的一切恩怨；他们埋葬了死亡的标志，扔掉了一切痛苦和恐惧，终于走出了那片吞噬生命的荒漠。

也许有一天，他们还得再一次回到那里去，将他们所经历的一切再来一次循环。即使那时走入褐色荒原的不是他们，也肯定是他们的儿孙后代。一切均在于欲望的指使，流浪汉的命运便是永远浪迹荒原。

因为在那荒凉的山坡顶上，孤零零的、行将腐烂的标志架上，还需要挂上一颗死人的头颅。

草山上有顶白帐篷

原载《鹿鸣》

1.

我诅咒这该死的时间，在一瞬间变得如此漫长；我诅咒这倾泻着秋雨的苍穹，把不祥的阴云沉重地压在我们每个人的心上；我诅咒这空旷无边的荒原，为什么没有汽车、没有医院、没有任何医疗设备……

我们守候在帐篷外，任凭淅淅沥沥的秋雨打湿帽子、头发、袍子和沾满泥污的马靴。没有一个人说话，没有一个人去抹掉脸庞上流淌的雨水。雨幕中，我们像一组永恒静止的群雕，以各种姿态站立着，半蹲着，凝坐着，目光紧紧地盯视着帐篷的门口——

帐篷里静悄悄的，听不到紧张的喊叫和痛苦的呻吟，更听不到我们所期望的那一声人世间最动听的啼哭。

难产，笼罩着死神阴影的难产！我们每个人心里都清楚这一点。时间像一匹蹒跚而行的老骆驼，已经从黄昏走到了将要破晓的时分。突然，有如宁静的夏夜里炸响了一个霹雳，从帐篷里蓦地爆发出一声痛苦万分的叫喊。接着，又一声，又一声……

仿佛脚下的草地发生了强烈的地震，我们也震颤了一下。大家似乎都想冲进去，但又无可奈何地停住了。唉，没用的男子汉啊，尽管你们有摔倒牤牛的力气，有驯服烈马的勇猛，可这个时候只能束手无策，帮不上一点忙啊！

悔恨，像恶狼锋利的毒牙，不停地啃噬着我那颗痛苦的心——我真混账啊，如果不是我的心变得畸形，把天使当成妖孽，把天鹅当成秃鹫，这一切怎么会发生啊！

2.

正如一股不易觉察的风儿能吹乱一片明净的秋云，一顶小小的白色的帐篷，竟能搅乱我们灰腾塔拉草山上"打草汉"的阵营。

要出事！预感告诉我。

那顶帐篷的确很小，勉强住得下一个人。远远望去，好似茫茫大海中的一叶小船上扯出的三角帆。

当暮色这个高明的魔术师把一切都虚化得模模糊糊时，那帐篷在苍苍茫茫的草浪里露出白花花的一团，又宛如一个诱人的、等待谁去采摘的蘑菇。不错，很像蘑菇，可谁敢保证那不是一个毒蘑呢？

帐篷里住着一位神秘的采蘑女。

如果公正地评论，这位采蘑女长得不丑，可你又说不出她身上究竟什么地方有一种奇特的魅力。

第一次看见她的时候，我就吃了一惊：在这么荒凉的草场上能见到容貌如此出众、气度如此不凡的女人，真可谓奇迹。她像遇到老熟人似的朝我漫不经心地莞尔一笑，拎着采蘑的小筐从我身旁匆匆而过。我立刻注意到她的微笑与众不同，颇值得我研究一番——那微笑里，既有蒙娜丽莎的神秘，又有圣母般的宽容；既有不可捉摸的、掩饰起来的忧伤，又有一种大胆、固执的渴望。

她渴望什么呢？是一个谜！

我凭着一双世故的、自认为阅历很深的眼睛，看出她绝不是一个真正的采蘑女。我是在草原上长大的，清楚地知道草原上的牧家女是不会专程赶着牛车、搭起帐篷来采蘑的，她们对蘑菇的兴趣不比对一束野花的兴趣更大些。尽管灰腾塔拉的蘑菇圈很多，也不会把她们任何一个人吸引来的，每年到这儿采蘑的都是些外乡人。何况，现在已过了采蘑的季节。此外，她的服饰可能是临时借来的，那件蒙古袍不免有些过于肥大。她那白净细润的脸庞显然没有经过风吹日晒。这些足以证明她不是一个牧家女。

那么，她是干什么的呢？她把帐篷扎在离我们不远的山坡下，又有何目的呢？她的目光总在我们这帮打草汉身上转，究竟有什么企图呢？

我的担忧并非是多余的，我们这帮打草汉纯属乌合之众，对女人的"免疫力"实在太差了，好像一辈子也没见过女人，竟被采蘑女搞得神魂颠倒。往日，他们为了多捞些钱，拼命地抢钐镰，不干到天黑是决不收工的。可现在呢，太阳还没有挨住西山尖，他们就扛起大钐镰，装出一副疲惫不堪的样子鱼贯而回。往常吃过晚饭，他们不是喝个一醉方休，便是甩扑克、打麻将，或者海阔天空地神聊一气。而现在呢，他们刚放下碗筷，就找个借口溜了出去。目标——那顶白蘑菇帐篷！

第一个走向那顶帐篷的是我最厌恶的犹太人。这是个由落魄的待业青年一跃成为"暴发户"的典型。他说他是"优秀的太仆寺人"，我们就管他叫"犹太人"。他本来在宝昌城里开了一家收入可观的小饭馆，可还嫌赚钱少，就向白音锡勒牧场承包了灰腾塔拉草山，带着我们十几个由他雇来的打草汉来到这里安营扎寨。当我们头顶烈日、汗流浃背地打草时，这家伙就骑着他那辆色彩艳丽的铃木摩托车到处兜风，在我们身边转来转去，简直像一个高傲的、神气活现的工头。当我们一边休息一边喝茶闲聊的时候，他不失时机地插了进来，开始卖弄他那点可怜的知识，并炫耀他的优越感。最使我不能容忍的是，他常用讥讽的口气对我和后山人说："喂，我说你们两位知识分子，现在正是臭老九们吃香的时候，你们却跑到这儿来当打草汉，纯粹傻瓜一个！"

如果换个人敢这样奚落我，我会毫不犹豫地用拳头砸扁他的鼻子。可犹太人是我们的"老板"，为了挣钱，我竟学会了忍气吞声，唉！

犹太人身材高大，却显得笨拙，目光骄横，却流露着浅薄无知。他留着两撇向上卷曲的小胡子，经常戴一顶粉红色的卷边平顶羊绒帽，穿着一条让人担心随时会被屁股撑破的牛仔裤。他从城里带来了一个总是调不准弦的吉他，把它当成宝贝，称它为"心爱的姑娘"。每当暮霭降临时，他坐在帐篷外一块样子古怪的岩石上，抱着他那"心爱的姑娘"边弹边唱。平心而论，他的男低音不错，虽有些沙哑，但很柔和，略带点儿忧伤。有时，他的弹唱使人忘记了一天的劳累，沉浸在一种虚缈而又甜蜜的回忆中。那时，你仿佛又看到了童年嬉戏过的长满了小野花的草地和山坡，又听到了从小河那边传来的姑娘们低柔的歌声和窃窃私语，心中顿时涌上一股不可名状的亲切感。可有时，他的弹唱过于伤感，让人想起了生活中的一切不幸，想哭，想喊……

唉，这个家伙！

第二个被引诱的是河套人。这位从遥远的河套跑来的青年，浪漫得无疑有些过分了，我很怀疑他的神经是否正常。他本来在家乡的一所卫生学校上学，却偏偏做起了当诗人的美梦，趁着学校放假的机会，跑到这里来，一边当临时工挣饭钱，一边观风景似的到处游览，写一些谁也听不懂的诗。大概那就是"朦胧诗"吧。据他悄悄向我透露，他准备写一部庞大的史诗，这样就可以青史留名了。

我是这样评价他的：狂热，十足的书生气的狂热！等到生活给了他必要的挫折和教训之后，他就不会这么浪漫了。当年，我和后山人从中专毕业后，比他还狂热呢，我们不留校、不留城，硬是要回到故乡的铬矿来工作，想为草原的工业出一分力，在事业上大显身手。而结果呢，分配到矿上还不到半年，企业整顿，关停并转，铬矿属好大喜功、盲目上马之列，国家发给职工百分之五十的工资，让大家自谋生路。我们成了地地道道的流浪汉，这就是狂热的结局！

不过，我倒挺喜欢幼稚而温顺的河套人，无论从性格上还是相貌上，他都和后山人截然相反——五官清秀，头发天然卷曲，不爱多言，总在沉思默想着什么，即使朝你一笑，也是腼腆的，像个温柔的姑娘。我经常搂着他的肩膀开玩笑地说："你如果是个女的，我说什么也要把你勾引来做我的老婆，妈的，可惜你多长了个东西！"

帐篷里顿时爆出一阵哄笑，他羞红了脸，像涂了一层娇嫩的胭脂。

第三个去和采蘑女接近的是一位从多伦农村来的小伙子。如果单从动机来考察，多伦人的动机倒还纯正，有一半目的是为了让采蘑女帮着补几件衣服。在缝缝补补、洗洗涮涮上，她有求必应，从不推辞，很愿意为打草汉们做这些事情，可又不要任何报酬，这又是一个可疑之处。

接着，第四个……

第五个……

傻小子们呐，我真的可怜你们，看来你们的确没见过女人，不了解什么是女人啊。如果他们稍稍有一点这方面的经验，细心观察一下，就会发现那位采蘑女的脸上布着隐约可见的蝴蝶斑，那件不合身的蒙古袍掩藏着微微隆起的肚子……我敢打赌，她怀孕至少已经六个月了！

虽然我还没把握断定，这位行踪可疑的采蘑女是否有意来勾引我们这帮挣大钱的打草汉，想骗空我们的腰包，但是，现在社会上有些人为了钱，是什么事儿也能干出来的。我好心警告后山人，他却嘲笑我得了"多疑症"。

使我庆幸的是，那位与我患难与共的老同学后山人没有被卷进去。这位老同学在"失业"不久后和妻子离了婚，一直陷入痛苦的泥潭里不能自拔，几乎毁了自己，河套人说他是个"典型的哈姆雷特式的忧郁型人物"。我为了让他忘掉一切不幸，硬把他拉到草山。现在，他早已万念俱灰，对世界上的任何事情都冷漠了，无动于衷了，对女人尤其深恶痛绝，只是一个心眼儿地拼命打草，仿佛在发狠地把体力消耗掉的同时，也能把内心的苦闷排遣光。对于那位采蘑女，他和我采取了同样的态度，不但不去接近，反而有意躲开，即使瞥她一眼，那目光也是鄙视的，冰冷的，令人不寒而栗。

老同学后山人是值得信任的，我放心了。万万想不到，一天夜里，我发现一个黑影悄悄摸向了采蘑女的帐篷。

是谁呢？我回到我们的大帐篷里查点了一下——河套人、犹太人、多伦人、化德人……都在，唯独不见后山人。

啊，问题突然严重了！

3.

"休息啰——"骑着"铃木"驶来的犹太人扯着嗓子喊起来，"吃饭吃饭，吃饱了不想家！"

犹太人送来了午饭。大家懒散地走了过来，围成一圈。

远方的山峦，近处的草场，高远的秋空，都涂上一层秋天特有的、云雾般迷蒙的灰蓝色，显得极为深邃、空旷，使人感到莫名的寂寞和惆怅。牧草在秋风的抚弄下正在收尽最后一丝绿色，一片将要枯萎的淡蓝色的小野花在不停地颤抖着，似乎在向上苍做虔诚的祈祷。

哦，秋天总是令人伤感的。

吃过午饭，我躺到被太阳照暖的草絮上，让已经变黑的肌肤尽情地享受日光的沐浴。后山人依然用沉郁的目光望着远方。犹太人抱着吉他坐在一旁，照例开始了他低沉又富有感情的歌：

什么是生活？
什么是生活？
生活是一支不和谐的歌，
痛苦，寂寞，幸福，欢乐……
这就是生活，
这就是生活……

河套人静静地听完了这支歌后，迷惑不解地望着犹太人问："大老板，像你这样的有钱人也会有痛苦吗？"

"当然，"犹太人摆出一副高深莫测的样子，"我们每个人在一生中都会遇到痛苦的，比如那位老兄吧——"他用下颌点着后山人，"他就让被女人抛弃的痛苦折磨着。"

"你真的和妻子结婚不到半年就离了吗？"化德人冒冒失失地问。

后山人脸上的肌肉痛苦地抽搐了一下，没有回答。

"大家传说的是真的吗？"河套人转过来问我。

我点点头。实际上，我从未见过后山人的妻子，但不知为什么，我一直认定那是个水性杨花的风流女人。

"驯不服烈马，不是好骑手；拴不住老婆，不算男子汉！"犹太人冷笑道，"要我说呐，只能怪自己没本事。"

后山人把脸扭到一边。

犹太人接着旁敲侧击道："聪明的人被荆棘扎了手，就不会再摸荆棘；愚蠢的男人被女人抛弃了，也懂得不再去碰女人。可有的人，哼，连愚蠢的男人也不如哟……"

唔，原来他也发现了后山人的行踪，因此才醋意大发？唉，我这不争气的朋友呀，眼看他被人要笑，叫我该怎么帮他呢？也好，听听犹太人刻薄恶毒的挖苦，他也许能收敛一下自己不光彩的行为呢。

后山人默默地站起来，向草场走去。

"看来，与其逗一逗不会咬人的狗，还不如逼一逼凶狠的野狼呢。"犹太人不肯善罢甘休，又送去一句。

后山人蓦地停住了，转过身子，深凹进去的眼睛里喷出怒火，说："你有完没完？"

犹太人跳了起来，眼里闪着好斗的、快慰的光，说："怎么，要试试吗？哥儿们奉陪！"

我不能再隔岸观火了，忙起身插到他们中间，说："喂，大老板，你不是想和凶狠的野狼拼一拼吗？来吧！"

强者可以征服弱者，这大概是世界上的一个公理。若比起体魄和力量，犹太人绝不是我的对手。

上草山后，我已渐渐改掉了在学校时养成的文质彬彬的气质，喝酒，打架，骂脏话，我并不比其他打草汉差，我若蛮横起来，连恶魔也要怕三分呢。

犹太人早领教过我的厉害，在所有打草汉当中，只敬畏我一个人。此刻，见我发怒，只好悻悻而去。

男子汉的心胸，有时候也会和女人一样狭窄。我本以为这场因争风吃醋引起的无聊的纠纷就算过去了，可当傍晚，我最后一个收工回到宿营地时，却见帐篷前乱成一片。

又是后山人和犹太人！两人虎视眈眈地对峙着，一个手握半截木棍，一个手里攥着锋利的闪着寒光的大钐镰，谁也不敢去拉他们。两人僵持着，简直像无畏的猎狗与恶狼互相窥伺着，等待机会伤害对方。看来，为了女人，男人可以丧失理性，变成可怕的野兽，而这远离城市的荒原，又使这帮打草汉回到了那野蛮的年代。

这一次，连我的干涉也不起作用了。没想到后山人动起怒来是谁也劝不住的。正在这难解难分之际，忽听得远方传来一阵女人的歌声，轻柔而又充满真挚的感情，如行云流水般流过荒原，流过天空。真是奇妙，这歌声竟使喧闹纷乱的打草汉们安静下来。后山人不知不觉地垂下木棍，河套人不由自主地放下手中的大钐镰。我注意到他们两人那凶悍的目光渐渐起了奇异的变化，就像两个在教堂里听到庄重的圣乐而被感化了的信徒，那野性的好斗的凶光消失了，代之而来的是惭愧和犯罪般的惶惑不安。

走在平坦的草原上，

有时也会遇到泥泞，

爱人呀，倘若遇到什么不顺心，

也不要弄脏纯洁的心灵，

快走出泥泞，

快走出泥泞，

迎接你的是热情的微笑，

诚实的眼睛……

哦，是她，那个采蘑女？她竟用甜美的歌喉，平息了一场几乎不可避免的恶斗。但是，我作为一个清醒的旁观者，深知更大的危险还隐伏着，只要她那顶白色的小帐篷一天不从灰腾塔拉草山上消失，我们这里就不会有一天的安宁！

我决定亲自去会会这位采蘑女。

　　φ.

第二天清晨，我带着一脸寒霜走向那顶白色的小帐篷。

瑰丽的朝霞把胭脂般娇艳的色彩绣在那顶洁白的帆布帐篷上，颇像一幅色彩浓郁的俄罗斯油画。采蘑女坐在帐篷外，沐浴在不停变幻着的霞光中，刚洗过的乌发湿漉漉地披散下来，像一道优美的黑瀑布，凝视的眸子里流露出深切的忧郁。这个神秘的女人啊，她有什么可值得忧虑的呢？

"噢，是你啊，鹿哥，真是稀客啊。"采蘑女站起来，笑吟吟地招呼道，"有事吗？"她的声音柔和动听，能使人心头涌上一阵亲切感。

"唔——"我一时反倒不知该怎么开口了，脸上的寒霜顿时消融了，有几分局促不安。哦，这个女人难道真有对付男人的魔法？

我沉默着，感到十分尴尬。

"里边坐吧，鹿哥，刚烧好奶茶。"她热情地邀请道。

"不！"我努力使自己的口气威严而冰冷，并在心里告诫自己——你是为所有打草汉才到这里来的，无论她如何花言巧语，你一定要铁石心肠。

"你听着，立即从这儿搬走！"

"什么？"她惊疑地望着我，大概怀疑自己听错了，"搬走？"

"对，立刻就走！"我一字一顿、清楚明白地告诉她。

"为什么？"

"不用装傻，你心里明白！"

"你有什么权力给我下命令？"

"是草山上打草汉弟兄们派我来的。"

"我不信。"

"少啰唆，赶快收拾东西，愿意去哪儿就去哪儿，否则，别怪我不客气！"我蛮横地挥了挥拳头。

她沉默了好久，慢慢抬起头，用幽幽的目光盯着我，声音柔和而坚定："你错了，鹿哥，应该走的是你和后山人，你们不应该自暴自弃，在生活中刚受到一点打击就悲观绝望，把自己的才华和理想都抛得一干二净，躲到这荒原上想与世隔绝，你们难道真打算一辈子这样混下去吗？你们在工业学校发奋读书，难道就是为了今天当一个粗野的流浪汉吗？你们应该回城去，应该主动地、勇敢地去寻找自己的人生位置，让自己的价值发挥出来。你们是男子汉，不是懦夫！"

肯定是后山人把我们的一切都告诉了她，瞧她，装出一副悲天悯人的样子，竟敢对我做滔滔不绝的说教。我们是被社会抛弃的人，谁需要我们？我们的失望，我们的苦闷，她懂吗？她怎么能理解这一切呢？她有什么权利来教训我呢？我的心绪突然变得烦乱暴躁起来，不再和她多言，跳过去动手拆那顶小帐篷。我的样子当时一定很可怕，她先是吃惊地望着我，一声不响。突然，她冲了过来，挡在我面前，说："野人！"她的脸已没有一丝血色。

"闪开！"我怒不可遏，像喝多了烧酒。

她一动不动地说："野人！"

顿时，她娇小的身体被一股可怕的力量弹了出去，重重地摔在帐篷那松软的帆布上。她无力地呻吟了一声，捂住肚子……

就在这时，我觉得自己背后受到沉重的一击，身体摇晃了一下，但没有倒下。我吃惊地回头望去——

啊，是后山人！是他从后面袭击了我。他像一头受伤的、愤怒的公牛扑上前去，搀扶起采蘑女，用恶狠狠的目光盯着我。许久，他才从牙缝里吐出几个字：

"她是我的妻子——辛娜！"

5

起风了。

风像一匹发怒的野马在帐篷外狂嘶着，它以巨大的蛮力不停地撞击着帐篷的帆布。吊在半空的马灯晃来悠去，帐篷里的光线忽明忽暗。坐在里面，总觉得是坐在一叶摇摇晃晃的小舟上，而外面却是惊涛骇浪般的大海。

我的心乱极了，原来那采蘑菇的女子是我好友后山人的妻子！这是我无论如何也没想到的。她在后山人最需要安慰和支持的时候抛弃了他，现在，又跑到这儿来干什么呢？

我百思不解。

后山人坐在帐篷正中，低着头，棱角分明的脸庞如铜铸那般冷峻，像一个准备接受严厉审判的囚犯。我们十几个打草汉默默地看着他，每个人的目光都是严肃的，沉重的。

"讲吧！"犹太人俨然像个法官。

"她是剧团的演员。"后山人的声音低缓而干涩，"我中专毕业那年，经人介绍和她认识的。我喜欢听她唱歌，后来当我发现我的生活中如果没有她的歌声我就活不下去的时候，我就和她结了婚。婚后，我们的感情还不错。"

"你真幸运，找到这么好的妻子！"多伦人赞叹道，"可你们为什么又离婚了呢？"

"实际上，从法律上来讲，我们还没有离婚，因为我们没办离婚手续，她不同意……那是八个月前，唔，就是我们铬矿刚下马的时候，我因为工作问题没着落，悲观绝望到极点，简直想去自杀。为了暂时忘掉那些烦恼，我每天都要到街上的小酒馆去喝几杯，直到很晚才回家。她竟不理解我的苦衷，我每次回来后她都要和我吵，和我闹，骂我是没出息的懦夫，窝囊废。"

"她当然不能看着你堕落成一个不可救药的酒鬼。"化德人愤愤地说。仅仅一天的时间，他好像变了一个人，不再用仇视的、妒忌的目光对待后山人了，而换上了一副男子汉常有的仗义执言的样子。

"后来，她突然不和我吵闹了，每天在外面疯跑，不知忙些什么。时间一长，我起了疑心——社会上关于女演员的风流韵事已经不少，她们这一类人的虚荣心都很强，一个失业的丈夫对她们来说，当然不再会是块光彩的招牌，谁敢保证辛娜不会瞒着我去另寻新欢呢？我跟踪她，发现她总是到一个男人家里去。那男的是个厂长，长得很魁梧、很有男人味儿……"

"你有什么证据吗？"多伦人紧张地追问，"这种事，可万万不能瞎猜疑。"

"我不想为这种丑事去找什么证据。可是，有一次，那位厂长夫人找上门来了，她点着我的鼻子警告我说，如果你不管住你老婆，再让她到我家去偷鸡摸狗，我就打断她的腿……"

"你怎么能信她的话呢？城里像这样的醋坛子女人多着呢！"河套人不满地插话道。

"可我当时什么也没想，一气之下就离开了家……"后山人垂下头，略有悔意地说。

"她是为了找你，才上草山来的吧？"化德人问。

后山人点点头说："她劝我回去，她说她去找那个厂长，完全是为了我和鹿哥的工作问题。"

"借口！"我冷冷一笑，"女人的话是残冬的雪，灌进你的耳朵，就会冻木你的心。我看这里面的事情复杂着呢。"

"是你把问题想复杂了，"后山人冲我说，"我看她不是那种女人，她的心比额吉淖尔的湖水还明净。她能从那么远的地方赶着牛车找到草山上来，就说明……"

"说明什么？"我打断后山人，"说明她的忠贞？说明她有情义？说明她肚子里的那个孩子是你的？不，什么也说明不了！假如那位厂长抛弃了她，她难道不会后悔吗？我不相信世界上真有这么痴情的女人。"

"我相信！"化德人激动地嚷嚷起来，他完全站在后山人一边，"鹿哥，你把女人想得太坏了，生活给你的胸口刚涂了一点寒霜，你的心就冻得这么冷冰冰，鲜花在你心里变成了毒藤，美玉在你心里变成了砒霜……"

接着，河套人、多伦人、犹太人和其他打草汉们都纷纷指责我，说我头脑发了昏，丧失了理智，说我得了多疑症，怀疑世界上有美好的、真实的东西存在。

我再也无法忍受这众多的唇枪舌剑了，跳起来吼了一声，简直像野兽在咆哮：

"住口！我的眼睛曾经过草原上的暴风，还能分辨出骏马和劣马。后山人，你如果相信那女人的鬼话，那你立刻跟她回去好了，我决不阻拦。我，宁可死在这草山上，也决不回去！"

大家立刻沉静下来。帐篷外，像有成千上万只发疯的饿狼在号叫着，似乎顷刻间就会把帐篷撕成碎片。马灯加快了晃悠的频率。

帐篷的门帘忽地被撩开了，伴着一阵猛烈袭进的夜风，辛娜出现在门口。在昏暗的油灯下，她显得那么端庄、美丽，像一尊高傲的、不可侵犯的女神的塑像。她望着我平静而坚定地说：

"你一定要回去，参加招聘考试，有个厂子正缺你们这样的技术人才。马鸣（后山人的官名）、鹿哥，我不能看着你们毁了自己，你们一天不走，我就一天不离开草山！"

6.

匆匆南飞的雁群好似一支逃难队伍，拖着凄凉嘶哑的啼叫从头顶掠过，给空旷无际的蒙古高原带来了无限的萧瑟和寂寥。

深秋了！

一片牧草在我面前倒下了，但一片更茂密的牧草又涌了过来，仿佛这荒原的草浪是没有尽头的，它已经紧紧包围了你，吞没了你，任你怎么努力也走不出这莽莽苍苍的大草甸子。

我忽然恐惧起来，扔掉手中的大钐镰，颓然跌坐到草絮上。现在，我成了一个彻底的孤独者。昨天，我最信赖的朋友后山人真的离开了我，回城去参加招聘考试去了。

辛娜却没有走，她真的留下来等我回心转意。眼看她的肚子一天天大起来，我的内心矛盾极了，简直不知道该怎么办才好。

一阵马达的怪叫，眼前飘起一片呛人的黑烟。

又是令人讨厌的犹太人。他从"铃木"上跳下来，在我身边坐下了。

"老鹿，我想和你认真严肃地谈谈。"他的神情十分严峻。这些天他一直沉默不语，似乎在思考什么重大决策。

"你知道，辛娜为了等你回心转意不肯走，她的身体……我认为你没有必要也没有理由继续留在这里。明天早晨，你和辛娜一块儿回去吧。"犹太人的口吻是毋庸置疑的。

"如果我不肯呢？"我冷笑道。

"我会让你执行的，因为，你被解雇了。"他骑到摩托车上，注视着远方。

"凭什么？"我激愤忿地跳了起来，"你算什么，一个下贱的包工头，有什么权利解雇人？"

犹太人满不在乎地一笑，说："我有自主权，因为我是大老板。"他发动了摩托车，又回头说，"工钱我已经替你们算好了，每人多给你们算一个月的。当然啰，如果回去确实找不到工作，再来找我，依然欢迎。"

"铃木"得意地吼叫着远去了。哦，该诅咒的犹太人，终于让他找到了一个报复的机会，可我是绝不会在他的淫威面前屈服的。

第二天一大早，犹太人让几个打草汉替我捆好行李，他亲自帮辛娜拆帐篷，套牛车。当一切东西都装上牛车时，他惬意地对辛娜挤挤眼说："瞧，对待老九们，只能用强制的办法，必要时可以把他捆起来！"

辛娜快活地跳上牛车，望了我一眼，开心地笑了，说："瞧你这失魂落魄的样子，简直像个俘虏，喂，上车，走啰——"

笨重的车轮开始慢慢地向前滚动了。犹太人骑着"铃木"紧紧地跟在后面，那模样真像在押送囚犯。该死，原来他们早串通好了，逼我就范，等着瞧吧!

走出很远一段路以后,犹太人才掉转车头,向我们摆摆手说:"不远送了,祝你们好运气!"

昨夜降了一场秋霜,灰绿色的草叶上挂了一层霜花。阴云正从天边往头顶上空漫卷而来。令人讨厌的秋雨又来啦!

"鹿哥,我本来不想用强制的手段来对待你,也不想管你的闲事,可谁让你是我丈夫的好朋友呢。"辛娜用一根树枝打着牛,似乎怪它走得太慢。她脸上洋溢着幸福的憧憬。"何况,我也快到日子了……啊,真不敢相信,我也要当母亲了……"

我根本无心听她的絮絮叨叨。俯首帖耳地听从一个女人的摆布,对我来说是莫大的耻辱。我不再犹豫了,迅速跳下牛车,向草山方向奔去。

"喂,鹿哥,回来——"身后响起辛娜焦急的呼唤。

我连头都没回,步子越走越快,任凭那个孤零零的女人的声音在荒原上久久回旋着。

秋雨很快打湿了我的衣服。在一个山坡顶上,我忽地听到身后传来一声惨叫——

正在追我的辛娜从山坡上滚了下去……

7.

帐篷里,撕裂肺腑般的叫喊像刀子一样扎在我心上。我紧紧地咬住自己的下唇,嘴里隐约觉出一股咸味儿。

那是我的血流进了肚里。

一切都由我引起。我承担着心灵上巨大的痛苦,在凄风苦雨中战栗着。在把难产的辛娜送入帐篷后,幸亏化德人在卫校学过一点接生知识,他消毒之后上手了。

我们就这样久久地在雨幕中呆立着。犹太人从昨天黄昏时就骑着"铃木"到公路边拦截汽车去了,可直到现在还没回来。雨大路滑,莫非他在途中出了意外？

大汗淋漓的化德人从帐篷里奔了出来。

我们忽地围住了他。我紧紧抓住他的肩膀，手在剧烈地颤抖着，问："怎么样？"

他颓然垂下头，忽然像孩子般伏在我的肩头失声痛哭起来，说："我真没用，真没用啊……"

黎明的荒原正用它阴郁的色彩描绘着这不寻常的一天。秋雨还是不停，似乎是上苍在用无尽的泪水来洗涤人世间的哀怨。

帐篷里，那痛苦的呻吟如暴风一样传出来，猛烈地袭击着我懊悔的心灵。

世界上的一切声音都从我耳边消失了，我拼命摇着化德人，声嘶力竭地喊着："你一定要再想想办法，好兄弟，求求你，我求求你！你能救活她，你能！……"

我跪倒在化德人面前。

化德人抹去脸上的泪水和雨水，点点头，说："我再试试！"

他一转身又跑进了帐篷里。

又一个小时过去了，我由于过度紧张，神经几乎要崩溃了。这时，蓦然听得帐篷里传出一声婴儿的啼哭声。那啼哭声兴奋而嘹亮，仿佛在向人世宣告：经过母亲痛苦的分娩，又一个生命终于诞生了！

我们的喜悦是无法形容的。我们欢呼着，跳跃着，把浸透雨水的帽子抛向空中……

面色惨白的化德人忽地冲出了帐篷，失神落魄地望着大家。片刻，他才用颤抖的、几乎听不见的声音说："她……产后大出血……"

半个小时之后，一辆大卡车风驰电掣般驶上了草山。犹太人和后山人从车上跳下来，吃惊地注视着我们每个人，问：

"怎么样，她？"

没有一个人说话，迎接他们的是沉默。

帐篷里传出婴儿的啼哭。后山人的眼睛里放出光彩，说："孩子？啊，这么说……"

"嘿，老兄，当爸爸啰，祝贺你！"犹太人兴奋地给了后山人一拳。

看着他欣喜若狂的模样，我的心在汩汩流血——哦，不，不！谁能承受得住如此无情而沉重的打击啊！

后山人走到我面前，掩抑不住内心的喜悦之情，取出一张红纸递给了我。

"招聘书？我的？"我简直不相信自己的眼睛。

"对！回城后我才知道，全亏了辛娜东奔西跑，那位厂长才调阅了我们的人事档案，决定不用考试就招聘我们。"后山人一脸愧疚之色，"可我却错怪了她，离开了她，真对不住她啊……"

一瞬间，我再也无法控制自己的感情，早已被痛苦麻木了的大脑突然活跃起来，如电影镜头一样，闪现过那顶三角帆似的白帐篷和辛娜轻柔动听的歌声；闪现过她在风雨交加的荒原上踽踽而行的身影和分娩时强忍痛苦的呻吟……是啊，生活中有阴暗的一面，可是，我为什么却没有看到另一面呢？

那珍珠般闪光的品质，那崇高伟大的人性，那热烈执着的爱情，不就发生在我身边吗？我为什么会视而不见，却把整个世界看得混浊一团呢？

雨后的荒原在熹微中显得那么广阔深邃，犹如母亲张开了她那慈爱的怀抱，正准备去拥抱万物；也许，任何一个不幸者只要投入到那静谧的怀抱中，痛苦就会得到解脱……

我疯狂地奔跑起来，手中紧紧地攥着那张红色招聘书。泥泞在脚下飞溅，我漫无目的地跑下了山坡，跑到草场上，扑倒在小山一般的草垛上，把头埋在曾经被我们的汗水浸湿过的牧草上，任凭那再也抑制不住的泪水尽情地流淌出来。

哦，荒原母亲，请接受一个新生儿的经过净化的热泪吧！

我缓缓抬起头，向草山营地望去，只见后山人和犹太人正向帐篷里走去。寂寥的荒原上，我清楚地听到那刚刚诞生的幼小生命的哭声。

那哭声渐渐雄壮起来，竟变成一支由各种旋律汇成的交响曲，演奏着生与死的欢乐和悲哀，表达着人生未来美好的祝愿和由弱渐强的希望……

老　树

原载《天津文学》

　　山坳里有一汪泉，一米来深，清得见底儿，被半弯儿岩石抱着，像口天然浴缸，于是便有女人来洗身子。说是那泉灵性，洗了身子可得贵子。

　　葫芦峪的小媳妇们羞羞答答，三三两两，结伴儿来洗。她们臊红脸颊，脱去衣裳，遮遮掩掩下了泉。水刚好漫过奶子。自个儿低头看去，浸在泉里的奶子像一对儿胖头鱼颤个不停，想游走。凉津津的舒畅从那地方扩散开，不一会儿便全身舒畅。媳妇们渐渐少了顾忌，好奇地看别人的身子，掩嘴"哧哧"地笑。

　　"咋生就的那身细皮嫩肉哩？看着都让人心疼。"

　　"有人比你更心疼呢……"

　　"死三菊儿，当心烂嘴巴！"

　　"瞧那儿哟，白馍馍样儿，鼓鼓的，让俺摸摸……"

　　"死货，想摸，摸自个儿的。"

　　"布袋子似的，有啥摸头儿！"

　　"是不是让男人吃大的……"

　　"哎哟，破女子，你才是呢……"

便乱撩水，便笑，甩着湿漉漉的头发。水星星落回到泉里，雨点溅上去似的。

日头暖烘烘地照着，泉边热起来。有一朵云泊在北山顶上，懒懒地移着。从山坳外边的田野上，传来几声牛叫。接着，隐隐有汉子用扳倒山的嗓子丢两句山曲儿过来。

媳妇们也不急着穿衣裳，趴在光溜溜的岩石上说笑，白生生的身子像水萝卜剥去红皮儿，在阳光下舒展地摊开，等身上的水分蒸干。耐不住热的，就躲到树荫下，去看那树。

都说是一棵千年老树，可谁也叫不出树名儿。那树长得日怪，不高，也不粗，却是光溜溜的，细皮嫩肉样儿。离根约一米高的树干上冒出根三寸见长一把来粗的权儿来，毛茸茸的，朝斜上方挺挺地撅着。

"豆儿，抱抱看。"

"咋地？"

"说这树是观音娘娘丢下的一根弹圣水的柳枝儿化成的，是圣物哩。光洗澡，不抱树，不灵！抱了树才能怀上呢！"

"真格的？"

"日哄你做甚！"

"抱就抱，又不是个男人，怕它！"

那叫豆儿的小媳妇就搂住树干，身子贴过去。只过了一会儿，身子忽地抖了一下，过电似的，忙松了手，慌慌离开那树，扯了衣衫来遮羞，脸儿却是红扑扑的，像喝了浓酒一般。

"咋的哩？"

豆儿也不说话，披了衣便走。小媳妇们一起笑，野声野气的。

媳妇们在山坳里说笑那时，坳顶一面坡上走过一个担挑子的串乡的铁匠。铁匠的脸儿太黑，锅底儿似的，让谁也看不出他有多大年龄。铁匠的衣裳太旧，让谁也猜不透他是哪方水土的汉子。担子一端挂了一串儿马蹄铁。那些月牙形的、蓝幽幽的马蹄铁在颤颤悠悠中响得分外快活。

汉子不停地走，身上有的是力气。走远路的汉子都没往山洼里瞅上一眼，只一个心思地走路。

马蹄铁响得快活而有韵律。

马蹄铁响过了四十年光景……

推开屋门儿，见男人正圪蹴在炕头上熏烟。满屋子的烟雾呛得她往后倒退了一步。

粒儿不愿意回这个家。

"洗过哩？"男人问。男人瘦得像个猴儿。

粒儿点点头。

"咋说，能给老子生个儿吗？"男人乐时露一嘴大黄牙。

"等着吧！"粒儿扭扭屁股，去堂屋洗锅。

男人絮絮叨叨的声音传过来："明个儿，我和大刘庄的刘老狗去蒙古草地贩一趟羊绒，一次就能打闹几千元呢。有了钱，老子带你进城看看是甚病……指望那泉显灵？尽想美事！都啥年头了，还迷信……"

烟从屋里涌出来，呛得粒儿掉泪。粒儿关了门，那音儿断了，烟儿也断了。

粒儿软软地倚在门框上不想动。闭眼，细思量——唉，人还不如棵树哩！

猛一愣，惊醒来——婆婆不知多会儿如影子般飘进来。

婆婆的目光贼亮，照得粒儿浑身痒痒儿。粒儿掩饰不了腮上那两片桃红。

"到底还是去哩？"婆婆恶声恶气。

夜黑如墨。

窗棂上的方框子里缀着两三颗星。牛的倒嚼声像有一盘石磨儿滚。

"啥时辰了？"

粒儿睡不着，把身子咋放也睡不着——仰着、爬着、横躺、竖卧、蜷着如虾、团起如花……便推搡身边昏睡的死鬼——男人缩成一团，涎水流在枕上。

"活死人啊！"

男人只是不情愿地翻个身，把光光的脊背丢给她，梦呓般嘟哝了一句："碰……一条……胡啦……胡球的哩——两个花儿，门前清……"

好寒碜的脊背，脊椎上的算盘珠儿刀棱般顶起，历历可数。昏暗中那上面印满了无奈。

她忽然觉得全身抽搐，胳膊腿儿开始变硬，似有种力量将小腹顶起来，完全不由自己。她惊惧地望着——一座白净浑圆的山峦正在缓缓拱起、微微震颤。

哦哦……

婆婆跑进来，用扫帚疙瘩把活死人打醒："还不快起，俺的好神神！你女人魔妖附体哩！"

"咋？也染上那病咧？"男人迷迷瞪瞪地揉眼。

婆婆骂："没用的东西，想媳妇要媳妇给你个媳妇不会受用，跟你爹一个德性……快给她揉揉！"

男人惊呆呆地张大嘴，说："要死啊……"

"死不了！"

说是村儿里不少女人染上那病，都是容颜姣好的小媳妇儿，都在夜里突地发作，挺腹撅肚，浑身痉挛，四肢僵硬，脸蛋蛋上竟是种痴迷如醉的神情。

没人能诊出是甚病，就都说是魔妖附休，便画符驱妖。过了两三日，一个个竟都自个儿好起来。病好后，都羞羞答答，欲言又止。问得紧了，只吐半句：那可真是个好去处……再问，死也不说了，只是脸儿红扑扑地笑。

魔妖的去处让女人着迷？天下怪事！

粒儿婆婆肯定地说："祸水儿是山坳里那汪泉，祸根儿就是泉边那棵老树——凡是洗过泉抱过树的女人莫不染了这怪症！"

可不，村里人心里算计，觉得在理儿。

婆婆说："祸根儿要铲，祸水儿要除，谁去砍了那树，为全村立一大功？"

众人面面相觑，散去，竟无一人自告奋勇地去砍树。那是圣物哩，岂是凡人砍的？

婆婆满面悲凉无奈，叹气。

婆婆是过来人，有些事儿心里清楚。婆婆年轻那会儿，也像粒儿长得娇娇嫩嫩，一掐能冒水儿。粒儿嫁汉，五年不孕，外人都不知是男人无用——自家偷偷在山洼洼里种了罂粟，熬了烟膏，越抽越瘦，最后成了一把骨头。儿子不行，却道是粒儿的毛病。粒儿年幼，不省事，也以为自个儿侍奉公婆不够，伺候男人不周，观音娘娘不肯赐子，故此后愈加小心，暗暗祈告观音娘娘早送贵子。

无奈心诚亦不灵，总不见一男半女怀上，好生心焦。

忽一日，正于田垄劳作间，神情恍惚，昏昏欲睡，恍若见一团浊气扑来，幻化成一人形，虬髯美须剑眉，虎背熊腰龙臂，好一男儿！黄昏，田野寂静无声。粒儿只觉倒海翻江，妙不可言，真正做了回女人。待浊气散尽，懒懒于田垄上立起，筋酥骨软，倍觉受用。此后，肚子竟一日日涨起来，喜得全家莫不欢欣鼓舞。

五月之后，忽一日觉肚疼难忍，在炕上翻作一团。婆家只当是临盆早产，慌忙搬了接生婆来。接生婆手忙脚乱，足足忙了一夜，凌晨时却见一股浊气排出，幻化不定，如灶里冒出的烟儿一般，扑卷着从窗棂上飞去，浊气间，恍若夹杂着婴儿啼哭，声弱如蚊，只粒儿一人听见。再看粒儿的肚子，气尽而干瘪，恢复如初。全家人空喜一场，好不扫兴，个个拂袖而去。粒儿自觉惭愧，足足哭了一天一夜。

隐约听得女人间谈起过山坳里那泉那树的灵性，便动了心思，有了念头。一日，换了素净的藏青小袄，用一块藕荷色的方巾包了头，自称回娘家小住几日，就独自骑了毛驴儿上路。待走在荒野上，瞅定后面无行人，前方无商旅，便下了路，直奔山坳而去。

日头落后，山坳里静得温柔。泉被太阳暴晒一整日，暖得淫荡。没有风，间或有飞鸟影儿般掠过去，消融在山坳的黑影最浓处。

粒儿脱了衣裳，暮霭迷乱的山坳里便多了一团玉石似的柔光，飘飘忽忽，白净得透明，即刻被一汪黑水淹没。黑水间恍若有磷光闪烁，变幻着千姿百态的曲线。

隐约听得村子里的牛吼狗吠，女人吆喝娃儿声。和着那曲儿，传来一声让人听了凄惶的野调儿：

> 不是没那心呀亲肝肝，
> 只是没那胆呀亲肝肝……

浸在水中的粒儿听那曲儿，听得痴了，把脸儿仰起，枕在水上，乌发乱丝般漂荡开来。

> 不是没交好运呀亲肝肝，
> 只是太多苦命呀亲肝肝……

粒儿的泪蛋蛋滚进泉里。泉温存地溶了它。粒儿懂得了：苦命人没好运，天不见怜，地不见爱，此生纵有花容月貌又有何用？还不如那行乞老妪自得其乐呢。

粒儿从滑溜溜的礁石上爬上来，挂了一身水珠儿去搂树。搂着搂着，喘息渐重，颊儿泛起桃红，粒儿把身子更紧地贴过去，像一条紧紧缠绕在树上的白蟒蛇。

她不知道有一双阴冷的眼睛在死死盯着她。她那时啥也不知道……

婆婆不睡觉，放把小木凳在当院，搬块磨石来磨斧头。斧头锈得紫红，不知多少年没用过了。婆婆聚精会神地磨着，神色专注而又庄严。"嚯嚯"的磨斧声响彻了农家院落的上空。

"娘，你在做甚？"粒儿的男人赌罢归家，惊愕而视。

"没用的儿哩！"娘愤愤叹息。

"磨斧子，要砍谁？"儿子依然惊悸。

"儿呀，明个儿，给娘把寿木预备下，等娘有个三长两短，你就……"

黄土坑梁上又有那串乡铁匠的影儿。

铁匠不再挑担儿，牵了一匹骡子，锤、钻、钳、砧、风箱等家什都驮在骡子背上。小母骡子很温顺，默默地跟着他走。

汉子黑得有样儿——脸盘儿、手、衣裳、鞋子都是一色儿的黑，只有牙雪样白。身上，走哪儿都带一股烧炭味儿。这味儿，好闻。

一串儿马蹄铁在骡子背上晃悠来晃悠去，一直晃悠进山坳里。

那时粒儿还躺在泉旁的岩石上。

石上有厚厚的苔藓，毛茸茸的像毯子。粒儿舒展地摆放好四肢，静静地望天。粒儿爱望天上的浮云，它们变来变去，奇妙无比，想什么就有什么。粒儿看见了奇险巍峨的冰山雪峰、狂涛卷涌、仙女舒袖、碧波轻舟、烽火狼烟、罗汉变形、虬龙逐日、美髯皓目……

恍恍惚惚中，却见一团浊云垂落而下，幻化人形，吹云拂雨，无限温柔。粒儿挣扎不得，只见一道黑亮之光照耀天际，将她抛入云山雾浪之中，沉浮跌宕，无休无止。

粒儿知道那是魔妖附体，难以摆脱了！

天儿微明时，婆婆进了山坳。

婆婆手执利斧，神情庄严。其时山坳尚暗，细雾轻荡，一石一木正在苏醒。走着走着，恍若走回到四十年前的光景。那个叫豆儿的痴根孽种儿偷着前来洗浴，后来就出了那件不可告人的事儿。幸亏无人撞见。她得了贵子，有了传宗接代的资本。此后再也不敢往山坳里来了，虽然有那渴望。

走着走着，忽看见那汪泉泛着敌意的冷光，那棵树滴着淫欲的翠绿。

这里倒真是个好去处！

婆婆蹑手蹑脚地走着，生怕踩住了什么。树越近，心儿越是慌慌地跳。

砍了吧！

砍了吧！

砍了吧！

陡然勇气倍增，向那树扑去。在树下立稳时，就猛地挥斧，朝树的根部砍去。

"嘭……嘭……嘭……"

山坳里的回声格外响亮，像神灵从四面八方怒吼。

婆婆更加疯狂地砍伐起来，边砍边凶狠地诅咒着什么。白嫩嫩的木屑纷纷扬扬，溅向四方。树脂流出，晶莹如泪，凝于伤处。一股奇异的香味儿浓浓淡淡扩散开来。

砍倒一棵树原来竟是这般容易。最后一斧落下时，那树似乎由于疼痛而"吱吱咯咯"地哼了一阵子，轰然倒下了。

树躺在泉边。

不过是普通的木头罢了，哪儿有一点儿神灵之气？它横躺在那里，是一副呆笨的可怜相儿。

她得意地笑了，如骑士般潇洒地骑在树干上，将那枝枝杈杈全部砍光，抛进水中。干这种事儿真是惬意！一棵树不知长了几百年，可她在顷刻间就能把它毁灭，让它支离破碎。她觉出自己比树伟大。

日头冒出时，她已将一整棵树肢解完毕，又把一大包耗子药投到泉里。泉水变成浅红色，如生铁锈。

一切都干完时，她朝太阳走去。

苍老而丑陋的身影在太阳的光斑中隐没了。

粒儿进院儿，已是晌午。院子里热闹非凡。粒儿吃惊不小。

"干啥？"她问站在院当中吆五喝六的男人。男人正指挥三个木匠锯木板，刨木板。木板挺长、挺厚。刨花儿满院乱窜，似有生命的小活物儿。

"给娘打寿棺哩！"男人满面春风。

"咋说？"粒儿以为男人胡诌。

"娘让的——打棺材！这也不懂！"男人不满地翻白眼儿。

"可娘不是活得好好儿的吗？莫非……"

"难说哩！一大早就进了山坳，带了斧头。斧头磨得好快哟！"男人说。

"咋说？她要砍树？"粒儿浑身一激灵。

"可不！娘也要露一手让你瞧瞧呢！"

"那可是圣树呀，灵性得很！"粒儿的神色大变。

"要不娘让给她打寿棺呢！"男人说着，就又去与木匠们磨牙。木匠们说笑得挺开心，倒不像打棺材，像做家具。

粒儿就去抱了柴草做饭。她呼呼地扯着风箱，火苗苗一喘一喘地舔着乌黑的锅底儿。粒儿心神不定，险些让窜出灶腔里的火苗苗舔了脸。

一直等到天傍黑，也没见婆婆回来。

粒儿料定凶多吉少！

好像无论啥时辰，都能看见那串乡铁匠在赶路。他总是在走，没个停歇时。走热了，他就把贴身小褂儿脱下，搭在肩上，肤色和衣服相差无几。胸脯子硬邦邦地鼓着，肩膀胳膊上都是疙疙瘩瘩的肉，生铁块般硬，一戳能起火星星。

汉子黑得洒脱，脸盘儿并不粗糙，棱是棱，角是角；宽额厚唇，膀阔腰圆。汉子有的是劲儿，不牵骡子不挑担，推一辆独轮车踽踽而行。铁匠炉盘踞在独轮车上，十八磅大锤大炮一样斜立着。

汉子从不往山坳里瞅一眼。

那串儿马蹄铁响得愈加孤独。

一干人簇拥着粒儿进了山坳。灯笼火把满山明，为照亮儿，更为壮胆。粒儿心中凄惶，嗓音儿颤颤的如一片蝉翼：

"婆——婆——哎——"

无人应。

声音被吸进一个深深的洞里。

一干人拥到泉边，灯笼火把照过去，一时没了动静。

铁锈色的泉水里，浸泡着纷乱的树枝、树叶、树干、木屑。不用细看，也能立刻看见一具白晃晃的物件儿浮出水面，似两个白蘑菇翻开，微微晃悠，不慌不忙，竟也是一种雅致。

那是裸着的婆婆！

正午，天热得让人发慌。猫儿狗儿都躲到阴影里睡觉了。粒儿的男人在守灵，瞌睡得不住打盹儿。棺材已漆好，大红色。停尸待殓，最忌猫儿狗儿靠近。若炸尸，尸体会跳出棺材死死抱住活人不放。守灵人便要好生看住猫儿狗儿。

正懵懂间，男人从似闭非闭、似睁非睁的眼里隐约见得有一条白蹄虎撞来。男人大骇，睁眼细看时，那白足大虫原是一只猫，毫无顾忌，优哉游哉地从棺下穿过，飘然而去。

却未炸尸，只是静得有点儿瘆人。

猴儿般的男人慌忙伏地做猫状，从棺下爬去，边爬边喊："娘哎，那不是猫儿，是我呀，你老人家歇歇心儿……"

棺材里果然似有"吱吱咯咯"的响动。

男人越发酷似猫状，在院子里轻捷地爬来爬去，嘴里"喵喵喵"地叫个不停。

满村人都听见了猫叫。

一晃过了一夏。又一晃过了一冬。清明过后，天气一天天热起来，到处都飘着泥土潮湿的气味儿。解冻的日子过去了。

粒儿暗忖：也不知那汪泉化了没？可惜了那一汪绿水哩！

抽个空儿，粒儿穿了素净的衣装，用红纱巾包了头，挎个篮篮出了门。毛驴儿一路蹦跳。峰回路转。粒儿瞅见前无行人，后无农夫，就让驴儿拐下了道，径直往山坳而去。

毛驴儿一路碎步，踩软了草地。

山坡上已有淡淡的绿。云极淡，是个无风的好天气。粒儿进了山坳，四下一瞅，就呆住了——

半弯儿岩石抱一汪泉，水绿得像玉。

泉边，环绕着种了一行小树。

那新栽的树极矮小杂乱，大都是从泉里捞上来的那棵树的残骸。高矮参差的树杈就那样栽着，却都冒出了新绿。几片嫩叶儿刚刚舒展开，娇嫩胆怯得不行，又略略卷起些，似合非合，煞是让人怜爱。

树，又活了！

真是一个好去处！

粒儿看得呆了，咋也想不透种树人是哪一个。莫非是自个儿长上的？树又活了，泉又净了。水有灵性，树更灵性呢！

粒儿的肚子圆圆的，藏不住了。

再不见那串乡铁匠的身影了，兴许是去了更远更僻的乡村角落了吧。

山坳里少了那串儿马蹄铁的响声，却多了些寂寞和孤独。然而，春天里毕竟还有些别的声音，诸如鸟儿洗涮羽毛声、花蛇蜕皮声、野杏花绽蕾声、獭子或獾子的刨土声。不久，到了落雨时节，还会有"轰轰隆隆"的雷声……

可是粒儿还是感到伤心落寞——等那些树芽树杈长成一棵棵大树，还得很多很多年呢！

油菜花开满地黄

原载《草原》

1.

细雨迷蒙中，在冬日或春天看上去粗糙而野性的北方荒野，一会儿成绿，一会儿鹅黄，不知不觉中，铺展了一层郁郁葱葱的绿，一直铺到远方那道虚缈低缓的山梁上，与山那边的蒙古草地相衔接。

风从蒙古草地吹来时，那层层叠叠的绿浪便迷乱人眼。山梁顶上有一匹白马迎风而嘶，长长的马鬃和马尾就飘起来，像一幅画儿。

细雨不断……

于是在一夜间，那片无边无际的油菜地忽地黄了。早晨还是一抹淡淡的鹅黄，晌午时却开始金灿灿的耀眼，而晚上，那深沉的金黄色已将绿色全部淹没，呈现出一种辉煌的色彩。

这就是赛乌斯塔拉的油菜地，像草原一样广阔无际，每年夏天都绿都黄。一顶白灰色的帐篷出现在山圪梁上。帐篷旁有一排排木箱子。无数密密麻麻的小生灵"嗡嗡"叫着，从那些木箱子里飞出来，天女散花儿般飞向那片黄灿灿的油菜地，消失在那无边无际的黄花的海洋里。

帐篷里住着两个人，一男一女。男的矮小驼背，动作拙笨。女的高挑个儿头，体态匀称，走起路来水蛇腰一扭一扭的。

这是放蜂人的营地，来自遥远的南方。

2.

二猛总爱到山圪梁上来放马。

放马很清闲，就是以山圪梁为界，看住马和骡子，防止它们窜进油菜地。二猛把马撒开后就躺到梁上晒太阳，一晒一天。要不就是坐在梁顶上望那片油菜地，望得发呆。等看见放蜂人的小帐篷时，就怔怔地，瞅那一排排蜂箱，瞅那一对放蜂人——那男的，那女的，在心里仔细地研究他们。他研究得很细，尤其对那女人，那每一条曲线，每一个举动都尽收眼底，细细品味儿，甚至连她钻到油菜地里蹲下去再站起来系裤子之类的事情都不放过，给她计算隐没在油菜花里的时间——十秒……二十秒……一袋烟的工夫！这么一掐算，便知道她蹲下去之后的内容了。

二猛忽觉得无聊的时光有了意义，心里也顿然愉快起来。

"日的，南蛮子！"二猛在心里骂着。

有时，二猛还看从油菜地的另一端，另外一个放蜂人的宿营地，姗姗走来一个中年男人。那男人是高个子，相貌挺凶，也是个南蛮子。每当他来时，那女人便与他钻进帐篷里不再露面，而那个驼背的小男人则背上塑料桶到很远的地方去打水，一去足有一个时辰。二猛看见那小帐篷开始剧烈颤抖，偶尔还传出女人的尖叫声。这时，二猛觉得自己的心跳得张狂，傻呆呆地望着，一动也不动。

"女人……日她的，女人……"

时间过得很快。

在二猛眼里，每天都是相同的内容——马、油菜地、帐篷、蜂箱……有时他很想到那个神秘的帐篷里去看一看，借故与那女人拉上几句话。可是，他找不出任何可以走进人家帐篷里的理由，也只好死了那份心。咱才不稀罕进她那破布棚子哩！不干净……再说，那些蜂子一团团的能吃人。

二猛这样一想，觉着宽慰，便悠悠然唱出声儿来：

妹子你害羞不叫摸，

吹了那个油灯喊哥哥……

3.

油菜花儿一片片一团团黄得伤心，黄得寂寞。

二猛扯了一段茎秆儿放在嘴里嚼，一股辛辣味儿刺激鼻孔。二猛知道这片油菜地是他远房叔叔黄天霸的。这些年黄天霸买下不少地，买下不少牲口，还开了油坊，富得浑身上下冒油，远远近近都喊他"油王"。油王是县里闻名的"农民企业家"，去年盖了一溜儿大瓦房，买了小四轮儿和汽车，让人羡慕得不得了！二猛是个穷亲戚，沾了油王叔叔的光，替他放骡看马，顿顿吃白面馍馍和熬倭瓜。二猛喜欢吃白面馍馍和熬倭瓜，这种幸福生活金不换哩！

二猛正望着那茫茫无际的油菜地发呆，忽觉脖子上被一根尖利的钢针猛刺了一下。他浑身一抖，手也刻不容缓地拍上去，觉着拍住个软乎乎的东西。他拿到眼皮子下细瞅，果然是蜂子，怒气中就多了一份酸溜溜的滋味儿。正想回头找些蜂子来打，以出被蜇的恶气，忽听头顶上方一片"嗡嗡"声大作，一团蜂子云集而来，虎视眈眈地俯冲下来。二猛忙脱了衣裳扑打了几下，见寡不敌众，撒腿就跑。蜂子却不肯罢休，紧追不放，一直将二猛逐出油菜地，才鸣金收兵。

二猛被蜇得抓耳挠腮，一抬头，却见不远处那南蛮子女人正笑眯眯地望着他。她边笑边把防蜂纱罩撩起来，露出一对弯弯的月牙眼儿和白嫩嫩的脸。

油王叔叔黄天霸领着二猛来到放蜂人的帐篷外。两人都戴了防蜂面罩，穿戴严实。叔叔是个又黑又壮的汉子，浑身上下都散发出精明能干的乡下人的狡黠。他清清嗓子朝帐篷里喊："阿月！我说阿月……"

女人应声而出，没戴面纱，短发齐耳，脖颈显得细长。二猛还是第一次站这么近看这个女人，才觉得这个叫阿月的女人很耐看，每一处的肌肤都像白面馍馍一样。

二猛觉得自己的肚子挺饿。

"哟，是黄叔呀，稀客哩！里面坐……"阿月殷勤地笑着，看看黄天霸，又瞅瞅二猛。

"阿银呢？"叔叔一边往里走一边问。

"被阿水哥唤去了，他那里忙呢……"

进了帐篷，阿月忙为两人倒水，每人一碗蜂蜜水。帐篷狭小，仅仅能转开身子。二猛和叔叔坐在那张用破木板搭起的床上，四处打量，这才觉得这个帐篷里一点儿也不神秘，杂乱不堪，普普通通。倒是阿月那软软的还有浓厚南方味儿的口音使他感到亲切和入迷。

油王叔叔呷了一口蜂蜜水之后，一本正经地开腔了，一副公事公办的派头："二猛，把那伤口让阿月看看。"

二猛有些难堪地将面罩摘下来。

果然，脸已肿得不成样子。

阿月笑眯眯地盯住他说："哟，真蜇得不轻呀！其实，你不该那样……你干吗招惹它们！"

"是它们先咬我的！"二猛委屈地嘟哝着。

"可你拍死了一只蜂子，别的蜂子就不肯放过你！对不？亏你跑得快哩，要不……"

"不管咋说，阿月，是你家的蜂子咬了我的侄儿，你要管好你的那些野蜂子，莫让它们再乱咬人！"

阿月却盯着二猛笑道："我见过他……见过……他每日坐在那边，像块石头似的……"

二猛红着脸，低下头。

"再说呢，我叫你在我的菜地里放蜂，已经是好大面子啦！"油王叔叔瞟着阿月说，"今年浙江那边又来过几家养蜂人，都让我撵走啦，就留下阿水和你家。阿水嘛，人家有钱，每年总亏不了我，我们是老主顾啦，你呢，是我可怜你一个妇道人家……"油王叔叔意味深长地眨巴着眼睛说。

"我难道没交田地使用费吗？"阿月争辩道，"我们一来不是就给你交了……"

"就那两百元？嘿嘿，还不够我替你们操心的哩！"

4.

细雨飘洒得更温柔了。

油菜花儿湿漉漉的，在微风中摇摆着，诉说着旷野的寂寞。马站在山圪梁上嘶鸣，召唤着它的主人。

二猛还是不敢到那顶帐篷里去，虽然阿月那次邀请他去，他也久久为之心动，但他鼓不起勇气去。

日的！爹娘咋就给了你这么点儿的胆胆呢？马群正悄悄地往油菜地接近。他慌忙去赶马。

整整一天，二猛觉得心里发慌……

阿月在远远地向他招手，二猛以为看花了眼，傻呆呆站立着不动。

阿月碎步跑了过来，喘着气站在二猛面前。二猛看见那鼓鼓的前胸在夸张地起伏颤动。

"二猛，快，帮帮我！"阿月说。

"咋的？"二猛愕然。

"阿银……死鬼阿银……"

二猛随阿月往山圪梁上跑，一直跑到养蜂人的帐篷前，忽地看见躺在门口的小罗锅儿，口吐白沫，浑身痉挛，眼斜口歪……

二猛弯下腰去，把阿银扛在肩上，撒腿往村子里跑去。肩上那人分量很轻，简直像个十岁的孩子，二猛便更鄙视他了，真不知这样的男人咋的爬在阿月的肚皮上日弄的？唉，一颗好白菜让猪给拱啦……

5.

二猛与那女人从城里往回走。女人在前，二猛在后。二猛听见自己的脚步声很慌乱。他看见那女人的细腰一拧一拧，臀部颤得欢实。温馨的田野上荡漾着撩人的诱惑。二猛觉得眼前的一切都很虚幻。

"二猛，今天多亏了你呀！大夫说，若再晚一会儿，那阿银就没命啦！"阿月真诚地感激道。

"是阿银命大！"二猛嘟哝道。

"说他命大，莫不如说他遇到了好人……"

"他是你的……男人？"二猛小心地问。

"嗯……"阿月点点头。

"他人不错，挺能干的……"

"我知道你心里想啥，二猛。别说好听的宽慰我！你心里想——像那么一个又丑又罗锅儿的男人咋会是我的男人呢？你可是这样想的？其实大家都这么想哩——一朵鲜花儿插在了牛粪上……"

阿月的爽直使二猛不再局促，觉得这女人心直口快，有啥说啥，愈显得可爱了。

"那你，咋就嫁了他呢？"

"咋跟你说呢？那些年，我家里穷，父亲得了重病卧床不起，欠了人家不少债。阿银是我们村儿的富户，他帮我家还清了欠款。为了报答他，父亲让我嫁给他……"

二猛也叹口气，说："敢情是这么回事儿，那个阿水……"二猛忽觉自己问得唐突，忙把后半截话咽回肚子里。

"阿水是阿银的表哥，他是这一带放蜂人的头儿，大家都听他的！谁若敢不听，那可就倒霉了，以后再也别想吃这碗饭啦。"

"阿水咋有这么大的能耐？"二猛不解地问。

"他有钱，人也蛮凶的，再加上他和你叔叔黄天霸要好，谁敢惹他……"阿月悲伤地说。

二猛不再往下问。他没想到这女人竟有如此悲伤的经历。在月光下再仔细打量她，才感到她是那么弱小娇嫩，需要男人强有力的保护。一种男人的责任感油然而生，二猛一拍胸脯说：

"往后，他再来欺负你，你就喊我二猛！"

阿月停住脚步，怔怔地瞅着二猛，双眸里蓄满了月光般的柔情，说：

"哦，二猛！明天，你过来帮我好吗？阿银不在，许多活儿我一个人忙不过来，我那儿需要个男人……你来吧，算我雇你，每天五元钱。"

"行，我去！可咱说好了，我只是去帮你的忙，工钱一分不要！你要给，咱就走！"

"哦，真是个二猛……"

阿月掩嘴笑了。

6.

雨季过后，太阳每天都很豁亮。

满山遍野的油菜花儿黄得华贵、黄得热烈，连那山圪梁上的半个天都被染成了金黄色。在山圪梁上养蜂人的帐篷旁，二猛和阿月在不停地忙碌着，时常能听到那女的欢快的笑声和一串儿山泉般流淌的声音：

"二猛呀，帮我搬蜂箱去！"

"二猛呀，割蜜咧……"

"看你就会傻笑！去瞭瞭马群甭进了油菜地里。"

那些天二猛浑身是劲儿，总想唱支小曲儿，可总也唱不出口。

　　妹子你摸你不敢摸，

　　摸住个猫爪爪当胳膊……

7.

落日红，夜幕低垂。

阿月说："二猛，这就走呀？"

二猛说："该动弹啦，天都黑啦。"

阿月说："把我一个人留在这荒山野地里，你不心疼？"

二猛说："是咧，一个孤身女子，在这荒野过夜，真不放心呢！"

阿月说："你要是真不放心，就别走啦，二猛，留下陪我。"

二猛说："男人咋能给女人做伴儿呢？"

阿月说："怎么不能……想能就能。"

二猛说："人家要说闲话的。"

阿月说："若听闲话，日子过得还有活头？"

二猛说："你要是害怕，我回村牵条狗来，给你看家。"

阿月说："狗能和我说话？狗能懂我的心思？你走吧，走了再也别来……"

二猛说："甭价这样，阿月，你有男人，可不能做对不住阿银的事儿！"

阿月说："他早对不住我了……他把我送给了阿水！为了讨好阿水，他帮那狗东西强奸我……他不是人，是畜生！他这样待我，还让我替他守身子？二猛，我喜欢你，我喜欢你这样的北方汉子呵……"

二猛说："阿月，我也喜欢你，可是，咱还不能干那事儿！等你离了，我一定娶你……"

"唉，傻二猛呀！"

"我走啦！夜里有事儿，只要你放开嗓子喊一声，咱准能听见，你甭怕，歇心儿睡吧……"

二猛走的时候，夜幕浓得像雾一样。他听见那团浓雾包裹着一个女人的啜泣。

8.

二猛也骂自己真傻——送上嘴的肥肉不吃，还不够傻吗？

可二猛又觉得自己挺高尚，好像这么一走，就和阿水那类人不同了。二猛是真心喜欢阿月，对真心的人就得敬重，不能乱来！二猛懂得这个道理。在男女之爱方面，二猛无师自通。

可毕竟心中有股子酸溜溜的失落，挺不好受。

二猛往山圪梁下走去时，终于把那小曲儿唱出了口：

> 妹子你让上咱不敢上，
>
> 怕只怕压塌了妹妹的炕……

回到家匆匆忙忙吃过一口饭，拿了件老羊皮袄往外走。

娘问："这半夜三更还干甚去？"

二猛只说："今日要给马群下夜，不回来了。"说着走出家门，又奔山圪梁下的那片油菜地而去。

二猛放心不下阿月！

9.

二猛神不知鬼不觉地钻进了油菜地，寻找了一个合适的位置，把皮袄放下，摸出根纸烟来吸。

阿月的帐篷就在离他很近的地方，他能清楚地看见帐篷里透出的昏黄的灯光，并听见帐篷里的微弱响动。

夜气挺凉，二猛觉着舒畅。偶尔夜风掠来，油菜花儿瓣纷纷飘落，掉到二猛的头发上和脖颈里，觉得痒痒的又挺舒服。二猛喜欢闻这股油菜花散发出的辛辣的味道。二猛看见帐篷里阿月纤细的身影在晃动，他想：生活还真有那么点儿意思，日他的！

阿月自然不知道他在为她守夜，她还正在惊扰中惴惴不安呢，这多有意思！等日后将这件事告诉她，她一定会觉得好笑，又要骂他傻二猛了……

二猛悠悠想着，觉得十分幸福。

蓦地，他听见了脚步声，随即看见两个人影向阿月的帐篷走来。他警觉起来，瞪大眼张望。那两个人钻进帐篷后他依稀听见有个男人嘶哑着嗓子说笑着，好像是南蛮子阿水。

日他的，阿水？

这半夜三更的他来干甚？

二猛愤愤地想，掐了烟，站起来。片刻，却看见阿水独自走出了帐篷，笑着离去了。

二猛正纳闷儿，忽听帐篷内阿月惊呼一声，灯光随即倏地灭了。帐篷里传来一阵滚打碰撞声。二猛叫声不好，一个箭步向帐篷里冲去。

帐篷里一片昏暗，二猛在门口吼了一声，站在门口不动。这招儿果然挺灵。一个黑影急忙要冲出去，从二猛身边溜走。二猛一把抓住，拖到外面，一阵拳打脚踢，痛得那家伙哼哼不止，瘫在地上才住了手。阿月端出马灯来照，二猛不看则已，一看吓了一跳——那被他毒打的男人竟是油王叔叔黄天霸！

黄天霸满脸乌青，浑身泥土，像一条死狗。

二猛傻眼了，说："这……这是咋回事儿？"

阿月早从帐篷里钻出来，一直在旁边看着。

"二猛打得好！"阿月解恨地说，"这老家伙从我一来这儿就开始打我的主意，我不依他，他就处处刁难！这不，他又和阿水串通一气，说只要我依了他，给我三千元钱，让我陪他睡一夜……我要是不依，他就要把我从这儿赶走呢……"

"是真的，叔？"二猛木然呆立。

"你干得好哇，二猛你这小兔崽子……哎哟，连我的脊梁骨都打断了，看我不和你算账！"黄天霸哼哼叽叽地爬起来。

"阿月说的是真的？"二猛固执地问。

"你咋信这个小娼妇的话呢？二猛，甭听她的，这女人是狐狸精，你可别让她迷住呀。走，还傻站着干啥，扶我回去！"

二猛望着阿月，站着未动。

阿月也望着二猛，目光里充满祈求。

二猛觉得双脚像是灌满了铅，挪动不得。他惭愧，久久地站立在原地。

黄天霸见二猛不动，更加恼怒，拂袖而去。

二猛才感到一阵轻松。

10.

"留下吧，二猛……"

那晚，二猛耳畔总是回荡着阿月的祈求。

"只要有你在身边，我就啥也不怕了！"阿月紧紧依偎着他耳语般地说，"我真心喜欢你……我想要你，二猛……"

二猛浑身燥热——那火从心底冒起来，一点点蔓延开来，渐渐将周身每个角落都烧热了。

"阿月，你的皮儿好白——白面馍馍似的……"二猛喃喃。

"你呢，让我瞧瞧——黑得像非洲人。"阿月解开二猛的上衣，抚着他坚实的前胸惊叹着，"好硬，像岩石一样……北方的男人呵……"

"你像水一样软，阿月！"

"喜欢吗？"

"喜欢！"

"是你的啦，一切……"

"真？"

"嗯！"

"二猛好福气哟！"

"好福气……好福气……"

二猛觉得自己的身体全部膨胀起来，激情的潮水汹涌而动一瞬间吞没了一切。那里有一片裸露的白色沙滩任他漫步，那里有一座风光旖旎的山峰任他攀缘，那里有神秘莫测的黑森林等他去探险。二猛手忙脚乱，样子可笑，在笨拙的忙乱中得到阿月的帮助。

他在那一刻成为男人……

"留下吧，留下吧……"阿月在不停地呻吟。

11.

秋天的日子总是慵懒散漫的。

油菜花在一片片地凋零，生命的旺季在寂寞中悄然而逝。包裹着菜籽儿的长荚已变得又鼓胀又坚硬，有些在日头下绽裂开来，于是那些褐黑色的菜籽便散落到泥土里。

马群依然在山圪梁那边的草地上吃草，没人照看它们，它们散漫地在草地上游荡，吃得膘肥体壮。

云很稀很淡，不知不觉就被蓝天融没了。秋风是忧伤的。与秋风一样忧伤的还有那支在风中飘逝的小曲儿：

> 妹子你是一股风儿吹过，
> 逮不住你呀心儿没着落……

12.

油王叔叔黄天霸牵着他心爱的小叫驴儿爬上山圪梁，远远地喊二猛：

"二猛，来一下！"

二猛缩了下脖子，不情愿地走了过去。

叔叔脸上的伤都结了黑褐色的疤。二猛知道那是他那天夜里的杰作，不由得又缩了一下脖子。

"二猛，你兔崽子真的被那只骚狐子迷住啦？你看你，像丢了魂儿似的！

唉，没见过女人的家伙！"叔叔斥骂。

二猛默不作声。

"跟她睡了？"叔叔追问。

二猛点点头。

"那女人果然厉害，不是吃素的！"叔叔吸着冷气说，忽又慈祥地笑了，"你还年轻，二猛，还不知道女人是咋回事儿！不怪你，遇上阿月这样的女人谁也会受不住的……你先在她的肚皮上锻炼一下也好。"

二猛说："叔，要是没事儿，我就回去啦。"

叔叔说："没事儿我来干啥？二猛，有一批货得运出山外，我抽不出人手，再说也信不过别人。你明儿一早把那大黑马和青骡子都套上，赶车去给我送一趟，这边的牲口我让小猛替你看几天……"

二猛本想拒绝，但瞅见叔叔脸上的伤，心软了，有种愧疚感。这样，二猛就答应替叔叔跑一趟脚。

实际上他觉得自己没有理由不答应。

叔叔走后，二猛忽觉得有点后悔——不该那么痛快就答应去赶脚，赶一趟脚起码得走四五天，把阿月一个人丢在这儿他真不放心！

他向放蜂人的营地去时，觉得双脚格外沉重。

13

阿月果然甩给他个冷脊背。

二猛笨嘴拙舌，嗫嚅了半天，也没能将阿月哄高兴。阿月反而抽抽噎噎地哭起来了，说："你走吧，走吧，走得越远越好！"

"阿月！"

"你心里根本没我……老家伙说啥，你都听。"

"不管咋说，他也是我叔叔呀。"

"二猛，我担心你一走……"

"咋？"

"你脑壳儿真笨！"

"你是怕叔叔他……莫怕，他不会把你咋着的，再说，阿银明儿也出院回来了，我也不能在这儿久留，还是早走的好！"

"唉，二猛，我的命可真苦……二猛，你带上我，咱们一块儿走吧？"

"去哪儿？"

"随你，天南地北，只要有一口饭吃，我就不离开你。咱们可以开荒种地，可以放蜂割蜜……等日子过好了，我给你生个大胖小子！"

"不行，阿月，不行呵，你有阿银……再说，叔叔说得也有几分道理——你是个稳不住性子的女人，不能当老婆过日子，我可不敢娶你……"二猛困难地说。

"啥？"阿月被他的这番话震惊了，呆呆地注视着他，眼睛睁得很大很凶，二猛不敢正视她的眼睛。

"原来你……也和他们一样，只是想玩玩我？"

"不是的，阿月……"

"你以为阿月是个风骚女人？"

"不……"

"你给我滚出去，滚！"阿月怒喝道，然后扑到被子上浑身痉挛。

二猛只得站起来，披上衣服，走出帐篷。

夜色清冷，半弯残月冷漠地悬在夜空上。二猛看见无边的油菜地顿然变得一片灰白，在夜风中像潮水一样微微颤动……

14.

在二猛走后的那些日子里，阿月一次次站在山坳梁上向远方眺望。远方只有苍茫的黛青色的山影和淡淡的飘逝不尽的云絮。

阿月感到自己的心正在一天天地枯竭。

她恍若听见——远处飘来那支小曲儿，二猛的身影在那曲儿里飘忽不定。

风渐渐凉了。

天上有了南飞雁的悲凉的啼声。

阿月听了，知道自己该走了。

15.

二猛赶着牲口回来那天，刚刚下了一场秋雨，田野、树林和空气都是湿漉漉的、冷飕飕的，仿佛降过一场寒霜似的。放眼望去，无边的油菜地早已黄花凋零，一片枯黄之景。

二猛顾不得回村，撇下牲口，一口气奔上山圪梁，一下呆住了——

放蜂人的营地不见了！那帐篷、那蜂箱，那一团团热热闹闹的蜂子，还有阿月的倩影，都消失了，光秃秃的山坡上只有一匹马在迎风嘶鸣。

"阿月——"

他失神落魄地喊了一声。

苍茫的田野上始终是淡淡的寂静。一行南飞雁从灰色的云天划过，丢下一串凄凉哀婉的啼声。

二猛不知道叔叔什么时候来到他身边，摸着他的肩，悲伤地叹口气说："她走啦，不是跟阿银走的。阿银回了南方，是和阿水他们一块儿回的。她是自己走的，谁也不知道她去了哪儿……"

二猛呆立着不动。

"是村儿里的女人们一块儿把她赶走的，她们说她是个专门勾引男人的婊子……她们都怕自个儿的男人被她给拐走，所以就……她们差点儿把她撕碎，还是我及时赶来，把她从那些疯娘们手里抢出来，救了她一条命。她啥也没说，像个傻子……其实她是个不错的女人，我也做过对不住她的事儿……"

叔叔真诚地叹了口气。

"她们把她打得不轻。她流产了……她说，那是你的孩子，她本来想生下来的……"

二猛蓦地转身向山坡下走去。

"你要去哪儿，二猛？"

"去找她！"二猛头也不回，大步匆匆。

"不会找到的，回来！"叔叔在他身后喊道。

"我能找到，我能……"二猛自信地喃喃而语。

他不再理会叔叔的喊叫，跌跌撞撞地奔下山坡，渐渐消失在北方那片广袤的蒙古草地上。

渐渐，一支小曲儿不知从哪儿飘荡而来，萦绕不散：

妹子你是一条河，

留不住你呀只有泪蛋蛋落……

饥渴的山谷

原载《萌芽》

牛　贩　子

这女人落到他手里，是天意！

"哎，赶牛的大哥，你叫个甚名儿？"女人追在马屁股后面问。

"皮条。"他懒懒地答。

又瞟那女人一眼，心想：日的，三年前硬说老子奸了你，可如今却连老子的样儿也不认得，这口冤气哪儿吐去？两年大狱白蹲了，喳！

"这名儿起得可有点怪哩。"女人尽量表现着亲热，"那两位大哥呢？"

"他叫钉子，他叫叉子。"皮条依然懒懒的，可瞟女人的目光却收不回来。

三年前，他在萤石谷见过这女人两次。一次是这女人来到矿上看丈夫老八，他远远瞟了一眼，觉得够味儿，心动了一下，那地方也不安分了一下。另一次，女人去荒滩里撒尿，他躲在一堆矿石后偷瞄了几眼。那地方草高，其实只看见两片白屁股闪电似的照耀了一下，就再也没看到任何内容。但是，他的窥视被一个矿工看见了，这事儿很快传到工头老八的耳朵里。老八倒没怎么生气，只说要调查调查。谁知没几天，法院来了传票，把他传进了大狱。原来那女人和丈夫老八同时起诉，指控皮条对那女人实施了强奸。人证、物证、旁证俱全，皮条有口难辩，被判两年。

那女人是老八的老婆夏菊儿。菊儿正往萤石谷去，客车却坏在半路上。菊儿心急，知道离萤石谷不远了，就独自徒步赶往萤石谷，不料迷了路，遇到三个牛贩子。

"赶牛的大哥耶——"菊儿还是不好意思叫"皮条"，依然称他为"赶牛大哥"，"萤石谷还有多远？"

"不远啦。"

菊儿面有喜色。

"大概还有一天多的路吧。"

菊儿喜气顿消，忧愁满面地说："那……今晚得在荒滩上过夜啦？"

"爷儿们每天都在这荒滩上过夜呢，有啥！想当太太，就该好好待在城里，往这个鬼地方跑个甚，哼！"

"俺有急事儿呢！"

"急事儿？那让老八派车接你呀！"

"那死鬼……"菊儿欲言又止。

乜斜着那女人，心想：急事儿？想蒙老子，呸，还不是在家里打熬不住了。说是女人上了瘾发作起来比男人更厉害呢！

三十几头牛慢慢地向前移动着，黄色、白色和黑色，皮毛在西斜的太阳的映照下闪着各种光泽。草原很宽阔，灰蒙蒙中泛着不易捕捉的幽绿。天是一汪淡青，抹着几条乳色的云片儿。

"喂，叉子，眼睛长到腚眼儿上啦，没看见那头黑白花落在后面了吗？日的，眼睛总往这边溜啥！没见过女人是咋的？"皮条毒毒地骂。

叉子慌慌地去追牛。

"你咋这么凶呢？"菊儿责怨地望着他。天太热，小袄上襟的第二道扣子也没扣，露出了白生生的胸脯子，可以看出肉很厚实，有弹性。

"凶？这还算凶？嘿嘿，老子凶起来，连天神神都打战哩！"皮条的眼睛在那片白沙滩上艰难地挣扎着，逃不出去。

实际上他瞄得更彻底。骑在马上，居高临下，连那隆起的半面坡和那道诱人的沟壑也看见了。

果真是个好地方！

菊儿已觉察到了那狼似的目光，不由自主地往上扯了下衣领，脸庞绯红。

皮条嘻嘻笑了，得意之中又有点狼狈。为了掩饰，他便扯着嗓子吼起来，歌儿不像歌儿，调不成调儿，倒与荒原十分和谐，苍凉的野味儿里有一种真实的情绪含在里面：

　　五黄六月穿皮袄，
　　苦日子慢慢来打熬。
　　自打揣摸了妹妹的腰，
　　半夜五更睡不着觉，
　　有心想与妹妹好，
　　又怕你那冤家知道了，
　　劈头给俺一菜刀，
　　哎哟哟，哎哟……

菊儿听得掩嘴"哧哧"笑，说："敢情就这么点儿胆胆，还想偷人？歇了你那颗花花儿心吧，赶牛的大哥耶！"

皮条望着远方黯然地说："花花心谁没？可咱，四十多岁了，至今……唉！"

"咋，还打光棍？"

"五个光棍弟兄，夜里搂一根光杆儿……这就是咱的命哟！"

"好生挣钱吧，有了钱，不愁找不上女人！"菊儿安慰他，眼里满是同情。

"女人谁要咱呀！"

"你咋的啦？高高大大，眉眼儿端正，不愣不傻，身上又没毛病，说个媳妇有甚难的！"

"没人敢跟咱！"皮条又叹气，"咱是强奸犯！"

"你日哄俺呢吧？"菊儿呆呆瞅着他。

"不信？有你信的时候呢！"皮条恶声恶气。

又往前走，看见前面的大山一座连着一座地蜿蜒，一层挡着一层，泛着森森的蓝。牛儿走得慢，吃草，撒尿、窜稀屎，用沾了屎的尾巴甩打着闹哄哄的蝇子。蝇子很固执，结成一团云块，总在头顶上方嗡嗡着，有时在人汗津津的脖梗子上骚扰一下，有时往人嘴里扑。皮条吧嗒一下嘴，将唾液和半死的蝇子一块吐出来。

菊儿的脸上淌了许多条汗水的小溪，脸儿和鼻儿都是红扑扑的，那是太阳暴晒的结果。衣襟又奋拉下来，两面白坡就又颤动起来。

这回皮条的目光很坚定，凝视着远山，久久不动。

"是那儿吗？"她小心翼翼地问。

"嗯。"皮条没回头。

"好大一座萤石矿呢，俺三年前去过一次，那时……"

"我知道！"皮条闷声闷气地说。

"你知道？你也去过？"她愈加对他敬畏了。

皮条不想多说，只是点点头。

"山谷里只有萤石，没有牛呀！"她依然感到不解，傻乎乎地问。

"那时还没当牛贩子。"

"贩萤石吗？"

"贩萤石？日的，那美事儿能轮上咱？那是你男人老八干的营生。咱天生就是个苦命人儿……"

"当矿工？"菊儿的目光里有了些许惊疑。

"还是劳改释放犯呢！"

皮条不再说话，眼里闪过一道令人不寒而栗的杀机。突然，他猛抽了马儿一鞭子，马儿就忽地向前冲去，溅起一片雾土狼烟儿。

牛群受到冲击，也一同向前慌忙跑着。马子左突右奔，撵着牛群，搅起一团久久难以平息的骚乱。

只把那女人孤零零地扔在草堆上，傻傻地看。

拣一些牛粪树枝堆起来，在草地上点一堆火，不为驱寒，只为壮胆。

荒原的黑夜有一种似大海一样的神秘，海潮隐隐的喧嚣不知疲倦地传来——那是一种荒野特有的各种音响的组合：风啸、兽吼、大地的躁动、数以万计的小昆虫爬行交偶时所发出的独特的音律……头顶上，星儿格外地亮、格外地密。望着，能感觉到那种距离的遥远，远得让人绝望。

菊儿抱着她的小包包，坐在火堆前昏昏欲睡……忽地惊醒过来，见三条汉子围住了她，分三面坐定，都用狠狠的目光盯着她。

菊儿慌得想哭，心儿跳得张狂。

"这是要干甚？赶牛的哥哥耶，俺知你们都是好人……"

叉子咧嘴笑道："她说咱们是好人！听听，好人，是好人……"

菊儿似乎明白了什么，似乎仍然什么也不明白。闪闪的火光把她的脸点缀得十分生动。皮条再次证实了自己的想法——这女人，不赖，蛮有味道！

"赶牛的哥哥耶，俺不是那号女人，不是呀……"菊儿摇着头，绝望地喊着。

皮条伸出手去，把菊儿的下颌捏住，把那脸扭正。下颌尖而柔软细腻，像涂了许多粉。皮条这个动作挺潇洒，是从外国电影里学来的。

"听着，夏菊儿，你说得不错，你不是那号女人，我也不是那号男人！本来我们都是不错的人，可是，今儿个我要是不把你日了，我会后悔一辈子的！"

"甭强逼俺！"菊儿浑身抖着。

"强逼？嘿嘿，只是讨一笔冤债！"

"俺和你从不相识，咋会有仇冤呀？"

"好，夏菊儿，我要让你听个明明白白，也许这样你才会服服帖帖。那是在三年前，你到萤石谷看你男人老八，当时有个叫皮来福的矿工，在矿工中间威信很高，看不惯老八欺压矿工，几次领头闹事儿。有一次，因为老八虐待一个小矿工，皮来福带几个弟兄狠狠地揍了老八一顿，并向上告发了他的种种恶行。这么一来，老八恨死了皮来福，想方设法要报复。

"也是那皮来福命里该着。有一次，他躲在石头后面偷看你撒尿，可草太高，啥也没看着，反而被你男人老八知道了。老八就诬告皮来福强奸了他老婆。你呢，在法庭上一口咬定，是皮来福强奸了你！一套谎话编得可圆啊——咋搂住你、咋摸你的奶子、咋扒你的裤子、咋掰开你的大腿……那男人的家伙多粗多长你都知道……

"法庭信了你，判皮来福坐三年牢。皮来福在大牢里苦熬了两年半，表现好，能吃苦，能干活儿，又听话，减刑提前释放。

"为了混口饭，他干起了牛贩子的营生。可他时时刻刻没忘记那陷害他的女人，发誓要报仇，他不能空担个强奸的虚名儿，就盼着能实实在在地把那女人日上一次，以吐心里那口恶气。没承想老天有眼，把你送上门儿来了，哈哈哈……"

皮条得意地笑起来。

菊儿慢慢地抬起头来，细细注视着皮条，说："你就是那个皮来福？"

"总算知道我是谁了！"

叉子又往火堆里扔了些干树枝，火焰又猛地蹿起来，贪婪吞噬着黑沉沉的夜空，并发出清脆的"噼噼啪啪"的声音。烟一股股高、一股股低，嗅着，有股子树脂的香味儿和辣味儿。

菊儿抿了抿头发，倒平静了许多，说："三年前那桩事儿，俺从来没忘过！俺那么做是丧天良，可也是迫不得已啊！"

皮条冷笑了一声。

"你不信，俺还是要说。那时俺的小美儿刚一岁多点儿，那死鬼要离婚，俺到矿上找他，就是三年前俺去萤石谷那次。开始时他死活要离，俺死活不依！他没了法子，就说不离也行，我得帮他收拾掉一个人。那时候，只要不离婚，俺甚事儿干不出来？俺就一口气应承了。在法院里说的那些话，都是他替俺编好的，事先背了好几遍呢……"

"想让我可怜你？"皮条盯着她。

"不，你该恨俺，你恨得有道理。当时俺也不知道那一番话会给你招来那么大的祸害。后来知道也晚了……俺害了你，也害了自己——那死鬼老八终究还是离了，把俺母子二人给扔啦！唉，俺那时竟相信了他的鬼话！"

"离啦？你和老八不再是两口子啦？"皮条诧异地望着她。

菊儿低下头说："离了快两年了，那死鬼又找了个年轻的，都给他生了个娃娃啦。"

皮条不信，说："既然离了，那你还到萤石谷做甚？不是去找老八？"

菊儿摇着头苦笑了一下，说："找他？下辈子也不会啦！是另一档子事儿——挺急人的！知道矿上的肖二麻子吗？"

皮条点点头说："知道，是个大好人！我在矿上和他在一个工棚里滚了两三年呢，受了他不少好处。他咋的啦？"

菊儿长长叹口气说："病哩，托人给家里捎回话儿，说病得不轻哩！"

"甚病？"

"说是甲肝！想想看，这甲肝要是传染开了，那矿上的工人还能有个好？肖二麻子老婆和俺墙里墙外住着，亲姐妹似的，她家有啥事儿，俺都一清二楚。前天，麻子老婆接到信儿，急得火烧屁股，整整跑了一天，倒腾回了治甲肝的特效药，本打算亲自送去，可一急啊，肚里怀着的七个多月的娃儿受不住了，提前四十来天就生下来了……万般无奈，俺才替她上路跑这一趟……唉，人呐，谁没个三长两短呢，该帮就得帮啊！"

皮条半信半疑，一把夺过菊儿怀里的小包包，打开一看，里面果然都是治肝炎的药。

"那药面儿是预防甲肝的特效药哩，是俺亲自去药店买来的，本想今晚就能送到，让矿上的弟兄们喝了，以防万一，可是……"

菊儿焦虑地说着。

"也不知那病传染了别人没？这可是人命关天的事哟，可这……老天爷偏偏作鬼……"

皮条呆呆地看着那药。

"皮来福，你不就是想吐出那口恶气吗？多大点儿事呀！看来不依你是不行啦，俺愿用俺的身子来赎罪，只要你不嫌它脏，来嘛，动手吧，还等个甚？完了事儿你指给俺去萤石谷的路，俺要连夜送药去呢。"

菊儿一边说着，一边慢慢解扣子，脱衣服……

钉子和叉子这时已经躲到一边去了。

单独面对这女人，皮条觉得自己的皮肉燃烧起来了，狠狠地搂住了她。

牛群突然吼叫起来——先是一头牛在悲号，接着，所有的牛都号叫起来。牛吼声如一片沉重的乌云在天空上草原上翻滚着，激荡着。

"我一直在等这一天，这一天！"皮条如饿狼般撕扯着菊儿的衣服。

菊儿温顺地配合着，不挣扎，也不反抗。

皮条十分恼火，狠狠地摇晃着她，说："喂，你喊啊！你叫呀……来，来打我、咬我、踢我。我是个强奸犯、强奸犯啊！你反抗呀！"

菊儿只是用怜悯的目光望着他，目光里蓄着母性的温柔和仁慈。她轻轻地摇摇头，被撕碎的小花袄遮着半个胸。

皮条仍在声嘶力竭地号叫着，但他的样子已经一点儿也不凶了，而显得那么可怜。

"我要的是真正的强奸，而不是你的可怜！爬起来，你给我爬起来！"

菊儿从草地上慢慢地爬起来。

"给，握住这把刀子，你要自卫！"皮条把一把刀子递给菊儿。

菊儿接过刀子，呆呆地看着。

"来，刺我，快刺！用你所有的力量，这样才公平！"

菊儿摇摇头，刀尖缓缓转动，指向自己的腹部。

"你？"皮条惊呆了。

菊儿咬住牙往自己的小腹上攮了一下。皮条急忙一挡，刀子扎偏了，扎在腰一侧。

碎花小袄被刺破，露出白白的肉和红红的血。皮条像条敏捷的狗扑过去，死死抱住她，并从她手里夺下刀子，扔进火堆里。

风是黑夜的呼吸。夜睡得正酣。

菊儿摇摇晃晃地走向荒野。天黑着，夜风无休止地哀鸣着，诉说着永恒的孤寂。她紧紧抱着装药的小包包，深一脚浅一脚地往前走着。皮条说过：按这个方向一直走下去，就会在天亮时到达萤石谷。

实际上他们离萤石谷已经很近了，他是故意说还很远。

说到底他不是那号男人，真的不是！比起来他比那死鬼老八不知要强多少倍！可他却让自己给坑苦了，坑了整整两年……唉，走吧，一直走过去，走出这个黑夜。虽然有一刻，她是那么想永远滞留在这个黑夜里……

庄严的黑色，无边无际，海海漫漫。山的黑影在幽暗的天幕上拱起一道道奇形怪状的曲线，如猛兽的脊背，凝在沉重的夜色里。

她自始至终再没说过一句话。尽管他给她包扎伤口时是那么温柔，尽管他跪在她身边流了泪……她沉默着离开他和另外两个牛贩子。语言的确无法表达心中丰富的情感。她坚定而固执地离开了牛贩子的宿营地。她一步步走过荒原，渺小而单薄的身子在夜色里匆匆游移着。她丝毫也不觉得害怕。夜雾扑在脸上，潮湿而温柔。第一次一个人在草地上赶路，只想好好哭一顿，把心里的一切都哭出来……

倏地，听得身后马蹄匆匆。回头时，马子已冲到她的身边。那汉子在马背上望着她。虽有夜色，也能看见他眼里有亮光在闪烁。她觉得自己体内的某种东西正被那光亮一点点吮吸而去，渐渐融化。她从来没有过这种奇怪的感觉。

"上来吧。"他说。

她站着没动，泪却流出。

他弯下腰去，一把将她抱到马背上。他的双臂十分有力。等她坐稳时，发现自己已经落在他的怀抱里了。

她转过身子，用一只胳膊揽住他的脖子，呻吟般地叹道："皮条皮条……扯不断、砍不烂、甩不掉的皮条耶……"

"菊儿！"

马儿得到主人的号令，在荒野上狂驰起来，径直向萤石谷奔去。

马蹄声在山谷里久久地回荡着，传播着黎明即将到来的消息。

夜色淡淡，如霜，似雪，悄然融化在幽深的山谷深处……

蔓 子

铁头陪那男人走过来时，好像惊散了一群"叽叽喳喳"叫个不停的麻雀。选料场突然静得有点不正常。整个萤石谷便空寂落寞，唯有野蝇百无聊赖地游荡。

都把目光集中在那男人身上。

大约三十五六岁的模样儿，头发长，胡子也长，白衬衫敞着半个怀，健壮的胸脯子上有个金光闪闪的链儿，链儿上吊着个精致小巧的十字架。眼睛明亮而有神采，释放出一股股让人心动的男性魅力。

铁头说："这儿是选料场。软水紫晶矿由男矿工们从山崖上采下来，再由选料场的女工们大致加工成型，然后包装运走。你尽管挑选，咱这儿，啥形状的都有！"

空地上，果然横躺竖卧着各种形状的软水紫晶石，大大小小，色彩各异。有六棱柱形的，有四方体或球体、长方体的，还有三角状的。经过粗粗加工，可见质地优良，色泽柔美。

那男人的目光被吸引得死死的，全然没注意到或站或坐或蹲在石料旁的采石女们。

女人们却用野性而饥渴的目光迎着他。

当那人抚着一块软水紫晶贪婪地看时，她们就开始窃窃地咬耳根子——

"大城市的男人都不刮胡子吗？"小青儿说。

"屁，那是专门留的大胡子。眼下时兴这个！"

"听说他是个挺有名儿的雕塑家哩！"

"不是说是画家吗？"

"画家和雕塑家是一码子事儿。"

"雕塑是咋回事儿？"

"用石头凿着玩呗！"

"原来和咱干的是一样的活儿呀？他咋就那么牛逼哄哄的？"

"小点声儿，瞧，他过来哩。"

"这男人，挺够味儿呢！"叶子说。

蔓子从不和女工们咬耳根子，嫌她们俗！

她的自傲有充足的理由——选料场里只有她的脸盘儿漂亮，只有她上过初中，能背几首唐诗，也只有她看过几本《大众电影》，知道一些电影明星的风流韵事。

蔓子知道自己在萤石谷当女采工委屈了，迟早有一天，她会离开这里。她要去的那地方，自然美妙！然而细细想来，却是虚虚缈缈、迷迷惘惘，仅仅是个飘忽不定的梦境而已。

看见他，她觉得自己的身子微微哆嗦了一下。

渴望他的目光飘过来，能做短暂的停留。

可是，那男人却对她熟视无睹。他在各种料石间穿行，用粉笔在他所选中的萤石上做着记号。

蔓子摸摸脸蛋儿——烫手哩！是日头暴晒的结果吗？那顶破草帽遮挡不住烈日的猥亵，脸蛋儿肯定又晒黑了不少。若在家里，平时不施脂粉，脸颊也是白白嫩嫩的。小镇上人见人夸，硬说她肯定抹上了好的脂粉。

不过书上说，眼下外国人正时兴被太阳晒黑的皮肤呢，说那是健康色。

雕塑家转到她面前时，她只觉心儿慌慌地跳。

兴许要和她说说话哩！

谈啥呢？问她的姓名、年龄、家乡？或者，谈谈萤石谷的自然风光，谈谈电影演员，谈谈艺术……

却始终也没看她一眼，似乎她并不存在，只是在她加工过的那块乳白色的石料上重重地画了个圆圈儿，赞赏地抚弄了一会儿，然后就走了。在铁头的陪同下，向场部那排青砖瓦房走去。

女人们早憋不住了，一同野声野气地说笑起来：

"天神神，简直像位大首长！"

"太傲哩，连正眼儿都没瞭咱们一下啊！"

"听说要在咱这儿住一段日子呢，要刻一座石像。"

"狂个啥子哟，不也是个玩锤子耍凿子的臭石匠吗！"

"人家可是大雕塑家哩！"

"连蔓子都没瞅一下，这家伙！"

"蔓子算啥，城里哪个女人不比她好……"

蔓子掉头跑开了，伤心得想哭。

没想到天快黑时，铁头来找蔓子。

铁头一直对蔓子好。女人们只是暗暗妒忌，不敢公开对铁头说长道短。铁头来时，蔓子正噘着嘴儿生闷气。

"蔓，打扮打扮，快跟我走。"

"干啥去？"

"好事——陪客人吃饭。"

"谁，那个雕塑家？"

"他叫罗森，我请来的客人！"

"我不去！"蔓子没好气儿道。

"咦，咋的啦？"

"不去就不去呗！这么多人，为啥偏偏叫我去陪客？"

"你能说会唱有文化。那帮老娘们儿，谁能比得上你！"

"捧我也没用，不去！"

"怕他吃了你？"

"他敢！"

"那不得啦！快，打扮一下，马上过来！"铁头下了令就走，走了几步又回身叮嘱道，"人家罗森可是全国都有名儿的大艺术家哩，慢待了人家，让外人笑话咱们小家子气！只要他把咱的软水紫晶石雕成艺术品，在国内国外一下子扬了名儿，咱可就顺顺当当地冲出全国、走向世界啰……"

蔓子走进场部的青砖瓦房时，所有的人都吃了一惊——经过梳妆打扮的蔓子，楚楚动人，不媚不俗，宁静秀气，洒脱的野味儿中又有些大家闺秀般的羞涩。

罗森看了她一眼。

她看了罗森一眼。

铁头笑着做了介绍，把蔓子安排到罗森身边。

罗森显得特别高兴，频频举杯，不住呷酒，低声儿慢语儿地与蔓子谈天说地。蔓子喜欢听他的声音，觉得他的声音十分像一个电影配音演员的声音。那演员常给多情的王子配音。

后来，蔓子就偷偷抬起眼看罗森，发现他也在看她。她慌忙低下头盯着手中的筷子，颊上泛起一片潮红。

罗森说他要雕一座少女裸像，就用蔓子加工过的那块乳白色的软水紫晶石。他说还想请蔓子来做模特。蔓子以为是裸模，羞红了脸，不吱声儿。

蔓子一直很少说话，但很听话，罗森让她喝她就喝，罗森说干杯她就干。没一会儿，就感到一阵阵眩晕，轻飘飘、雾腾腾的，云里雾里，浮起落下……

之后几天，干活儿总是心不在焉儿——锤子一不小心砸在手上，虽然有结实的帆布手套保护，但那纤纤小手免不了青一块儿紫一块儿。

班长叶子说蔓子的心野了，只可惜心比天高、命比纸薄！

罗森并没有请蔓子做他的模特。

隔一道山坳，蔓子能听见山坳那边的锤子的雕琢声十分悦耳——罗森正在加工他的艺术品哩！

渴望早点收工。只要一歇工，她就借故离开众姐妹，一人悄悄溜到山坳那边的那间木板小棚里，看罗森怎样进行他的创作。

罗森工作时十分专注认真，而且神采奕奕。他创作时，长头发潇洒地飘动着；他时而弯腰，时而挺胸，时而弓步，时而后仰，身体呈各种姿态。蔓子看见他白衬衫内饱满结实的肌肉在跳动，浑身散发出一种能量。那样子深深地吸引着蔓子。

那块乳白色的软水紫晶石在他的精心雕琢下，一天天变了样，竟变成一尊活脱脱的东方美女。那裸女仿佛在接受春雨的沐浴、夏日的温存、秋风的抚摸，那裸女颇似刚刚苏醒的美的使者，每个部位都散发着奇异的魅力。软水紫晶石光润细腻而又绝无一丝杂色的质地，简直就是少女可触碰的肌肤。

蔓子好喜欢这尊少女塑像。

她第一次看到真正的雕塑过程，并清清楚楚看见它是怎样被一点点地凿出来的。艺术家的手简直太奇妙了，太了不起啦！

她清楚地听见罗森说："蔓子，是你激发了我的创作灵感，我才捕捉到了那种与大自然浑然一体的质朴和超越于肉体的美！我一直在苦苦地寻找这种美啊……"

蔓子快乐得不知该咋办才好，只是傻笑。

裸女雕像被抬到场部门前，女工们都跑去看。听说这尊石像将要安置在北京一家相当豪华的大饭店里，开饭店的外商为这尊石雕支付了上万美元。女工们都惊得直咂舌。

"就这光屁股女人，值那么多钱哟！"

"外国人才怪哩，越是日怪的东西，就越值钱。"

"要是把它的胳膊腿儿弄断，就更值钱哩！"

"哎哟，瞧那奶子做得那么鼓，羞死人了！"

"咱姐妹里面，除了蔓子有那么鼓鼓的奶子，谁有？"

"呀，照这么说，他是照着蔓子的……"

"真像！看，眉眼儿也像哩！"

"敢情是蔓子脱了衣裳给人家看过？"

"那叫模特儿！"

蔓子走过来了。大家都不说话了，用轻蔑的、不屑的目光瞟着她。

蔓子目不斜视，昂首挺胸走了过去，像高傲的公主。蔓子心里想：呸，一群俗不可耐的小市民！

完成了塑像，罗森就要走了。

临走的前一夜，铁头再次设宴为雕塑家饯行。蔓子依然作陪。

由于兴奋，再加上紧张的工作之后需要松弛一下，那晚，罗森喝了许多酒。罗森喝多少，蔓子也喝多少。

两个人都喝多了。

有一时刻，罗森把握不住自己，脉脉地瞅着蔓子。

蔓子也望着他，脸蛋红扑扑、娇嫩嫩的。

铁头搬来一台录音机，扯着大嗓门喊："跳舞跳舞，痛痛快快地玩个通宵，虽说山谷里条件差，可该乐呵儿也得乐呵儿乐呵儿啊！"

便把马灯拧了拧，光线昏暗了，朦朦胧胧的。

罗森请蔓子跳舞。

蔓子说不会跳。

罗森说不会不要紧，跟着我走就行——跳慢步就和平时散步走路一样。

蔓子站起来。罗森轻轻揽住她的腰跳了起来。蔓子感觉自己在腾云驾雾。

跳了一会儿，罗森在蔓子耳边嘤嘤耳语："这儿太热了，我们出去走走？"

蔓子无力地依偎着他，只想把自己的小船快一些停泊在他那结实宽厚的港湾里。她不知道怎么与他一同走出了屋子，走入了茫茫无际的夜色里……

那晚山谷里有很好的月色，还有夜风一阵接一阵轻柔婉约的叹息。

蔓子把自己交给了山谷，交给了黑夜，交给了那双温柔出众的、有着艺术灵气的手……

第一次看见自己心底的海洋怎样一次又一次席卷起不可遏止的狂潮，将她的躯体一点一点地融化掉……·

极度的欢乐与痛苦搅在一起，终于使她化成了一团雾、一片云、一股如夜风般轻柔香郁的气体……

罗森走后，石料场的姐妹们依然快快乐乐、说说笑笑。

唯有蔓子闷闷不乐。

起初，姐妹们说些冷言冷语。蔓子只是低头干活儿，不说一句话。时间久了，见她总是呆呆的，大家就又开始安慰她，给她说些宽心话。

每晚，她依然爬上石堡顶上，呆呆地望山、望云彩、望星星。

"说好了，他来接你吗？"好心的叶子问。

蔓子摇摇头——他没有一句承诺。

"你们之间，有没有那样……"叶子试探地问。

蔓子还是不说话。

叶子叹口气说："不是我说你，蔓子，你太痴情了，伤害的是自己……城里的男人都是负心郎，一个也信不得！忘了吧，权当是做了一场梦！"

蔓子只是僵坐着，仿佛化成了一块石头。

闲下来时，大家谈的还是这件事儿——为蔓子叹气，为她抱不平。姐妹们一起用最脏的话骂那个罗森，为蔓子出气。

可是蔓子不领情，不爱听，甩了锤子，愤愤而去。

众姐妹开始骂蔓子——忒轻贱啦，还护着那男人哩！

不久，大家都知道了那件事，一下子推上了兴奋的焦点——

蔓子怀孕了！

蔓子的身价似乎一下子变了，众姐妹团团围住，纷纷献计献策，慷慨陈词。

"这下行了，凭这肚里的娃娃，那姓罗的敢不承认！"

"他要不认，就把孩子给他生下来，上法庭，验血！"

"找他去，把大肚子亮给他看！"

"这时辰，你提啥条件，他都得乖乖地答应。"

"可不，就等着当罗太太吧。进城住洋楼、吃香的、喝辣的。"

"没准儿还能出国呢。"

忽地想到了一个重要问题：

"哎，那姓罗的还没结过婚吧？"

"有老婆孩子吗？"

"他和你说过没？不会有家有业的吧？"

"管他有没有老婆——要有，就让他离！"

"当然得离啦！"

可是蔓子自始至终也不表态，低头不语。

众姐妹急了，都说：

"蔓子，你也太窝囊了，白白让男人欺负了？不行！他占了咱的便宜，就拍屁股走人，美死他哩，他得担责任哩！"

蔓子终于抬起头来。姐妹们都不说话了，她们看见蔓子的脸上都是泪。

"我明天……走！"

"他叫你去呢？"众人都呆愣了。

"嗯，他来信了……"

第二天是个阴郁的天气。早晨的雾还没有消散，一片片游荡着，填塞着萤石谷，使山谷里笼着一层迷惘的色彩。太阳被阻隔在云层后面，久久透不过一丝亮色。灰蒙蒙的山谷里浸泡着湿漉漉的沉寂和忧郁。

姐妹们簇拥着蔓子，一直把她送到山谷口处。

蔓子搭一辆拉萤石的汽车，一直坐到城里。

"都回去吧，我又不是啥贵人，值得大家这样送……"蔓子感动地说，鼻子酸酸的。

"谁知以后会不会再见面了呢！"叶子伤感地回道。

"孩子生下来，是男是女，来个信儿啊！"

"好好保重身子，月子里多喝红糖水。"胖嫂叮嘱说。

"让那姓罗的每天侍候你。"

"多长个心眼儿，一定要把结婚证先拿到手，甭让那家伙耍了你！"柳大姐以见过大世面的口吻说。

"硬气点儿，别让他欺负你！"

"不行了就上法庭！"　.

"来信，我们帮你收拾那狗日的男人！"

"行啦行啦，没准儿人家小两口甜甜蜜蜜的呢，你们真是瞎操心！"

"赶明儿个我们进城，去看你的新房！"

蔓子无法控制自己，就任泪珠儿流下。平时，她看不上这帮姐妹，认为她们粗俗浅薄，没文化，少教养，不屑于和她们往来，可眼下才发现她们都有一副好心眼儿，在你遇难时乐于帮助你。

蔓子尽量装成十分高兴的样子，笑着说："谢谢大家关照！结了婚，他就不让我回萤石谷干活儿了，再也不回来了……你们……可要想着我啊……"说着，就哽咽起来。

"瞧瞧，马上就当新娘享福去了，还哭！"

"俺们记着你呢，蔓子。"

"唉，啥时候这山谷里再来个有本事的男人，俺非去找他睡上一觉……"

"甭想那好事啦，就你那张狼见了能吓死的脸蛋蛋？哎咦呀呀……"

姐妹们都笑起来了，笑声里有几分凄楚，是一种对未来命运无法预知的茫然和悲观的凄楚。

装萤石的汽车开过来了。

众姐妹大喊大叫地拦住了汽车，把蔓子送到车上。汽车开动了，蔓子在车上朝大家使劲儿挥手。

"蔓子……走好……"叶子追着汽车喊。

汽车很快把那帮女工甩在后面，向山谷外和荒原驰去。

蔓子看见那些平时牛高马大的姐妹们一下子变得那么渺小，渐渐与山谷的颜色浑然一体，仿佛是几块儿永远嵌在山谷里的石头。

后来连山谷也很快变小了，只是一抹云缠雾绕、影影绰绰的幽蓝色。

蔓子呆呆地望着，泪珠儿又一次一行行地流下。她从衣袋中取出罗森的来信，一点点地把它撕碎，碎到只有米粒般大小才住手，然后一扬手，纸片碎屑扬起一片惨白凌乱的雪花，一瞬间便消失在茫茫的荒原上，淹没在汽车卷起的尘埃里，从此再也无踪无迹。

荒原仍在无休止地向前延伸、扩展。现在，她从汽车上向后望去，那条贫瘠的、也曾给过她温暖和幸福的山谷已经完全消失了，只有一团暗蓝色的氤，在天与地相交接的地方隐隐颤动着……

别叫醒守林人

原载《海燕》

1.

当那些灰色的、蓝色的、黑色的或粉红色的时光，都从森林的树冠上、枝干间无声无息地流过去之后，便是凝固的冬天——硬邦邦的像铁块儿一样浓缩的冬天。

那时候，山谷里满地都是树叶枯瘦如纸的尸体，踩上去，它们顿然复苏了生命，窃窃地笑个不停。它们永远是快乐的，无论活着还是死去。而挂在枝上的那些薄翼似的枯叶，依然像绿时一样激动地发抖，在白酒一样的空气中摇头晃脑，如醉如痴。

生命就是永恒的抖动。

风是森林里的音乐，从它的黏液中能找到各种乐器、各种音色、各种旋律。它颤抖着洗刷森林。森林里的许多日日夜夜就流淌过去一首首交响乐，有时恬静忧伤，有时气势恢宏，有时呢喃絮语，有时万念俱灰，有时淫荡无度，而更多的时候，就像一个絮絮叨叨的老太婆在不停地忙碌——为白桦接生，为蘑菇洗礼，为雪兔梳毛，或为獾子寻觅配偶……这时候，那些寂寞的野花和绿蛇一样四处乱爬的藤蔓就抖个不停，栖息在河边的白雁就像位相思小姐一样多情，由于失恋而嘤嘤哭泣。

当冬天来临时，风只奏一首曲子——安魂曲。

在这片森林里，一粒石子或一根小草都有灵魂，当它们的躯体枯死或粉碎后，它们的灵魂就像浮尘一样在无限的时光里游荡漂泊。

人的灵魂也掺杂其中，与其他动物和植物的灵魂没有什么两样儿……

2.

老熊穿过那片密集的黑桦林那天，刚好有一场嫩雪降临，所以雪地上清晰地留下了老熊笨歪歪的脚印。

老熊是一个人，一个独臂残疾人。但在老熊那雪野般空旷苍茫的意识里，关于人的概念已经十分模糊了——人是一种遥远的直立行走的动物？是野蛮而贪婪的精灵？人也是水和土做的一种肉体……

老熊依稀记得四十七年前的一场玫瑰色战争，炮弹像礼花一样在天空中闪烁光芒。岛国的夜晚壮观无比、辉煌无比，小高地上铺满了红花怒放一样的尸体，黑头发、黄头发、红头发、白皮肤、黑皮肤、蓝眼珠……那就是人，没有灵魂的人，野性毕露的人，被一种无形的力量驱赶的人。

此后许多年，老熊隐匿在这片原始森林里，很少再见到什么人。他喜欢在一些寂静的黄昏和喧闹的黎明时，让各种飞禽走兽来拜访他、打搅他。他一点儿也不厌烦它们。他与它们交谈，与它们欢乐。可是一旦发现有人闯入森林，他就会很不高兴，一连几天闷闷不乐。尤其是当他发现那些闯入者是行踪诡秘的偷猎者或是面目可憎的盗伐木材者，他更为恼火，他会毫不客气地鸣枪将他们驱逐出去……

四十多年的离群索居使老熊几乎快要忘了自己是个人，他只觉得自己是森林的一部分——必不可少的一部分。

老熊在那个初雪的日子离开温暖的小屋，穿过那片茂密的黑桦林，走进了一个冬天的故事里，而这个故事却又与四十七年前的故事发生着密切的联系。

3

老熊的儿子叫小熊，长大后就叫大熊。

大熊不知道自己的母亲是谁。从小没见过女人，所以大熊一直以为男人都是父亲生养的。

大熊长得丝毫也不像老熊。老熊很矮小，但大熊很高大。大熊从小不爱说话，从三岁起就会用十分阴郁的目光注视进入他视野的一切东西，那目光常常使老熊心惊肉跳。

老熊教大熊认字，但是大熊显然对读书不感兴趣，而对猎枪和刀子却爱不释手。十四岁时，大熊已经是一个优秀的猎手了。十七岁时，大熊就可以轻而易举地用刀子刺死一头野猪或凶狠的豹子。大熊的勇猛和凶残令老熊吃惊，他觉得儿子身上有一种令他很陌生的东西，他不知道这种东西是来源于他——一个当父亲的原始血液之中，还是继承了母亲那刚烈如火的秉性？后来，他责怪自己不该让大熊与世隔绝，那恰恰是野性复萌的主要原因。如果这样下去，大熊可能就真的还原为一个野人了。

在矛盾和痛苦中，老熊吧嗒着旱烟思虑了一夜，第二天便带着大熊走出山林，走向离森林足有五十多里的一个破旧不堪的小镇。

4

污浊的小镇里有许多人——男人和女人，还有商店。

大熊觉得自己进了天国，眼睛昏花，只见一片斑斓、一片辉煌。他第一次看见穿裙子的女人和裙子下露出的白色或粉红色的腿。那一天，大熊觉得阳光灿烂，魂不附体。以后的日子便不再苍白。

大熊经常独自骑马去小镇。那个小镇有个蒙古名字叫乌里亚斯。大熊从乌里亚斯回来后经常是醉醺醺的倒头便睡。然而有一天老熊从他身上嗅出了女人的气味，才意识到问题的严重性。

然而事情已经无法挽回。大熊三天前从小镇上返回时，马背上驮了一个女人，一个比大熊大七至十岁的女人。那女人很丑，一口黄牙，烟抽得挺凶，说话却嗲声嗲气，把大熊迷得不得了。大熊很庄重地告诉父亲：他想和那个女人结婚，并且想搬到小镇上居住……

老熊无言以对。他过去在小镇上见过这种女人，知道她们的景况和地位。她们只会迷惑那些不谙世事的小伙子们，她们会像贪婪的青藤一样攀附在男人身上，直到榨干男人的一切———精力和金钱，然后就会弃之而去，再去寻找另外一些尚不成熟的男人。

老熊无法给儿子讲明这些，他知道年轻人一旦被女人迷住会是什么样子，更何况大熊对女人几乎一无所知。

5

实际上那天老熊穿越黑桦林并没有什么重要的事情，仅仅是听从了一种奇怪的感觉。那感觉使他坐立不安，神情恍惚，想到黑桦林里去。进了黑桦林，却又茫然了，不知该往哪儿去。三十多年的森林生活，早已使老熊心如枯井，无波无澜，无情无欲，像一个超凡脱俗的隐士。

二十三年前，一个女人曾使老熊享受了两年零五十天的幸福时光，让他尝尽了做男人的美妙滋味儿。他知道那个闯入森林里的女人是个逃亡者，她本来想在森林里做个野人，以躲避那个社会对她的惩罚。他还知道那个女人的丈夫在运动中被抓走生死不明。老熊是在她饿得奄奄一息、躺在这片黑桦林里等死时发现了她，把她背回了自己那座木板房子里。他从来没问过她为什么要到森林里来，在两年零五十天的时间里两人很少用语言交谈。后来，她终于走了，给他留下了小熊。

她像一片雾一样消散了，散得无影无踪……

6

黑桦林里阳光暗淡，一棵棵笔直的黑桦井然有序地排列着，像沉默无言的士兵。老熊忽然觉得在这沉寂中将要有什么事情发生或者已经发生了。

老熊跟着自己的感觉往前走。偶尔有一阵微风从头顶的树冠上掠过去，便有轻如烟雾的积雪飘飘悠悠地降落下来，头上那顶赤红的狐皮帽子和肩上的浅褐色的狗皮衣领子便被染成一片霜色。在不停的行走中，老熊除了听见脚下的积雪在欢悦地呻吟之外，还听见自己的心脏在猛烈地搏跳。

半个时辰后，他走出了黑桦林，来到了森林的边缘地带。太阳明晃晃地映亮雪地，到处都辐射出刺眼的光芒。老熊眯起眼睛四处眺望，森林外的雪原依然是那种永恒的宁静，远山在苍白的色彩中透出几缕幽蓝，也许，那是淡蓝的烟雾，是有人居住的营子。

就在这时，老熊看见了那辆倒栽在沟里的吉普车——绿色的帆布篷像泄了气的皮球干瘪下去，两个车轮深埋在厚厚的积雪中，另外两个轮子则无奈地向着天空。

有人遇难了！

遇难者约有五十多岁的模样，中等身材，微胖，穿一件灰色的中山装，白净的面孔上有种学者的儒雅风度。老熊把他从吉普车里拖出来时他已经快冻僵了，处于一种昏迷不醒的状态。费了很大的劲，守林人才把遇难者背到他那座木坷楞房子里。

木坷楞里很温暖，墙上钉满了兽皮——狍子皮、鹿皮、熊皮和几张豹子皮。兽皮保存着木屋里的温度。

木屋里杂乱不堪，到处散发着原始气息。

老熊几乎没有一刻的犹豫，立即给遇难者进行了急救。老熊的那只枯黑的手十分有经验地为那人做了人工呼吸，又用烧酒给他那条受了重伤的大腿进行消毒，找出块干净的白布做了包扎。木坷楞里光线不足，他只得点亮马灯。马灯的玻璃罩由于多时不擦而布满灰垢和蝇屎，所以屋子里的光线依然是昏暗的。马灯里的野猪油在燃烧时散发出一股刺鼻的油腥味儿。守林人早已熟悉了这气味儿，嗅到这气味儿后就像大大喝了一口烧酒那般浑身舒畅。

这时他看见遇难者的嘴唇在微微动——由于失血过多，他的脸像一张没写过字的白纸。守林人呆呆地凝视着他，许久，竟悲天悯人般地叹口气，自言自语地嘟囔着："你不该，真的不该……老伙计，怎么才能让你明白呢？唉，我其实早将那一切忘光了，可你偏偏总来提醒我，来揭我心上的那层疮疤……"

守林人站起来，往炉膛里加了些木头。不一会儿，炉火又"轰轰隆隆"地燃烧起来，屋子里的热流汹涌澎湃。守林人虽然只有一只胳膊，可干起活儿来十分麻利。这时他听见遇难者的呼吸趋于均匀，脸上也有了些许的红润。他正想坐下喘口气，抽一袋烟，却忽听得隔壁的屋子里传过来一阵响动。老熊本不想干预，但那响动毫无顾忌，将木板墙震得摇摇欲坠，他还清晰地听见了那女人不知是快乐还是痛苦的号叫。老熊的平静被打破了，他推开门走了出去。

7.

山谷里又在下雪了，也许是风把树上的积雪吹落下来，洋洋洒洒，使空气变得又稠又粘。寒风的嘶叫尽管悲壮却不能使守林人动心，因为他早就听惯了这声音，倒是那股气味刺得他浑身燥热不舒服。守林人有个极灵敏的鼻子，能嗅得出山林里的各种味道，甚至能辨得出小紫叶草与野菊豆二者气味儿上的那极相似而又极细微的差别。现在嗅到的那气味儿是在山林外才能嗅到的。

老熊没有贸然破门而入，在门口呆立片刻，使劲儿揉搓鼻子，把手指上那层烟油子揉进鼻孔里去。屋内的响动使他一时束手无策、六神无主。他突然想起了那个大雾弥漫的早晨……

就在那个大雾弥漫的早晨，她神秘地出现了，出现在他的面前。也是在那个大雾弥漫的早晨，她又奇迹般地消失了，仅仅听得雾中飘荡着那女人的嘤嘤啜泣……以后只要森林里漫起雾，他就行立雾中，静等那女人随雾而现，然而等来的只有那若隐若现的啜泣。当他把嘴里的烟吐到雾里时，哭泣便消失了，却听到女人的被烟呛得咳嗽声断断续续、渐渐远遁。那时他就相信那女人已经不在人世了，随雾而来的，仅仅是她的魂灵。

她是回来看儿子呢，还是依然对他怀有眷恋之情，丢舍不下？

烟油子强烈地刺激着鼻孔，那似曾熟悉的气味儿消失了，他禁不住痛痛快快地打了个喷嚏，顿时觉得浑身舒畅起来。

当守林人走进儿子屋里时，屋里已经平静了，只有炉火仍然热烈地嘶吼着，像个苍老的说书人在拼命歌咏某一位英雄久远的历史。屋里虽没有点灯，但炉膛里的木头有一大截露在外面，火焰便顺着树枝蹿了上来，将屋子映得忽明忽暗。浓浓的、带着树脂香味儿的烟在屋内荡漾着。

守林人看见儿子果然像一头庞大的黑熊瘫在皮褥子上，一副被抽掉了筋骨的模样儿。大熊身旁偎着那女人。

守林人几乎没看那女人一眼，只是凶狠地盯着儿子。大熊却满不在乎地笑着，笑得傻里傻气。

"给我听着，大熊，让这个女人明天就走！明儿一早，你跟我去那片黑桦林里去清理树上的淤雪。再迟，那片黑桦林非毁了不可！"

"她要是不走呢？"大熊怄气地说。

"等着瞧，我有办法对付你们！"守林人丢下一句硬邦邦的话，就转身而去。

8.

那时候无论城市还是乡村都在激动的空气中颤动，每天都有新奇的事情发生，那是一种让人心醉神迷的神话般的日子；那时候那场玫瑰色的战争已调动起了所有人的激情，生命的意义在礼花般的炮火中顿时显现得无比辉煌；那时候某所名牌大学里有一对情同手足的朋友，同在中文系攻读学士学位，就像每一个古老的故事一样，他们俩同时爱上了系里的一位漂亮女孩儿，结果两人都极高尚地将心底的爱情深深掩藏起来，都努力促使对方与那女孩结合。结果谁也没有表露心迹，反而使三个人的关系变得微妙而又暧昧。

后来，遥远岛国的战火使这三位热血青年同时热血沸腾，于是在一个阳光明媚的日子里三个人同时参军入伍，奔赴前线。曾幻想当诗人的那位青年下了连队，几次战斗之后屡屡立功，提任连指导员。曾渴望当大记者的那位青年成了军内的新闻干事，一些火线报道时常在国内见报。而那女孩儿却当了卫生员，用那双天使般白嫩的小手救出了许多伤病员。

故事发展到最后感人肺腑，催人泪下——那指导员带领三个排坚守那个后来举世闻名的无名小高地时，打退了敌人的一百零三次大大小小的冲锋，让敌军在高地上丢下了密密麻麻的尸体，直打得弹尽粮绝，天昏地暗。在坚守了七天七夜之后，三个排仅剩下指导员一人，他毅然拉响了爆破筒与大群敌人同归于尽。

他的英雄事迹被他的手足朋友——那位新闻干事写成长篇通讯《英雄是怎样炼成的》。此篇文章在几天之内被国内大大小小的报纸转载，不但指导员的英雄事迹家喻户晓，人人皆知，就连作者的大名也倏地响亮起来，成了轰动一时的知名人物，在瞬间博得了多少纯情少女的爱慕，求爱信如雪片般从国内飞来。而那位已成为著名战地记者的干事却依然痴情不改，只爱那小卫生员。很快，他们结合了，组成了一个幸福的家庭。

战后，英雄的名字很少被人提起，而那记者的名字却依然响亮，终成为一个颇有知名度的大作家。他和妻子自然都不会忘记他们共同的朋友。从某种意义上说，他后来所得到的那一切——名誉、地位和娇妻，都是他的挚友用鲜血换来的。所以，每年清明节或是战友的祭日，他都要带妻子到朋友的墓前来扫墓。而他的妻子每次来，都要把一个自己亲手编织的花环端端正正地安放在墓碑前，并且独自默默在坟前坐上许久，直到丈夫温存的声音又一次把她从哀伤的回忆中惊醒……

9

遇难者从昏迷中醒来时正是一个宁静的黎明。苏醒的一刹那，死而复生的感觉奇妙极了，浑身的每一个骨节都发出欢悦的吟唱。他听见了森林里的鸟儿在"啾啾"欢歌，听见了雪压松枝的"吱吱呀呀"的优美颤音，听见了麋鹿奔跑的轻盈的旋律。透过木屋的小门，可看见阳光明丽而又温情，从森林的缝隙间滑落下来，形成一条条金色的彩带。一条黑狗犹如一道黑色闪电消失在太阳织成的彩带里。

这时，他听见了脚步声——木屋小门被一个黑影堵住。须臾，那黑影移到他面前。由于逆光，他许久看不清那张面孔，模模糊糊地感觉到立在面前的是个亡灵……

亡灵？是一个亡灵对另一个亡灵的拜访吗？

四周的一切都使他感到虚幻和不真实。

这时候遇难者的思路却异常活跃，他想：这是一棵树吧？一棵断了一截主要枝杈的硬杂木类的树木，树干被熏黑却依然刚硬，倔强挺立！他是树，所以他有树的思想，与他沟通是很难的。你瞧，他的眼睛深藏在树皮里，那里面有种睿智之光，有种大彻大悟的超凡脱俗。那眼睛生来不是为看东西的，而是用来摄取自然界的一切营养——阳光、水分、沼气和泥土青草……他的鼻子是扁平的，像狮子的鼻子，能嗅到月亮上的气味儿。他的嘴仿佛是树干上裂开的一道口子，是为鸟儿们准备下的巢窠……

他们就那样互相默默凝视着，好像来自两个不同的世界——生者与死者邂逅。

"我还活着？是你救了我？"

遇难者的嘴巴动了动，吐出几个微弱的字。他想起了遇难的经过——瞬间吉普车失去控制，他在慌乱中踩了一脚刹车，车子却轻悠悠地拐了个大弯儿，并向一道深沟滑去，他仅仅来得及看见天空在车窗玻璃上旋转了一下，便失去了知觉。

"你当然活着，高山……"守林人毫不迟疑地叫出遇难者的名字，"你不该到这儿来！真的不该……我们不是有过约定吗？"

"我要来，不能不来……"被称为高山的人吃力地说，"我只是不知道在山谷的雪地上开车会有那么危险……"

"这山谷里到处都有危险，尤其对于你来说……唉，我说你放着城里的暖和小洋楼不住，何必到这儿来冒险呢？我根本不想见你……"老熊的语调冷冰冰的，"等你能爬起来，我就送你走。"

"你还是不肯原谅我？"

老熊沉默。

犹豫了片刻，遇难者说："她忽然不见了……我以为，她会来山谷里找你……"

老熊浑身颤抖了一下，乌黑的身体从屋内渐渐消失了。潮水般的晨曦一下子从小木门涌荡进来，送来了刺眼的光明。

10.

老熊摇摇晃晃的身子在雪地上蠕动，那一条空袖筒在风中水波似的起伏挥舞——高山从敞开的小门望见了这一切。

守林人的猎犬黑贝总是用一种意味深长的目光盯着人看，仿佛它知晓站在它面前一切人的全部隐私。它是一条细腰大屁股的母狗，四条腿修长美丽，跑起来楚楚动人。它只听守林人的话，对他忠实到无以复加的程度。

那天，就是黑贝发现了那个女人，一路跑回去将老熊领来。老熊抱起她时觉得她的身子轻盈如纸。守林人没有丝毫犹豫就认出了这个女人。许多年来，他就预感到她会来的，迟早有一天她会来找他，她终究会知道他还活着的消息。从她那破烂的衣装，他猜测到了她遇到了不幸。那时候守林人还不知道山谷外正进行着翻天覆地的革命，所以老熊对那女人会遇到什么不幸百思不解，直到后来那女人将森林外面所发生的一切告诉了他，他还是不大明白。

他把那女人背回了木坷楞房子里，喂了她些温水。然后他坐下来默默注视着昏迷不醒的她，神情呆滞，眼眶里蓄满了泪水，嘴里不停地喃喃着一个名字："白雪、白雪、白雪……"

那女人叫白雪。

白雪却在昏迷中喊着："大江……大江……"

当她终于清醒过来后，第一句话就是要找大江。

老熊说："你要找的大江早不在人世了，他不是在十几年前就牺牲了吗？"

白雪却说："他活着！我知道他还活着，就在这森林里！"

白雪望着他哀求道："大叔，求你了，帮我把大江找来……你一定知道他藏在哪儿，大叔……"

老熊呆立着不动，面似土灰、心如刀绞——大叔？她喊你大叔？呵，她丝毫也没认出你，却喊你大叔！难道你竟变得那样厉害，那样苍老，那样可怕？不，这不可能！无论如何她都应该认出你的，即使你变成一棵树，她也应该认识……

他一口气跑到森林深处。秋天的树林里枫叶如火，在蓝天上炽热地燃烧。风摇落一片片枯叶，任它们在林间草地上自由翻飞。淡淡的云絮下有一只寂寞的褐鹰飞过。树林深处有一片清静的湖水。他跑到那个小小的湖泊边，慢慢俯下身子，瞧见了水中的倒影。这是十多年来他第一次看自己的形象。自从隐匿密林后，他便与镜子和梳子之类的东西彻底无缘了。

湖水中，一个苍老的面影正呆呆地望着自己——那是一张如同树皮一样皱皱巴巴的脸，那是一张近乎原始人的脸，乱发和胡子像野草一样蓬蓬勃勃地生长，凹陷进去的眼睛闪着野性的光亮……呵，就连他也不能相信那是自己。然而，倒影中那人的一条空袖筒分明又证实了那正是自己，不会是别人！

难怪她认不出你而喊你大叔呢！

天壤之别啊！那时的大江风流潇洒，有一个均匀的身材和一张英俊的脸庞；那时的大江总是留着很短的、齐刷刷的运动头，雪白的衬衣上没有一个污点儿；那时的大江具有一种令人羡慕的、儒雅的气质，总是夹着一本诗集，不是普希金，就是泰戈尔；那时的大江穿上军服更是英气逼人，天生一副标致的英雄模样儿……是的，那个大江已经死了，十几年前就死在那个无名高地上。人们敬仰他、怀念他、爱慕他，因为他是个英雄——自从高山那篇文章发表后，作为英雄的大江便成为历史，化成一尊雕像供后人瞻仰。活着的，却成为不知该依附何物的幽灵。

为什么要活下来呢？

为什么要苟且偷生呢？

他一遍遍地问自己。

他羞愧，他悲愤，他懊悔。后来，大森林拯救了他，心中的欲念被山谷的风雨渐渐洗淡，人世间的一切烦恼对他都不再起任何作用。一种永恒的宁静使他感到幸福，他知道自己正在回归到人的本原。

然而偏偏这个时候，白雪出现了，将他心中那份尚不坚固的宁静击得粉碎。如果说他一生中只爱过一个人的话，那么这个人就只是她——白雪！

11.

高山能一瘸一拐地走出守林人的木坷楞小屋时，正值一个大雪初霁的日子。空气好得令人感动，是那种没有一丝污染的、最纯净的空气。森林的苍白让他感到无地自容，觉得自己浑身上下污浊不堪。他走到森林里，树冠上的积雪便纷纷落下来，把他罩在一层迷迷离离的雪幕里。他快活得像个孩子。他感到自己此刻充满了活力，一种生命的冲动让他感到血液发热，在那一瞬间他爱上那片森林了。

他走了很远的一段路。雪很厚，有时能没住膝盖，伤口便隐隐作痛。不过他毫不在意，依然往前走着。后来，他听见一种声音在前方的一片黑桦林里荡开。起初，他以为是伐木工人的吼声，再细听却不是，那是一个苍老的声音在回旋，像是一种有韵律的歌唱，伴随着一阵阵气流的呼啸，好像有什么庞然大物落在地上：

"咿嘿嘿……咿嘿嘿……咿——嘿——嘿——"

"咿嘿嘿——"

那是一种让人无法听懂的野声野气的喊声。高山就奔那声音而去。当他看到那场面时，一下子呆住了——那简直不像是劳动的场面，而是人与自然最和谐、最美妙的交融。

独臂守林人正带着他的儿子大熊清理树冠上的积雪。由于树冠过于密集，厚厚的淤雪快要把树干压断了。守林人用一根一端捆了砍刀的长杆子去削砍树枝，每砍一下，树枝就和积雪一同飞落而下，好似一场小小的雪崩。大熊干这活儿很来情绪，似乎浑身的力量找到了发泄之处。他一边像一个武士那样挥舞长矛奋力劈砍，一边跟着父亲嘶喊着。全身乌黑的黑贝则在附近跳跃不停。每当落下一大团雪时，它都会跃过去用嘴咬住树枝拖着乱跑。

树林里纷扬着晶莹的雪絮。

父子俩配合默契，沉浸在一种宗教般的狂热情绪之中，两个身影在雪幕中影影绰绰。雪雾消散后，阳光就从树隙间落下来，使黑桦林里不再昏暗而显得分外明丽。

高山被这情景彻底感动了。他一瘸一拐地走过去。他渴望加入他们的劳动之中。老熊微笑地望着他，将砍刀交给他。他挥舞砍刀笨拙地砍起来，却总也砍不住树枝，而是搅下一团团积雪落了满头。

"不行，老伙计，你不是干这个的材料，你的手只能握笔杆子！"老熊笑道。

高山也笑着摇摇头放下砍刀。他看见大熊正用好奇的目光注视着自己。

"老啰！"高山感慨万千，"你瞧，连小熊都这么大了，我们能不老吗？当年在学校，我的体力并不比你差，打一场球下来……"

老熊把旱烟杆儿含在嘴里，浓浓地吐口烟，打断高山的话头："提那些干啥！"

高山这才发现老熊的神色不对，忙住了嘴。他知道自己又触痛了老熊心底的那层伤疤。

"当年，过去，那都是你们的事儿，对我来说不存在过去……"老熊凝视着森林远方的那层淡蓝色的氤氲，神色极淡漠，"你要是觉得伤已经好了，能走路了，我明天就送你回去。我不喜欢你来打搅我……本来我在这儿活得好好的，为啥就不能安安静静地把剩下的日子都过完呢！"

高山动情地抓住老熊那只胳膊说："这叫什么生活？野人般的生活！不，你不能再这样生活下去了，你应该得到那些属于你的荣誉、地位、待遇。你是人民的功勋，不能再在这儿隐居了，你应该走出山谷，让人们看看：当年的英雄如今还活着！我已经写好关于你的报告文学，只要你同意，马上就可发表，一定会轰动全国的……"

"你不该有这念头，真的！即使人们知道我还活着又能怎么样呢？对我来说，那一切并不重要！我再也不会是英雄了……大江早已死去，干吗还让他从坟墓里走出来呢？一旦他真的走出来，人们就会发现这个英雄原来是你制造出的虚假幻影，实际上他没有与敌人同归于尽，而是当了战俘……他活着却是为了苟且偷生。他从战俘集中营逃出来之后就厌倦了一切，厌倦了人世，躲到山林里与世隔绝……不，还是不要把事情捅破为好！一旦说出真相，你的名誉地位也就全完啦……"老熊依然是极淡漠的神情。

"为了良心的宁静，我宁可不要那一切！"高山激动不已。

"良心？算了吧，老伙计，还是不要和我谈什么良心吧……"沉默了许久，又说，"何况，事情已经过去了快四十年啦………"

12.

当无名高地的战斗临近尾声，阵地上只剩下一个人的时候，高山正在一座距无名高地极近的山顶上，从望远镜里清晰地看到了一切。

本来，他准备穿过炮火的封锁线，到无名高地做火线采访，但到了这座山上时他才发现穿过封锁线是不可能的——敌人火力交织成一张网、一堵墙、一道不可逾越的障碍。他找了一个安全隐蔽的地方，用望远镜仔细观察着无名高地——尸体，到处是层层叠叠的尸体……硝烟弥漫，许多东西在燃烧……钢盔和满山坡被丢弃的枪支弹药……

蓦然间，他看见了阵地上最后一个幸存者——他的挚友大江！

大江是从尸体堆里爬起来的，浑身是血，衣服被炮火撕成了条条缕缕，一条胳膊已不翼而飞。他用仅存的那条胳膊艰难地支撑起身体，向前踉跄了几步，没有摔倒。他爬出掩体后便停立在浓浓的硝烟里，衣服的破条迎风飘扬。他的威武不屈的形象久久嵌在望远镜的镜头上，使高山感动不已。

后来，阵地上突然冒出了敌人——密密麻麻的如蝗虫一样的敌人，与大江近在咫尺。大江已从脚下捡起一根很长的爆破筒。他一步步地向敌人走去，那种决心与敌人同归于尽的气势使敌人仓皇后退。

高山在望远镜里观察着，心一下子提起来，把牙咬得"咯咯"响。他知道那最辉煌的一刻来到了！

然而，只剩一条胳膊的大江却无法拉开爆破筒的导火线。他惊愕地注视着自己的那半截血肉模糊的手臂，忽然丢下爆破筒，蹲下身子伤心地哭起来。

仅仅一瞬间，敌人从四面八方围住了他，将他淹没……

"混蛋！为什么——为什么不和敌人同归于尽？为什么不自杀！"高山狠狠地将望远镜摔到山岩上，愤愤地嘶吼着！他觉得自己像一头被困在铁笼子里的野兽，除了咆哮几声以发泄心中的怒火之外，别的无计可施。

蓦然，他闪出一个念头：自己应该悄悄摸过去，开枪打死他，决不能让他落入敌手，决不能让他成为战俘，于是他向山下摸去。

那时候炮火已渐渐稀疏，天色也渐渐暗淡下来……

13.

傍晚时分，守林人和儿子发生了一场激烈的争吵。

争吵的起因还是那个女人。

老熊的态度十分坚决："必须让那女人立刻走，没有任何商量的余地。"

大熊却说："走也可以，拿一万元来，我好跟那女人一块儿走，到小镇上去成家立业。"

老熊恨恨地骂："杂种，我一辈子守在林子里，从哪儿给你弄钱去？"

大熊说："你当然没钱了，可是你那位老伙计肯定有钱，一瞧他那模样儿就像个当官儿的，托他在城里找工作、落户口肯定没问题。你们的事儿也甭瞒我，我看出来了，他欠你的情哩……"

老熊怒声呵斥道："畜生，你要是敢去找他，小心我拿猎枪打断你的腿！"

大熊阴沉着脸说："那就试试吧，看谁能把谁的腿打断。"

说完，转身去了，宽厚的脊背显示出雄性的威勇。

老熊呆呆地站立了很久，一种深切无奈的悲哀涌上心头。是呵，儿子已经不小了，不再听话了，不再服管教了，无论是詈骂还是鞭子，对他都不再起任何作用了！就像狼崽儿出窝儿后，便要自己去闯荡，不仅丝毫不眷恋这个窝儿，反而仇视养育了它的老狼。

这难道也是一条残酷的自然法则吗？

孤独的老熊扛着长长的砍刀慢慢走着。昏暗的林间飘散着黄昏后的寂寞。远处传来几声猎犬的吠叫。透过头顶树枝的缝隙，可以望见天的颜色正在愈变愈深。老熊想不通人们为什么总要来打扰自己心中的宁静？当年从外面那个纷乱繁杂的世界遁入密林时，是那样惧怕孤独寂寞，他一次又一次地跑到林子边缘，渴望见到一个人，好与之交谈。那时可怕的寂寞快将他折磨得发疯了。每个月赶着马车进营子买粮时，真想永远住在那儿不回来。

他贪婪地嗅着那儿的空气，觉得那种有人气味儿的、臭烘烘的空气竟也变得那么美妙迷人，他从那气味中可分辨出女人的各种气味。就是那时候，他结识了那些长着大黄牙的女人们，她们的温存和嗲声嗲气简直使他魂不附体。那时他还年轻，有使不完的精力，还有丰饶的大森林——每一次狩猎都能从小镇上换回不少的钱。他把那些钱和精力都给了那些女人。他的热情和慷慨使得女人们对他另眼相待。有段时间，女人们都很喜欢那个"一条胳膊的怪家伙"。她们私下评论他。有的说：野起来野得够味儿；有的说：体贴人又像个读过书的人哩……

他庆幸自己终于摆脱了那些女人。也许是白雪的突然出现，使他迷途知返；也许有一次在小镇上偶然得到两本书——《庄子》和《道德经》，那两本书帮他找到了精神支柱。三十多年来，他已经将那两本书读得滚瓜烂熟、倒背如流，并深深悟得每个词句那玄妙无穷的含义。

14.

守林人扛回一只狍子，是他黄昏时在林子里转悠时随手打的。狍子很傻，有时候眼巴巴地往你的枪口上撞。老熊在傍晚时煮了一锅香喷喷的狍子肉招待遇难的作家，还取出了在地下埋了很多年的白酒和高山对饮。那酒果然浓郁醇香，味道奇妙，再配上山林野味儿下酒，更是有滋有味儿。

几杯酒下肚，高山觉得浑身燥热，一颗心也渐渐滚烫起来。

"咱们两个换换吧，老熊，你进城去，我来替你守山林……"

"尽瞎说！你来当守林人？哈哈，这是闹着玩的吗？你早已是大名人啦，再来当守林人？你是咋想的？"

"这次你无论如何得跟我回去！我在城里已经给你安排好了一切——房子、电视、电话、报纸，还雇了个小保姆……你要是不愿意，那件事不公开也可以，那篇报告文学不发表也行，没人知道你，没人打扰你，在城里你一样可以过宁静的生活……"

老熊沉默了一会儿，将一大杯酒一口喝干，声音沙哑地问："还是为了你的良心？我不是早说过了，是我心甘情愿躲到这儿的，与你没有丝毫关系！所以你不要再难为你的良心了。"

"不，我不这么看！毕竟，是我那篇文章的失真把你送进了坟墓……我从未和任何人说过。当时，你被敌人抓住的时候，我就在高地附近的山头上，用望远镜看见了一切……"

"这么说，你在写那篇文章的时候，知道我还活着？"老熊的身子震颤了一下，盯住高山问。

高山垂下头，说："我以为，你肯定会死在战俘营里……听说那儿是个九死一生的魔窟……我万万想不到你会活着逃出来……"

"所以，你就把你的朋友描绘成顶天立地的英雄？"

"文章发表出来后产生那么大的影响是我始料未及的……后来，我只能将错就错……那不仅是我个人的需要，也是社会的需要。"

"是呵，当时我是应该死掉！你们谁也不希望我活着。活着就等于给英雄脸上抹了黑，而你们需要的是一个浑身没一个污点的、完美无缺的英雄。"

"你被敌人押下高地时我正藏在路边的草丛里，离你很近。我把枪口对准了你，瞄得准准的，只要我一勾扳机……可是那时候我的手抖得厉害！你知道，我从未开枪杀过人，第一次开枪要杀的却是我最要好的朋友，我怎么能下得去手！那时手抖得端不稳枪，心抖得更厉害，碎了一般，我……"

高山已有几分醉意，说着说着，几乎声泪俱下。

"可是后来你到底把我给杀死了——在你的文章里……"老熊淡淡地说，带着微笑。

"所以只有你随我回去，让你重新'复活'，我才能获得心灵的宁静……老熊，你当真就眷恋这种生活？当真就离不开这片森林？为了大熊，你也应该离开啊……今天大熊找我谈过了，他说他想过另一种生活……"

"啥？他找过你？这杂种！"老熊愤愤地骂了一句。

"大熊有这个权利，他还年轻，不应该在这儿过这种野人般的生活……何况，白雪也希望你回去。"

"白雪？你说过，她不见了？"

"是的……我们已经分居很多年啦。因为你的事儿，她一直不肯原谅我……"高山黯然神伤地说，又闷闷地呷了口酒。

昏暗的油灯的映照下，老熊僵坐着，脸上渐渐浮上一层迷惘和伤感。往事如烟，随时光的流逝可以消散，但那份情愫却如顽石一样沉淀在心底，无论野风怎样吹、流水怎样蚀，它也不会风化或腐蚀，一旦有一天它被触动，立刻会活泼泼地跳出来，将人的心房炸得粉碎。

白雪，青年时代的一个梦，美丽而纯情，云一般飘逸，水一样柔顺。那个大雾弥漫的早晨，她的影子飘忽而来，飘忽而去……

真不愿意去翻动那页让人甜蜜又使人痛苦的陈旧记忆！

15.

他没想到会在激烈战斗的间隙见到她。

她欢笑着，像只快乐的小鸟欣欣然地向他飞来。

"大江！"

"白雪，真的是你？"

白雪穿着干干净净的黄军装，皮腰带束得很紧，两只袖子高高挽起，两根小辫子在军帽下快乐而调皮地晃悠着，身后还背着一个很大的褐色皮革制成的卫生箱，上面的红十字十分醒目耀眼。她奔跑过来，几乎扎在他的怀中。他有些不好意思——让战友们看见多难为情！四下瞄了一眼，战友们一瞬间奇迹般地不见了，都躲进了坑道？她却毫无顾忌，双手勾住他的脖子，快乐地笑着说：

"我到一个地方就不停地问人家——大江在哪儿？我可真傻气透了，以为只要在前线，随便问任何一个人都能找到你。人家反问我：大江是谁？还有人问：啥江？鸭绿江还是长江？我说——哎呀，你们连大江都不知道？他可是个战斗英雄哩！人家说我们这儿有千千万万战斗英雄呢，就是没听说过大江还是小河……气得我不理他们，自己找！我相信肯定能找到你，这不，一下子就找到了……"

她几乎是一口气倒出了一串儿话，宛如淙淙小溪流淌着，从他心田温情地流过。

他轻轻地抚着她的小辫儿，像对小妹妹似的说："你就没想到，我可能牺牲？战斗太激烈了，这种可能性很大……"

"不，你才不会呢，才不会呢！"她撒娇似的说。

"为啥？"

她附在他的耳朵上轻轻地说，声音柔得像阳春三月的微风："因为我在为你祈祷呢，每天……"

他能感到自己那颗已被炮火淬砺得坚硬无比的心儿在一瞬间酥软了，如水一样的柔情漫向浑身的每个角落。一种真诚、一种感动使他几欲落泪。唉，能得到一个女孩子的如此真情，还有什么奢望呢？仅仅为了她这句悄悄话，作为一个男人当死而无憾！

她忽然发现了他脖子上的伤痕——血渗出来将白纱布染成一朵梅花瓣儿的鲜红。

"呀，你挂彩了？"她惊呼。

"不碍事，让炮弹擦破点儿皮。"他轻描淡写地说。

"不行，让我看看！"她心疼得皱着眉，小心翼翼地将那纱布解开，咬住嘴唇，说："伤得这么深，还说擦破点儿皮！我来给你换药……疼吗？"

他摇摇头。她离他这样近，她的气息痒痒地喷在他的脖子上，她的乌发在他的颊上拂来拂去。他甚至嗅到了那股少女身上特有的体香……那一刻他觉得天地无比辉煌，激情的大潮在汹涌澎湃，世界上只剩下一轮将他融化的太阳。他觉得自己的声音颤抖而微弱，像是负伤者在呻吟：

"白雪……我想……更激烈的一场恶仗就要开始了，我可能……也许这是我们最后一次见面，我想，我想……"

她用食指压住他干裂的嘴唇，眼睛明亮而富有神采，说："不要说了，你的心意我懂……你会回来的，大江，肯定会的……因为我在等你，那颗心永远在等你……"

她的唇是那样鲜红，那样湿润，像一场温情脉脉的雨滋润那片干裂的土地。他浑身战栗着接受一个女性对他所进行的第一次洗礼——那深深的一吻是世上最庄严、最神圣的洗礼，它会使一个真正的男人从此成熟并走向永恒。

16.

许多人都知道山谷的森林里有一大群野鹿，领头的鹿王是一头雄性的白鹿。据说，鹿王浑身上下都是宝——那七岔鹿角、那鹿皮、那鹿胆、那鹿肾、那鹿鞭和鹿骨都极其昂贵。

不少人跃跃欲试，偷偷摸进森林里，企图偷猎鹿王。然而，偷猎鹿王并非一件易事。鹿王像一阵风，转眼间就带着鹿群消失得无影无踪，若摸不清它的脾性、生活习惯和活动规律，想猎到它几乎是不可能的。更何况老熊十分警觉，如果有人闯入森林想打鹿王的主意，那么他立刻就会发觉，他会毫不客气地鸣枪将那些渴望发大财的偷猎者驱逐出森林。

老熊是野鹿群的守护神。只有他接近鹿群时鹿王才不会惊恐地率众跑开，依旧安然地觅草或喝水，或者尊敬地向守林人行注目礼。

后来，大熊也得到了鹿王的信任。鹿王似乎相信在整个人类当中唯有这一对父子尚可信赖，不必对他们持有戒心。

那天夜里风很大，森林里回荡着海潮翻卷不息的狂啸，飞雪肆虐地扑打着守林人的那两间木坷楞小屋，仿佛随时都可以把它摧毁。

木屋里，炉火散发出的热浪呼唤着大熊的原始激情，他一次又一次地体验着做男人的快乐和亢奋。当他最后一次瘫倒在皮褥子上时，那女人紧紧搂住他啜泣起来：

"大熊，舍不得你，真舍不得你……"

"咋着？"

"俺明儿一早就得走哩……"

"要走？"大熊很惊愕。

"可不……这是咱们最后一夜哩，今生今世怕是再也见不到啦……"

大熊翻身坐起，盯住她问："为啥？说好了咱们一块儿走的，我也进城，我要娶你……"

"不可能哩，大熊，不可能……俺爹不答应！今天你不在家时，他来找俺！他骂俺，还差点儿动手打了俺，好凶哩！他说明儿一早要是俺还赖在这儿不走的话，就要用枪打断俺的腿哩……大熊，看来俺是非得离开你不可啦……"

"我去找他！"

大熊竟真要往外走。

女人一把扯住他说："可别介，大熊，那倔老头儿不会听你的，他真敢打断俺的腿哩！你要是去找他，那是往死了逼俺呢！"

"那……"大熊思忖着，"明天一早，我跟你一块儿走！"

"又说瞎话！"女人翻过身去，甩给他个冷脊背，"俺凭啥嫁给你？你要钱没钱，要本事没本事，让俺跟你受一辈子苦？哼……"

大熊怔怔地呆住了。

过了许久，女人叹口气，转过身来，轻轻抚着大熊说："俺瞅你也怪可怜的，对俺也真心，真不忍伤你哩，可是没法子呀……这样吧，大熊，俺给你想个办法，只要你能把那件事儿办了，俺就带你一块儿走。"

"你说！"

"听说这林子里有只鹿王？都说那鹿王可值钱哩，有人出大价钱想弄到手哩……这事儿，除了你谁也干不成……"

"打鹿王？！"大熊似乎吃了一惊。

"咋，不敢？"

"让我想想……"

"俺这可是为了你好呀！要不，你就一辈子待在林子里当野人……"

17.

隔壁，守林人没有入睡，高山也没睡着，两人倾听着屋外狂器不息的暴风雪，领悟着大自然那令人不可思议的威力，沉浸在伤感悲凉而又无奈的氛围中。

炉火一会儿蹿上来，一会儿暗下去，闪闪烁烁的火光映在墙壁的兽皮上，使那形形色色的兽皮像一幅幅光怪陆离的图画。在这个时候，人才能体会到大自然那无所不能的威力，一种宗教般的恐惧心理油然而生，对那个从不曾看见却又无所不能的万物主宰感到一种难以言说的敬畏。

许久，高山叹口气。

"咋？睡不着？"老熊闷声闷气地问。

高山翻过身来，说："人这一辈子谁也无法预料会遇到什么事情……我们一生下来就像坐到一条小船上，而那船上没舵也没桨，只能任其随波逐流，任小船把我们带向任何地方……那小船就是命运！"

老熊坐起来，吧咂着旱烟袋说："所以说一切都是天意，凡事不可强求。顺应自然，清心寡欲，这才是为人之道！"

"说句心里话，老熊，当年你是不是很爱白雪？"高山也坐起来，盯住老熊问。

"又翻腾这些陈芝麻烂谷子干啥……"

"不，我想弄清楚一个问题！"高山固执地说，目光中流露出兄弟般的诚实和信任。这目光是老熊所无法回避的，只得回答："当年……当然啰，其实你也知道，我们俩都很爱她……"

老熊含糊不清地嘟哝着。

"那么现在呢？在你心里，是不是依然……"高山紧接着又问。

"现在？老伙计，别开玩笑啦，白雪早就是你的老婆啦，你怎么……"

"现在不是了！我们已经离了婚……假如，白雪知道你还活着的消息，来森林里找你，你怎么办？"

高山的双目闪闪发亮。

"那不可能……二十年前她来过一次，那时正闹运动，她躲到这儿来了……她没认出我来，我告诉她大江早死了，这森林里根本没有个叫大江的人……"

"尽管她当初没认出你，但是，她知道你还活着！"

"她是怎么知道的？"

"从我的日记里……那是一本灵魂的忏悔录。一个偶然的机会，她看了，知道了一切。"

"所以她就不肯原谅你？"

"问题不在这里，问题在于她天真地以为，只要把你活着的消息公布于世，你就会走出山林，得到你应该得到的一切。"

"有时候她的确很傻！"老熊摇着头说。

"是啊！我们的矛盾冲突就是从这儿开始的……我说这件事必须得先征求你的意见，尊重你的意愿方好，可她说我是出于自私的原因才隐瞒这一切……平心而论，这件事若是真的公布于众，我个人的许多方面都要受影响，那时我正面临着一场权力角逐，我的政敌正千方百计地想抓我的把柄，我的文章若出现任何一丁点儿失误，都将导致我竞争的失败……她以为我是为了自身利益的缘故才……也许她有她的道理……"

"她不知道我最初隐居山林不单单是为了自己，也是为了你，还有她……"

"她不知道！"

"你有把握断定她还会来找我？"

"一定会！"我和她生活了近三十年，太熟悉她的脾性了……表面上她很柔弱，而实际上她外柔内刚，心里自有主见，她若想干一件什么事情，非干到底不可！"

"也就是说这几天她有可能在森林里出现？"老熊略有些紧张地问。

"非常可能！所以我提前一步赶来，就是想赶在她前面。"

"我不能见她！"老熊思忖着说。

"所以我想让你尽快收拾一下，和我走！"高山激动地说。

"不，我是不会离开森林的。"老熊很坚决地磕着烟袋锅儿说。

"那白雪……"高山迟迟疑疑。

"她不会找到我的，永远也不会……你尽管放心好了……"老熊自信地说。

18.

那时候他把白雪领到一片林地里，林间空地上开满了碎密的小白花儿，当他们行走的时候，小白花儿便如水波似的浮动，使他们感到一阵眩晕。

在那片野花中间，荒草掩映着一座孤坟。山谷的空气中到处流动着苦香的树脂味儿。林涛声在四面此起彼伏地回荡。他觉得这一切都是虚幻的、不真实的存在，白雪也是他梦中的一部分。

他们在孤坟前站定，看凄凄荒草无聊地摇晃。

沉默了片刻，白雪忍不住问：

"这坟，就是大江的？他真的埋在这儿？"

他点点头，又摇摇头。他的声音苍老喑哑，连他自己听了都陌生：

"我不知道什么大江，也不知道土里的尸骨是不是你要找的人，不过这森林里除了他，再没别人来过……刚来的时候他还穿着一身旧军装……"

"大江……"

她再也抑制不住自己的情感，扑到那座茔上，无声的哭泣使她全身颤抖。

他默默看着她，表情麻木而呆滞，只是在某一刻脸上的肌肉猛烈地抽搐了几下。他转过身去，慢悠悠地说：

"回去吧，孩子……人死不能复生，忘掉他，你兴许会活得更好……"

她慢慢站起来，凝视着坟茔，像是自言自语，又像是说给坟墓中的人听：

"忘掉？不，大江，我怎么能忘掉呢！只怕是今生今世，今生今世……"

当她转过身时，看见守林人早已远去。那苍老的背影蹒跚摇晃，一只空袖筒随风飘动，渐渐与莽莽苍苍的大森林消融在一起。

19.

过了一些日子，高山才发现自己的行动受到守林人的严格限制——老熊不许他到那片黑桦林里去，更不许他到山谷断崖下去。崖下有一间废弃的小屋，是用青石砌筑的。老熊说那儿很危险，因为山崖顶上有非常厚的积雪，一旦雪崩，就会在转眼间将那小屋全部埋没。

起初，高山还想四处走走看看，但守林人的猎犬黑贝成了监视他的警卫人员，只要他离开木坷楞房子一步，黑贝就会毫不客气地拦住他的去路，并龇着白森森的牙以示警告。高山有些恼怒，向黑贝的主人告状。老熊听了只是宽容地一笑，说那是黑贝在执行他交给的任务——为了高山的安全起见，不得已才采取这个法子。高山也不好再说什么。

有一次，高山在附近的树林里散步，忽然发现雪地上有一行凌乱的脚印，歪歪斜斜地延伸到森林里。他忽地心中一动，似乎觉得那脚印眼熟。于是，他沿着脚印走下去。

走到密林里时，脚印突然消失了。他正失望地转身往回走，蓦然发现雪地里埋着个金灿灿的东西。他弯腰捡起一看，是个子弹壳。他一眼就认出子弹壳的型号，是属于那个已经十分遥远的历史年代的遗留物。

他的心尖儿一颤——当年，白雪曾冒险独自爬上无名高地寻找大江的尸体，在一片狼藉的战场上她几乎翻遍每一具死尸，却始终未找到大江，只找到大江的帽子和子弹袋儿。子弹袋全空了，她从附近捡回了二十四粒子弹壳做纪念，一直将它们珍藏着，她认定那是大江在激战中使用过的弹壳。他曾在那些和平的岁月里经常看见白雪在寂寞时摆弄那些弹壳，并细致地将那些小铜壳擦得金光闪闪……

这粒弹壳，是二十四粒当中的一粒吗？

若是真的，那么，说明白雪已经到森林里来了。

高山一口气儿跑回到木坷楞小屋，将手中的子弹壳给老熊看。谁知老熊不以为然，说这玩意他有很多，不可能是白雪带来的。

"那么那行女人的脚印呢？"高山仍满腹狐疑。

"很简单，是那个女人留下的。我昨天看见她到林子里去转悠了……这女人不知打啥鬼主意，她若不走，迟早是祸害……"老熊忧心忡忡地说。

"老伙计，明天咱们去把你的汽车弄出来，看看能不能发动着。要是摔得不厉害，还能开走的话，你该走啦……"老熊神情漠然地望着远方说，完全不看高山。

"可是白雪……"

"你还是担心她？"

"我有种预感——白雪已经到了森林里，就在我们附近什么地方……"

高山有些神情恍惚。老熊却没再说话，只是不停地抽烟。

半夜里，高山醒得很突然，他不知道自己为何而惊醒。黑暗中他坐起来，看见木门像是被刚刚关住的样子，一股冷气扑面而来，隐约听得外面有轻微的脚步声，那是靴子踩在厚雪上的"吱吱呀呀"的响声。高山急忙穿了衣服下地。土炕上已不见老熊的影子。高山拉开门望去，看见外面一片被月亮映得发亮的雪地上，老熊的黑色背影正向远方摇晃。

高山满腹狐疑，尾随而去。

老熊走得极快，他费了很大劲儿才远远跟上。

山谷里很静，连总是喧嚣不休的夜风都停歇了。远方的黑色的森林犹如魑魅魍魉，又像一座熟睡的大城市。这时候的空气不但寒冷，而且湿乎乎的，像是森林的呼吸喷出来的气息，轻轻荡漾，渐渐荡出一团团轻如云烟的薄雾。

高山望着老熊的背影，忽然觉得这个老守林人不但性格古怪，而且浑身上下笼上了神秘的色彩——在这寂静的夜里他要干什么去呢？这森林里隐藏着多少秘密不被世人所知呢？

守林人的背影摇摇晃晃，隐没在那片茂密的黑桦林中，宛如一汪漫漫黑水淹没了他。高山想跟过去，他很想知道守林人去干什么，但是正在这时候，犹如一道黑色闪电"唰"地射来，伴着一股风儿掠过。那黑物便立在离他几步之遥的地方，用一双警觉防范的眼睛注视着他，那种寒光使他不由自主地往后退了几步。

又是黑贝！

它的意图很明显——不许他悄悄跟踪它的主人！

他试图从它身边绕过去，但黑贝随着他而移动。

它渐渐有些恼怒了，低低地咆哮着，并摆出一副要随时猛扑过来的架势。

他只得作罢，怏怏地往回走。

雪夜里，能听得见原始森林匀称的呼吸，在天空庄严的沉默中，那声音断断续续，若有若无。这时能清晰地望见山谷悬崖上的巨大的雪堆，它们层层叠叠，奇形怪状，犹如漂浮在海洋上的巨大的冰山。月亮蒙上一层荫翳，如一只浑浊的眸子迷蒙地望着大地。高山辨别着回去的方向，心中被一团疑虑的云朵所笼罩。

蓦地，他停住了脚步，弯下腰去。当他慢慢直起腰时，惊讶得久久合不拢嘴巴——雪地上，他捡到了第二粒子弹壳。

白雪？

他仿佛听见远方那片黑黝黝的桦树林中传来一个女人忧郁的歌唱。

20.

白雪离开他的时候是一个秋雨连绵的日子，那个灰暗的天气将牢牢铭刻在他的脑海里。城市浸在湿漉漉的空气中，散发着像梦一样令人忧伤的气息。

他送她，默默走在漫长得仿佛没有尽头的闪着白光的柏油路上。雨点落在法国梧桐宽厚的叶片上，降下一片细碎得如沙粒般的音韵。

他们没穿雨衣也没打伞，任雨丝将全身打得透湿。雨中的行人很少，也很匆忙。没人注意他们。他看见白雪的神色很严肃，这使她原本很柔和的面孔变得有些呆板，苍老的痕迹愈加明显了。

他在心里感叹着"岁月不饶人"这句古老的格言，并第一次深深地意识到无论是她还是他其实都已经不年轻了。

他停住了脚步。她也停住了。两人对视着，觉得对方像陌生人。他想不到晚年的离异竟是这个样子——从此时此刻起，她就从他的生活中消失了，像幻影儿一样消失了，只留给他无以言说的孤独与痛苦。

他在这一刻觉得很恐慌，一下子握住她的手，说："白雪！为什么？为什么我们非得这样不可呢？我不明白……"

"你会明白的！"白雪冷静地望着他，"不要再说什么了，一切都已经成为过去了。"

"不，白雪，你不要走！如果是由于大江的原因，那我听你的！我们去森林里把他接回来。我们发表文章告知社会——大江还活着！我们可以给他一切——名誉、地位、待遇……只要你不走……"他几乎是哀求地说。

"你要给他的那些东西，也许他并不需要。他要的是人性的温暖，是一颗真诚的心……这些，你有吗？"

"白雪……"

"不要再说了！"她很坚决地转过身去。

"你要去哪儿？去找他？"他绝望地问。

"这是我个人的事情……他为了我们在森林里待了那么多年，稍微有点儿天良的人都不会把他忘记的。"

"谁说我忘了？我每个月都给他寄钱……"

"钱能买来一切吗？"

"我不是这个意思。"

"谢谢你送我！再见吧。"

"真的无法挽回了吗？"

"真的！"

她转过身去，迈着匆匆的步子远去。蒙蒙雨幕中，她的背影虚幻地摇晃着，渐渐融在灰白色的街路尽头。

她走得很突然，当他醒悟过来时，她已经完全消失了。

秋雨，无穷无尽……

后来他才知道，那时她已经患了癌症。

21

守林人和高山牵了两匹马穿过黑桦林，来到汽车出事地点。那辆帆布篷吉普车仍然头朝下栽着，被更多的积雪所覆盖，几乎只露出两个胶轮。

老熊开始挖雪，高山在一旁几乎插不上手。老熊用一只胳膊挥着一把小锹，像士兵挖战壕那样敏捷迅速。一锹锹积雪飞扬起来，在空中飘飞着一片片稀薄的雪帘儿。高山再次惊叹老熊那干瘦的躯体里蕴藏了如此大的能量。

一个小时后，吉普车周围的积雪被全部清理干净。老熊从附近扛来两根细长的木杆，做了一个撬架，然后让两匹马在前面拉拽，他和高山在后面猛压撬杆。几乎没费什么力气，歪斜地扎在沟里的吉普车被弄了出来。

高山十分兴奋，他没想到将一辆翻在沟里的汽车弄出来这么容易。他检查了引擎，竟安然无恙，没有丝毫损伤，大概是由于厚雪垫在下面的缘故。老熊用松枝点了火把，仔细地将机器上的冰雪烤化，又将那铁件烤热。高山爬到车上试了试，车子突然发动着了，均匀的引擎声在空旷的山谷里格外清晰悦耳。

"这下你可以走了！"守林人认真地说。

"说实话，老伙计，我可不会立刻走的……我觉得，白雪已经来到这山谷里了……"

"尽瞎说！"老熊不以为然地说，"这冰天雪地、野兽出没的地方，她能躲在哪儿？"

"她不愿意露面，是不肯见我……"高山固执而伤心地说。

"我看你真该走啦！"

"不，你不要瞒我，你知道她在哪儿！"

"谁？白雪？"老熊低沉地说，"她对你真的那么重要？你真的那么想见她？"

"你瞒了我一些事情……譬如昨天夜里……"高山不掩饰自己的失望和不满，"你让你那条狼一样的狗一刻不停地盯着我……我信任你，可你不信任我，或者说不怎么信任！"

沉默了一会儿，老熊慢吞吞地说："不管你咋想，但有些事情我是不想告诉你……如果你非要问，我只能告诉你，昨儿晚上，大熊和那女人一道溜了，等我去追时，已经晚了。"

"什么，大熊被那女人拐跑了？"高山惊异地问，"他昨天找我借过钱，我把身上所有的钱都给了他。"

"他还偷走了我藏在房梁上的那些钱，那都是你每个月寄来的，我都攒起来，打算留给大熊娶媳妇用，大概有七八千元吧，也被他偷去送给那女人了。这倒不算什么，最要命的是他昨天夜里偷偷跑到林子里，把鹿王给打死了……"

高山吸了口冷气。他看见老熊面如死灰，目光里流露出深深的无奈与绝望。高山知道这打击对老熊是多么沉重——大熊是他唯一的亲人，最后的希望，但是大熊背叛了他，背叛了这片森林。这背叛将使守林人失去生活的所有信念而心如死灰……

"我迟了一步！我赶到时只看见林子里有十几只死鹿，惨不忍睹！鹿王被割成了一块儿块儿的，被那杂种装在袋子里，用一匹马给驮走了，和那臭女人一块儿走了……实际上我早该想到他会去打鹿王的，那女人就是奔这个来的，可我太大意了！我非宰了那杂种……"老熊愤愤诅咒着。

沉默了一会儿，老熊悲凉无奈地叹口气，那叹息使高山浑身一颤。

"森林的厄运开始了！"

22.

傍晚时，老熊和高山同时听见山谷里传来一阵"轰隆隆"的声音，那声音很像初春的雷在山坳里滚动着，让冬眠的森林在一阵阵战栗中苏醒。

老熊放下饭碗，从墙上摘下猎枪，说："我得去看看！这是汽车声，起码有十几辆呢。"

"是不是盗伐木材的家伙？"高山担心地问。

"兴许是那帮家伙！看我不敲碎他们的脑壳！"老熊嘟哝着，把子弹推进枪膛里。

"我和你一起去吧！"高山穿上鞋子。老熊也不说什么，将另一支猎枪递给他。于是，两人奔了出去。

他们赶到森林边缘的时候那声音已经消失了，一层薄暮降在山谷里。透过薄暮他们看见果然有十几辆型号不同的大小汽车杂乱停着，许多人正忙碌着扎帐篷、搭木板房，看样子像一支伐木队。

老熊感到很惊异：现在不是伐木的季节，而这支足有几百人的伐木队显然要在山谷里进行大规模的采伐。老熊朝空中鸣了一枪，所有正在忙碌的工人都停下手中的活儿，像望着印第安人那般望着他。他和高山走到伐木队的营地里，大声说："你们是从哪儿来的？我要见你们的头儿！"

不一会儿，一个干部模样的中年人走了过来，望着老熊笑道："你就是守林人老熊吧？我听说过你。"

"你是头儿？"老熊审视着他。

那人点点头，依然含笑。旁边有人告诉老熊：他是伐木队的队长。

"那好，我只想弄清楚你们要干什么？"

伐木队队长耐心地告诉守林人——他们奉了上级的命令，要在一个月之内将山谷里的原木全部伐光，因为在这山谷里发现了稀有矿藏，是国家建设急需的一种稀有金属，所以在这里开矿，就得先砍掉山谷里的森林，除此之外别无选择。最后，队长又加重语气告诉守林人：这是一项重点建设工程，时间紧、任务重，还望守林人多多配合。

老熊在那一刻简直面无血色，呆呆立着。过了许久，他仍不相信自己的耳朵似的又追问一句："真要把林子全部砍光？"

"那当然，一棵也不剩！"

老熊忽然疯了似的嘶喊起来："不行！绝对不行！为啥要毁掉这片森林？我不答应！为啥不来问问我——这片林子能不能砍？！让你们的采矿见鬼吧！你们谁要敢动一棵树木，我就让你们的脑壳开花……"

高山费了很大劲儿，才从老熊手里夺过猎枪。老熊不顾一切地向队长扑去。几个壮实的伐木工摁住了他，并用拳头和脚使他就范。高山急忙跑过去将那些伐木工拉开，用身子护住老熊。等老熊平静下来时，他已经伤痕累累。

老熊像一头斗败的狮子，从伐木工的宿营地退了出来，步履踉跄，身子垮下去一般无力。

23.

连着两天，老熊没能从炕上爬起来。

高山焦虑不安地守着他，劝慰宽心的话儿说了一遍又一遍。老熊只是痴呆了一般不声不响。高山觉得自己无论如何也要劝说他，把他带走。

高山忙碌着生火做饭。当他去抱柴时在柴堆旁又发现了一粒子弹壳。这回他不再感到惊奇，只是默默地将弹壳攥在手心里。他似乎从弹壳上嗅到了女人的气味儿。

天快黑时，老熊从炕上爬起来，走出木坷椤小屋，抬起头凝望天色。后来，他的脸色渐渐和缓起来。他看见天际泛上一抹浑浊并不断扩展，它悄然却十分阴险地伴随暮色而来，像庞大的装甲部队借助巧妙的伪装偷偷登陆。老熊知道那是大自然发出的厄兆。他痴痴凝望着自言自语："它来了，太好了，它真的来了！"

高山被守林人的变化弄得莫名其妙，循着他的目光望去，却什么也没有看到。他莫名其妙地问："谁来了？"

老熊并不回答，完全沉浸在自己的情绪中，仍然自言自语："来吧，快来吧，它的力量足以把那帮家伙赶出山谷，谁也不能阻挡它！"

高山觉得此时此刻老熊身上充满了怪异神秘的色彩，像一个原始部落里的巫师，口中念叨着最深奥的咒语，在那咒语里最善良和最恶毒的东西掺杂在一起，使任何人都无法辨别。

过了片刻，老熊忽地转过身来，用一种威严的目光盯住他。高山觉得那目光足以击穿一个人的灵魂。他听见守林人一字一顿地说：

"听着，高山，没有多少时间了，你必须立刻就走！如果你想活着离开山谷的话……"

"为什么？"

"别问为什么，只有老天爷知道为什么。有时候我们都得听它的，谁也没有办法……"

"你和我一起走吗？"高山试探地问。

"决不……我早说过了，我永远不会离开山谷，即使死了，这把老骨头也要埋在林子里！真的，我还有我的事情要做……"

"我们再好好谈谈。如果依然谈不通，我可以明天早晨走。"高山仍未放弃最后的希望。

"不行！明天早晨，怕是你想走也来不及了！"老熊的面孔愈加严厉。

"究竟是什么危险要降临？"

"你很快就会知道……赶快收拾东西，发动汽车……"老熊用刻不容缓的口气说。

天色愈加阴沉，一种从未有过的恐惧感在高山的全身弥漫开来。

24.

吉普车挣扎着向山谷外驶去。森林渐渐被甩在了身后。

天阴沉着变成一块儿巨大的铁板，沉重地覆盖在头顶，让人担心它随时可能会坠落而下，将整个山谷严严实实地填满。高山心神不宁地回头张望——森林正像一场梦在幽暗冥晦中隐退。

此时，天色瞬息万变，一层神奇明亮的白光突然荡开，挟带着肃杀的寒气。高山立刻明白了：那是雪，从高空中飘然而下的厚雪密密麻麻地布满了整个世界。这时候他听见了风的喧嚣——大海涨潮的喧嚣愈来愈清晰响亮。风将雪扯得歪斜不堪，渐渐形成一片白蒙蒙的瀑布。

原来是一场严酷的暴风雪降临了！

高山恍然明白了老熊所指的危险是什么了。这不是一场普通的暴风雪，而是一场毁灭性的大灾难！它是专门用来对付人类的，而对于原始森林，它是一个忠诚的保卫者。

他停住了吉普车。这时候他才发现暴风雪是多么猛烈，竟将吉普车掀得如一叶在惊涛骇浪中颠簸的轻舟。他费了好大劲儿才调过车头，让车朝原路返回去。顺风行驶变成了逆风行驶。厚密的雪一下子扑到车窗玻璃上形成一层厚厚的坚冰，仿佛是暴风雪发出的警告，不许他回去。

他停住车思考了一会儿，最后毅然做出抉择——下车，徒步往回走！

风越来越猛烈，他将腰弯得低低的以减少阻力，头几乎抵在了雪地上。

不知过了多久，他才走回林子里。森林里的风势较弱，雪也较小。风和雪都在林梢上翻滚呼啸。高山穿过那片林子，一口气奔到守林人居住的木坷楞屋前，推门进去，并未见到老熊的身影，却在那土炕上发现了三粒亮闪闪的铜弹壳。

屋外的风雪仍肆无忌惮地喧嚣着。高山走出屋子，也未找到黑贝的踪影。他想起了悬崖下那座神秘的石头小屋。他有种奇怪的感觉——守林人此刻一定在那座石头小屋里呢。

他又费了很多时间才穿过那片黑桦林。走出森林时隐约望见在风雪中时隐时现的伐木队的营地——狂风将许多帆布帐篷扯烂，许多人在雪中忙碌着狂喊着……高山想，他们真的没有经验，不该将营地建在那个风口。如果他们再不撤离的话，不出几个小时他们的营地就会被风雪彻底摧毁并淹没。过了一会儿，他听见汽车的轰鸣声。他猜测那是伐木队正在明智地撤退。

守林人应该知道伐木队还会再来的，最晚是在冰消雪融的季节。他们还会浩浩荡荡地开进山谷，将这片森林砍伐得精光。

高山又在暴风雪中艰难地行走了许久，才来到那道高耸的、黑森森的悬崖下。透过弥漫的风雪，他果然望见那座小石屋的窗口泛着昏黄的灯光，并在飞扬的风雪中闪烁着奇形怪状。

他向那窗口摸过去，向那小屋子里窥视。目光透过窗口望着小石屋内，屋内的情景使他惊呆了。

他看见老熊半跪在土炕上，像一个虔诚的教徒做祷告那样将双手放在胸前，凝视着那个躺在他身边的女人。那女人浑身僵硬，一动不动，像是早已熟睡过去的样子，又像是一尊蜡塑像。那女人面孔苍白如纸，神情却安详宁静，凝固着一种永恒的幸福。那女人在昏暗的油灯下宛如一个不真实的幻影，仿佛随时都会像梦一样消失。

一瞬间，风雪的嘶吼似乎停歇了，世界成了一片无声的空白……

时间在一种凝固的状态中飞快流逝。

高山看见老熊的脸上铭刻着微笑，似乎他已进入了一个极乐世界。

老熊慢慢地弯下腰去，在那女人的额头正中轻轻吻了一下。

高山在一瞬间理解了那种生者与死者的恋情——那是一种比暴风雪更为强大的力量，它可以摧毁任何樊篱，也可以重新塑铸人性。那是一种纯精神的恋情，却比肉体的爱恋来得更持久、更真挚、更疯迷……在那一刻，他被一种灵魂深处的痛苦紧紧地攥住了，因为他永远也不会得到那种恋情，永远无法进入那个境界。他在那时感到自己浑身污浊、俗不可耐——为了自己，他曾让他隐居山林，他曾企图使他回到城市，他时时担心那个秘密会泄露出去。而守林人却默默地为他做了一切……

又是一瞬间，他感到了风雪的猛烈。

他在这时看见守林人摘去挂在墙上的一块兽皮，墙上露出个黑黑的洞穴——那是紧挨着山崖的一个山洞。守林人在洞口点亮一根火把。洞里的阴风吹得火把胡乱摇晃。守林人弯腰进洞。洞里放着一块巨大的冰块。那长方体的冰块显然经过精心加工，晶莹剔透，棱角分明，像一个漂亮的水晶灵柩。守林人将冰棺的盖子揭开，里面有很大的空间。守林人慢慢地抱起炕上的女人，将她轻轻放进冰棺里。

一瞬间，冰棺的棱角折射出火光的七色光芒，小石屋里顿时无比辉煌。守林人也爬进冰棺里，与那女人并排躺着，紧紧搂住了她，似乎要与她融为一体。

冰棺的盖子怦然合住了，小石屋里再没有任何声响……

高山想破门而入，冲到屋里去。他终于明白了守林人的意图——他已为自己找到了永恒的归宿。高山想制止这个悲壮的结局。但就在这时，他听到了一种奇特的音响。

那是一种来自高空的模糊的喧嚣在奔腾，是一种气流被无数只无形的巨手撕碎时发出的尖锐而又混乱的怪叫。仿佛顷刻间天塌地陷，空气被骤然间压缩膨胀，像一股巨大的冲击波席卷而来。高山还没反应过来是怎么回事，却见一道黑光"唰"地掠来，将他狠狠地一撞。他觉得自己的身子轻飘飘地飞离了小石屋的窗口，落在几米远的雪地上。几乎是一刹那间，那黑物又跃过来，咬住他的衣服，又将他拖出四五米远。

他才看清原来是守林人的猎犬黑贝。

他没来得及站起来，看见无数白色的粉末像大瀑布一般从山崖顶上飞泄下来，落在离他仅几米远的地方，迭起一层层的雪浪，宛如数米高的大潮向前推进。他急忙滚着，才没被雪浪压在下面，他听见山谷里回荡着经久不息的闷雷似的声音。

雪崩！

一场特大的雪崩！

他站起来，看见在他面前骤然间耸起一座冰山雪峰——守林人的那座小屋已经被冰雪严严实实地埋在了里面……

25.

当春天来到的时候，山谷里宁静极了，连树梢上的风都是轻盈的，似乎生怕惊扰了飘荡在森林中的那些亡灵。

残雪融化后汇成小溪在枯草间匆匆流淌，那些枯草和尚未落下来的枯叶就不住地抖动，不知是由于快乐还是兴奋。树上的枝条分明已经绿了，新的叶片尚蜷缩在芽苞中发育。第一批新生的草尖已经悄悄从土层里探出头来张望世界，充满了活力和好奇。这时候你若是将耳朵贴在林间草地上，就会听到许多大树的根茎在优美地舒展，如坚韧的蚯蚓在温暖松软的土层里穿行。所有的生命在这时进入繁忙的生长期。

那年春天，伐木队一直进不了森林，因为一只黑狼常常神出鬼没地袭击伐木工人，已经咬死、咬伤很多人。令人胆寒的是，谁也摸不准那黑狼的行踪，许多优秀的猎手都死在它的利爪下。它像一股黑旋风来无踪去无影，能在众目睽睽下飘然而去，也能在密集的枪林弹雨中安然逃脱。伐木队被它搞得胆战心惊，几次大规模的围剿竟毫无收效。

伐木队在进退维谷之时，来了一个又黑又壮的年轻猎人，他声称只要出一万元赏金，他愿意深入密林打死黑狼。伐木队队长将赏金压低到七千元。年轻的猎人也不再还价，背着猎枪进了森林。

年轻的猎人从此再也没从森林中走出来。

黑狼也消匿了踪迹。

数日后的一个上午，当阳光从树枝的缝隙间落成一缕缕明亮的光柱时，伐木队的工人们在一面铁锈色的悬崖下发现了年轻猎人正在腐烂的尸体。在尸体身旁，是被杀死的黑狼。现场有激烈搏斗过的痕迹——黑狼的牙依然死死咬着猎人的脖子，而猎人手中的刀子深深刺进黑狼的肚子里……

有的伐木工人认为，其实那根本不是一只狼，而是守林人的猎犬。

却无人知道那年轻猎人曾杀死过鹿王。

在离他们不远的地方，是那座早已坍塌的、被大量沙石掩埋住的小屋。没有人知道那个曾经发生在小石屋里的故事，因为唯一的目击者已不知去向。

消失而去的，还有山谷里的宁静。

后　记

　　作家写作，是给自己看的，还是给读者看的，还是要记录这个时代本质性的东西？答案不言而喻。但实际上我们在写作的过程中往往意识不到这一点，总爱把自己的那点小情怀融入作品里。作品里有自己的小情怀也没什么，但如果离开了整个民族的大情怀，离开了现实这片土壤，显然是不可取的。

　　不由得想起了一桩往事。

　　有一年冬天，我到乌兰察布市商都县下乡采风，不料在县城搭错了车。有一对乡下父子进城做生意回家，捎带着拉上了我，收车费二十元。车子出了县城，向东而行。天色已晚，寒风凛冽。我觉得车子行走的方向不对，越走越疑虑，便让那对父子停下车。一问，果然是犯了方向性的错误，我要去的小海子乡不在东边，而在相反的方向。心中觉得被这父子俩所骗，便和他们据理力争起来。那对父子不但不承认自己错了，反而从车上抽出木棍欲对我动手，幸亏附近的养路房里出来一个人解手，我便呼救，那对父子见有人只得罢手，上车扬长而去。

　　于是，我独自被抛在孤零零的荒野上。我期盼着能拦住一辆回县城的汽车，但来往的汽车寥寥无几，偶尔过来一辆也并不停车。那天正赶上寒流，天越来越冷，如果再不能拦截到车，我有可能会被冻死在路边。就在我几乎要绝望之时，一辆小四轮车开来了，车上拉着几头猪。开车的是一位四十岁左右的汉子。他停了车，问明缘由后，让我上了他的车。于是，我和那几头猪挤在一起。大约一个小时之后，车开到了那汉子家———一处偏远的小村庄。

那汉子是到其他村里收猪的，第二天要拉到县城出售。这天收猪收得有些晚了，回来的路上遇到了我。

当夜，他把我领到他家简单地吃了一顿饭。她居然有四个（或许是五个）女儿，一个比一个小，齐刷刷地一溜躺在炕上，用好奇的目光打量着我。在这儿过夜显然不合适，热心的汉子把我领到他母亲家，这里只有老两口住。虽然家里又破又脏，家徒四壁，但老人家蛮热情，又是给我倒热水，又是为我铺床。就这样，我怀着感恩的心情，在老人家里住了一夜。

第二天一早，便听见外面猪在号叫，好像要被宰杀似的。我急忙披了衣服出去看。原来，那汉子叫了几个后生做帮手，正在"灌猪"。

我是头一回见到"灌猪"———几个健壮的后生将其中一头猪摁牢实了，然后，那汉子便将一根挺粗的塑料管子插进那头猪的咽喉深处，管子另一端是一个漏斗，便有人将一桶清水倒进漏斗里，那清水就源源不断地灌进那头猪的肚子里。灌了大约一刻钟左右，那头猪已经七窍冒水，这才拔了管子，后生们也松了手。那猪喝醉了酒一般摇摇晃晃地站起来，嘴巴里淌着水，十分可怜的样儿。我惊诧地问汉子："为何要给它灌水呢？"汉子说："一会儿要把它们送到县城的收购站，灌了水它们的分量会加重许多呢。"我问："那收购人员难道看不出来吗？"汉子说："哪儿能看不出来呢。"我更惊讶了，问："那他们还敢收你的猪啊？"汉子笑道："那得给人家塞票子啊！只要塞得够多，他们就睁一只眼闭一只眼啦……"

我再次与那几头肚子被灌得圆溜溜的猪们乘坐一车，挤在一起，奔向县城。一路上，心中感触颇多。这就是故乡的农民，他们朴实、热情、好客，但同时又狡黠、贪婪、自私（包括那对骗了我的父子）。对他们，我无法清晰地说出我的情感，那种情感实在是太复杂了。此后，在写以乡土为题材的小说中，我把这种复杂的感情融入其中，塑造出一个又一个既熟悉又陌生的人物。这些人物让我又爱又恨、又怜又忧。他们先是"活"在我心里，然后又活灵活现地跑到了我的小说之中……

翻阅自己的旧作，既惆怅又欣喜。惆怅的是，时间如梭，往昔不在，昨日已成历史；欣喜的是，虽然时间已经过了很久，但当年我的作品一直在关注着社会最底层，关注着那些小人物（小说中的流浪汉和农民弟兄们）的命运。他们的喜怒哀乐、他们与不平命运的抗争，甚至他们的豪爽、义气和愚昧……正如鲁迅先生所言：哀其不幸、怒其不争。所以，这些小说在今天看来并不过时。

一部作品无论长短，都应该能经得起时间的考验。我相信我的这些小说时至今日，依然有它的文学价值和社会意义。对这点，我是自信的。

不由得想起了一位文学评论家的话：小说是不会死亡的，因为小说恰恰是一种面对死亡的叙述。

我的理解是：在人类的文明史上，唯有小说可以记录下完整的社会状况。譬如，所有的《清史稿》抵不过一部《红楼梦》。所以，万物皆亡，而唯小说永存！

因此，我便悟出了从事小说创作的真正意义所在。

我的中短篇小说集再次由远方出版社出版发行，我沿袭了上两部小说集的风格，依然以"色"来命名。我将具有浓郁风格的、以写乡村荒野的小说收录在这部集子里，命名为《色的季节·乡土》。另外一部小说集收录的是写城市生活题材的小说，便命名为《色的苦恋·都市》。在乡野，色真的是分季节的——春天的浅绿、夏天的五彩斑斓、秋天的深绿浅黄、冬天的银白……

收录在这部小说集中的大都是短篇小说，分别于20世纪末发表于全国各大文学期刊上。许多读者误以为我只写"草原小说"，却不知我也曾写过许多"乡土小说"和"都市小说"。记得有一年《山西文学》搞"全国农村小说大联展"，编辑和我约稿，我写了一组系列小说《一方水土一方人》，分三期发表在《山西文学》，居然收获了非常好的口碑，有人还说我是写农村小说的"高手"。现在想来，如果说那几篇小说里尚有一点价值的话，那就是我对农民们高度的关注，以及对他们的命运深切的同情。

2019年9月于青城